普通高等院校
计算机优质平台课系列教材

计算机
应用基础上机指导

JISUANJI
YINGYONGJICHU SHANGJIZHIDAO

主 编 谢芳 胡泉

副主编 闫朝晖 谢家荣

华中科技大学出版社

中国·武汉

内 容 简 介

　　本书是面向普通高等院校计算机专业本科和专科学生初学计算机应用基础知识的上机辅导教材,其主要内容包括:第1章计算机操作初步,第2章 Windows XP 操作系统,第3章 Word 2003 文字处理软件的操作方法,第4章 Excel 2003 电子表格处理软件的操作方法,第5章 PowerPoint 2003 电子演示文稿制作软件的操作方法,第6章计算机网络应用基础,第7章 FrontPage 2003 网页制作工具的操作方法,第8章常用信息系统安全介绍,第9章综合模拟试卷。

前　言

　　本书是《计算机应用基础教程》的配套教材,旨在指导读者更好地完成实践环节,帮助教师更好地组织实验教学活动,也为不同起点的读者创造一个主动学习的条件,完成从实践到理解,从理解到掌握的学习过程。

　　本书包括 9 个章节,主要内容包括:第 1 章计算机操作初步,第 2 章 Windows XP 操作系统,第 3 章 Word 2003 文字处理软件的操作方法,第 4 章 Excel 2003 电子表格处理软件的操作方法,第 5 章 PowerPoint 2003 电子演示文稿制作软件的操作方法,第 6 章计算机网络应用基础,第 7 章 FrontPage 2003 网页制作工具的操作方法,第 8 章常用信息系统安全介绍,第 9 章综合模拟试卷。每个章节都由多个实验组成,其主要内容包括实验目的、预备知识、实验内容和指导等。

　　书中大部分实验样例都源于实际问题,并且经过整理和组织,能更好地指导实际应用。

　　本书可作为高等院校计算机专业本科和专科学生初学计算机应用基础知识的上机指导教材,也适用于从事计算机基础教学的教师作为参考用书。

　　由于水平有限,书中错误和不足之处在所难免,恳请读者提出宝贵意见。

编　者

2009 年 2 月

目　录

第 1 章

计算机操作初步

计算机技术的应用已遍及社会生活的各个领域,特别是微机应用的普及,使人们快速步入数字化时代,掌握微机的基本操作方法已是必备的基本技能。

对于那些还没有学习过任何计算机基础知识的学生来说,首先要学习如何正确地启动计算机,如何正确地使用键盘,以及如何正确地录入汉字。对于那些已经有些计算机操作技能的学生,也不妨通过本章的实验,测试一下自己操作微机的姿势是否正确,录入的速度和正确率是否能达到要求。

实验一 微型计算机的硬件结构和软件配置

一、实验目的和要求

(1) 结合实验机型,了解一个完整的微机系统是由哪些硬件系统和软件系统组成。

(2) 了解微机主机箱中的硬件有哪些,每台微机应该安装哪些常用的软件才能充分发挥其功能。

(3) 如何查看微机的主要参数和性能指标。

二、预备知识

一个完整的微机系统是由硬件系统和软件系统组成,二者缺一不可。硬件是软件建立和依托的基础,软件依赖硬件来执行,单靠软件本身,没有硬件设备的支持,软件就失去了其发挥作用的舞台;反之,软件是计算机的灵魂,没有任何软件支持的计算机被称为"裸机",而裸机无法实现任何信息处理的功能。只有软件和硬件的结合才能充分发挥计算机系统的功能。

微机的硬件系统是组成计算机系统的各种物理设备的总称。首先,认识微机主机箱的内部结构,在老师的指导下,打开一台具有标准配置的微型计算机。根据教程中微机硬件组成的讲解,查看实验室中微机的硬件配置,熟悉微机主机箱的内部结构,认识每个部件的布局及功能。然后,查看微机的主要参数、性能指标及基本配置,可以在 Windows 操作系统中打开"控制面板"中的"系统"进行查看,或在"系统属性"中查看微机上的硬件配置和软件配置。

三、实验内容与指导

1. 熟悉微型计算机的硬件配置

微型计算机硬件的基本配置是主机箱、显示器、键盘、鼠标、写字板等,如图 1-1 所示。

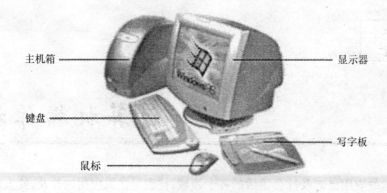

主机箱　　　　　　　　　　　　　　　　　　　显示器

键盘

写字板

鼠标

图 1-1　微机硬件的基本配置示意图

另外经常使用的还有打印机、数码摄像机、扫描仪等设备。

微型计算机从结构上可以分为主机和外部设备两大部分。微机的主要功能集中在主机上,主机箱的外观虽然千差万别,但每台主机箱前面都有电源开关、电源指示灯、硬盘指示灯、复位键、光盘驱动器、软盘驱动器等。主机箱里有中央处理器(简称 CPU)、主存储器、外存储器(硬盘存储器、软盘存储器、光盘存储器)、网络设备、接口部件、声卡、视频卡等。

2.　认识主机箱的内部结构和主要部件

在老师的指导或演示下打开微机主机箱。在任务实现过程中,打开微机时需要有严格的防护措施,最常见的就是防止人体的静电,防止静电对计算机的芯片造成影响。所以需要戴上防静电手套,进行计算机硬件的安装和拆卸。

打开微机主机箱后,可以看到的硬件部件有如下几部分。

1)主板

主板是微机最重要的部件之一,是整个微机工作的基础。主板是微机中最大的一块高度集成的电路板,如图 1-2 所示。主板上有 CPU、BIOS 芯片、内存条、控制芯片组、机箱(电源)接口、硬盘接口、光驱接口、软驱接口、AGP 显卡接口、两个 USB 接口、一个并行接口、两个串行接口、PCI 局部接口、总线等。若显卡、声卡、网卡不是集成在主板上的,则主板的插槽上还可插声卡、网卡等部件。

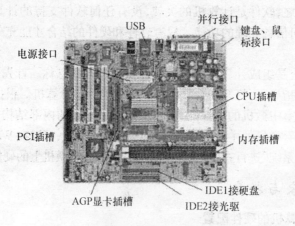

USB　　　　并行接口
　　　　　　　　　　键盘、鼠标接口
电源接口

CPU 插槽

内存插槽

PCI 插槽

AGP 显卡插槽　　　IDE1 接硬盘
　　　　　　　　　IDE2 接光驱

图 1-2　主板介绍

主板连接着主机箱内的其他硬件,是其他硬件的载体。主板上包括计算机提供的所有外部设备的接口和其他部件的接口。各个厂商的主板接口的布局可能是不一样的,但都包括图1-2所示的内容。主板产品能否升级是一个值得注意的问题,一般要看主板上的插槽是否完善,能否有足够的 USB 接口、PCI 插槽、各种 PS/2、串并行插槽,另外还要看可否通过程序刷新技术对 BIOS 芯片进行升级。

2) CPU

在微机中,运算器和控制器被制作在同一个半导体芯片上,称为中央处理器(Central Processing Unit),简称 CPU,又称为微处理器。CPU 是计算机硬件系统中的核心部件,可以完成计算机的各种算术运算、逻辑运算和指令控制。

衡量 CPU 有两项主要技术指标:一是 CPU 的字长;二是 CPU 的速度和主频。字长是指 CPU 在一次操作中能处理的最大数据单位,它体现了一条指令所能处理数据的能力,目前 CPU 的字长已达到 64 位。速度和主频是指 CPU 执行指令的速度与时钟频率。系统的时钟频率越高,整个机器的工作速度就越快;CPU 的主频越高,机器的运算速度就越快。目前 Pentium Ⅳ 的主频已达到 2.5 GHz 以上。

由于 CPU 在微机中起到关键作用,人们往往将 CPU 的型号作为衡量和购买机器的标准,如 586、Pentium Ⅲ、Pentium Ⅳ 等微处理器作为机器的代名词。目前生产 CPU 公司的主要产品有:Intel 公司的奔腾(Pentium)、赛扬(Clemson)等;AMD 公司的 Athol Ⅹ、Furor 等。

CPU 的插槽是根据 CPU 厂商提供的接口型号不同而有所不同。在 CPU 上一般有一个风扇,主要用于 CPU 散热。

3) 内存条

存储器分为内部存储器和外部存储器。内存是微机的重要部件之一,它是存取程序和数据的装置,一般是由记忆元件和电子线路构成。微机内存一般是采用半导体存储器。内存是由随机存储器(RAM)、只读存储器(ROM)、高速缓冲存储器(Cache)三部分组成。

随机存储器(RAM)的特点是 CPU 可以随时进行读出和写入数据,关机后 RAM 中的信息将自动消失,且不可恢复。

只读存储器(ROM)的特点是 CPU 对它只能读出不能写入数据,断电后 ROM 中的信息不会消失。因此,在 ROM 中一般是存放计算机的系统管理程序。在主板上有一部件是 BIOS(basic input output system)芯片,它保存了计算机系统中重要的输入/输出程序,以及系统信息设置、自检、系统自检程序、CPU 参数调整、即插即用(PnP)、系统控制、电源控制等功能程序。BIOS 芯片的功能越来越强,有许多类型的主板还可以不定期地对 BIOS 进行升级。BIOS 芯片也是 CIH 之类病毒攻击的主要对象。

高速缓冲存储器(Cache)是介于 CPU 与内存之间的一种高速存取信息的存储器,用于解决 CPU 与内存之间的速度瓶颈,它的速度是高于 DRAM 而又低于 CPU,CPU 在读写程序和数据时先访问 Cache,若 Cache 中无程序或数据再访问 RAM,从而提高了 CPU 的工作效率。

目前,微机广泛采用动态随机存储器 DRAM 作为主存,它的成本低、功耗低、集成度高、采用的电容器刷新周期与系统时钟保持同步,使 RAM 和 CPU 以相同的速度同步工作,缩短了数据的存取时间。内存插槽上的内存条如图1-3所示。

图1-3　内存条

微机的内存条一般是由动态随机存储器 DRAM 制成,一个内存条的容量分别有16 MB、32 MB、64 MB、128 MB 或 256 MB 等不同的规格。

4) 外存

外存是指硬盘、光盘、软盘、U 盘、移动硬盘等外部存储器。主板上的硬盘接口、光驱接口和软驱接口都与相应的外存设备相连,外存的特点是用于保存暂时不用的程序和数据。另外,外存的容量大,可以长期保存和备份程序和数据,同时不怕停电,便于移动。

各种外存都具有各自的特点:软盘携带方便,价格便宜,使用方便;硬盘容量大,可以分为固定式硬盘和移动式硬盘,一般使用的是固定式硬盘,硬盘的容量可以达到几十 GB,硬盘的读取速度比软盘快,主要用于存放应用程序、系统程序和数据文件,另外,硬盘上重要的用户数据要经常作备份,防止硬盘一旦出现故障,对硬盘进行格式化处理时造成重大损失;光盘存储容量大、可靠性高、存取速度快、价格低、携带方便。

5) 总线接口

总线是微机中传输信息的公共通道。在机器内部,各部件都是通过总线传输数据和控制信号的。总线一般采用如图 1-4 所示的扁缆。

总线可以分为内部总线和系统总线:内部总线又称片总线,是同一部件(如 CPU 的控制器、运算器和各寄存器之间)内部的连接总线;系统总线是同一台计算机的各部件(如 CPU、内存、I/O 接口)之间的相互连接。系统总线分为数据总线、地址总线和控制总线。其中,数据总线是用于传输 CPU、内存、I/O 接口之间的数据;地址总线用于传输 CPU 与存储单元或 I/O 接口之间的地址;控制总线是用于传输多种控制信号。

图1-4　接口总线(扁缆)　　微机采用开放式体系结构,在系统主板上有多个扩展槽,这些扩展槽与主板上的总线相连,任何部件如声卡、显卡等都可以通过总线与 CPU 相连,为微机各部件的组合提供了方便。

3. 使用微机时需要安装的常用软件

当购置了微机和使用微机时,首先应安装软件,才能使用。

软件是指在计算机上运行的各种程序,包括各种有关的资源。计算机软件分为两大类:一类是系统软件;另一类是应用软件。系统软件是控制计算机运行,管理计算机各种资源,并为应用软件提供支持和服务的软件。应用软件是为解决各类实际问题而开发的程序系统,一般要在系统软件的支持下运行。

1）安装操作系统

常用的操作系统有：Windows、Unix、Linux、Novell Netware 等，在微机上可以安装Windows 98、Windows 2000、Windows XP、Windows NT 或更高版本的操作系统。

2）安装实用程序

实用程序可以完成一些与计算机系统资源及文件有关的任务。如安装瑞星杀毒软件、金山杀毒软件、压缩解压软件、音频软件、视频软件等。

3）语言处理程序

语言处理程序是程序设计的重要工具，它可以使计算机按一定的格式编写程序，实现特定的功能。面向过程的语言有：C 语言、Pascal 语言等；面向对象的语言有：C++ 语言、Java 语言、Visual Basic 语言等。

4）数据库管理系统

数据库管理系统是解决数据处理问题的软件，如人事档案管理系统、财务管理系统、学绩管理系统、图书管理系统等。其中常用的软件有：Access 、Visual FoxPro、SQL Server、Oracle等。

5）办公软件

办公软件包括字处理软件、电子表格软件、演示文稿软件、网页制作软件等。常用的办公软件有 Microsoft Office 2000、Microsoft Office XP 等。

6）工程图形图像制作软件

用于建筑设计、机械设计、电路设计、图形图像制作的软件有 AutoCAD、CorelDraw、3DS、Freehand 等。

7）多媒体制作软件

用于多媒体教学、广告设计、影视制作、游戏设计和虚拟现实方面的多媒体制作软件有 Toolbook、Director、Authorware 等。

8）网页与网站制作软件

网页与网站制作软件有 FrontPage、DreamWeaver、Corel、Web Designer、Netscape Composer 等。

4．查看微机的主要参数和性能指标

使用微机时，可以在操作系统环境下查看微机安装的是什么操作系统，以及主要硬件设备和性能指标。

（1）首先启动 Window XP 操作系统，使用系统工具了解硬件的配置。

在 Window XP 的桌面下方，单击"开始"→"设置"→"控制面板"，弹出控制面板的窗口，如图 1-5 所示。

（2）在控制面板的窗口中，选择"系统"，弹出系统属性对话框，如图 1-6 所示。

从系统属性对话框中可以了解系统软、硬件的具体配置，如常规、计算机名、硬件、高级、系统还原、自动更新、远程等配置情况。图中表明该机的操作系统的版本是 Microsoft Windows XP Professional 版本 2002，系统补丁为 Service Pack 2。计算机的硬件配置：CPU Intel(R) Celeron(R)，主频为 2.40 GHz ，内存为 256 MB 等参数。

另外，在 Windows 的桌面上，将鼠标指向"我的电脑"图标，点击鼠标右键，在弹出的菜单中，选择"属性"，也可弹出如图 1-6 所示的"系统属性"对话框。

图1-5　控制面板浏览器

图1-6　系统属性

实验二　微机的开关机操作和键盘操作练习

一、实验目的和要求

使用微机时,是否采用正确的开机、关机方法启动系统,会影响微机的正常运行及计算机的使用寿命。熟悉微机可以采用哪几种方法进行启动,以及机器加电后应该注意哪些问题。了解键盘和鼠标上各按键的功能,能熟练地操作键盘和鼠标。

二、预备知识

采用正确的开机、关机方法是因为微机系统在开机和关机时瞬间会有较大的冲击电流,因此，开机时一般要先开显示器，然后再开主机。要完成上面的任务，需要正确掌握计算机的开机、关机操作步骤，以及正确启动和退出系统的过程。同时还要加强对计算机的安全维护。

三、实验内容与指导

1. 计算机的启动方式

计算机的启动方式分为冷启动和热启动。冷启动是通过加电来启动计算机；热启动是指计算机的电源已经打开，在计算机运行中，重新启动计算机的过程。

1）冷启动

冷启动方式：当计算机未加电时，一般采用冷启动的方式开机。

冷启动的步骤是：检查显示器电源指示灯是否已亮，若电源指示灯不亮，则按下显示器电源开关，给显示器通电；若电源指示灯已亮，则表示显示器已经通电，不需再通电。再按下主机电源开关，给主机加电。

为什么在冷启动过程中要先开外设电源开关，再开主机呢？开机过程即是给计算机加电的过程，在一般情况下，计算机硬件设备中需加电的设备有显示器和主机。由于电器设备在通电的瞬间会产生电磁干扰，这对相邻的正在运行的电器设备会产生副作用，所以对开机过程的要求是：先开显示器，再开主机。

2）热启动

热启动是指在计算机已经开机，并进入 Windows 操作系统后，由于增加新的硬件设备和软件程序或修改系统参数后，系统会需要重新启动。当软件故障或病毒感染使得计算机不接受任何指令等故障时，也需要热启动计算机。

热启动的步骤是：单击桌面上的"开始"按钮，选择"关闭系统"菜单命令，在弹出的对话框中选择"重新启动计算机"命令，单击"是"按钮。

3）复位方式

在计算机工作过程中，由于用户操作不当、软件故障或病毒感染等多种原因，造成计算机"死机"或"计算机死锁"等故障时，这时可以用系统复位方式来重新启动计算机，即按机箱面板上的"复位"按钮（也就是 Reset 按钮）。如果系统复位还不能启动计算机，则再用冷启动的方式启动。

4）使用计算机时应注意的问题

机器加电后各种设备不要随意搬动，不要插拔各种接口卡，不要连接和断开主机和外设之间的电缆。这些操作都应该在断电的情况下进行。机器出现故障时，没有维护能力的用户，不要打开主机的机箱并且插拔任意的部件，应及时与维修部门联系。

2. 计算机的关闭

关机过程即是给计算机断电的过程，这一过程与开机过程正好相反，对关机过程的要求是：先关主机，再关显示器。

关机步骤是：首先把任务栏中所有已打开的任务关闭；打开"开始"菜单，选择"关闭系统"，再选择"关闭计算机"，最后选择"确定"按钮，即实现了关机。如果系统不能自动关闭，则可选择强行关机。其方法是:按下主机电源开关不放手,持续 5 秒钟,即可强行关闭主机,最后关闭显示器电源。

3. 鼠标操作

目前,鼠标在 Windows 环境下是一个主要且常用的输入设备。常用的鼠标有机械式和光电式两种,机械式鼠标比光电式鼠标价格便宜,是我们常用的一种,但它的故障率也较高。机械式鼠标下面有一个可以滚动的小球,当鼠标在平面上移动时,小球与平面摩擦而转动,带动鼠标内的两个光盘转动,产生脉冲,测出 X-Y 方向的相对位移量,从而可反映出屏幕上鼠标的位置。

鼠标的操作有单击、双击、移动、拖动、与键盘组合等。

单击:即快速按下鼠标键。单击可分为单击左键和单击右键两种:单击左键是选定鼠标指针下面的任何内容;单击右键是打开鼠标指针所指内容的快捷菜单。一般情况下若无特殊说明,单击操作均指单击左键。

双击:快速击左键两次(迅速的两次单击)。双击左键是首先选定鼠标指针下面的项目,然后再执行一个默认的操作。单击左键选定鼠标指针下面的内容,然后再按回车键的操作与双击左键的作用完全一样。若双击鼠标左键之后没有反应,说明两次单击的速度不够迅速。

移动:不按鼠标的任何键移动鼠标,此时屏幕上鼠标指针相应移动。

拖动:鼠标指针指向某一对象或某一点时,按下鼠标左键不放,同时移动鼠标至目的地时再松开鼠标左键,鼠标指针所指的对象即被移到一个新的位置。

与键盘组合:有些功能仅用鼠标不能完全实现,需借助于键盘上的某些按键组合才能实现所需功能。如与 Ctrl 键组合,可选定不连续的多个文件;与 Shift 键组合,选定的是单击的两个文件所形成的矩形区域之间的所有文件;与 Ctrl 键和 Shift 键同时组合,选定的是几个文件之间的所有文件。

4. 键盘操作

键盘作为计算机的标准输入设备,要求每个操作计算机的人都应能熟练使用,并掌握正确的操作方法。

1)键盘的组成

键盘由四部分组成:主键盘、数字小键盘、功能键和编辑键。

(1)主键盘:主键盘与普通英文打字机的键盘类似,有上、下两档符号,通过换档键(Shift)来切换。

(2)数字小键盘:数字小键盘主要便于数据录入员右手输入数据,左手翻动单据。也可通过数字锁定键来切换。

(3)功能键:功能键位于键盘上方,有十二个功能键和四个其他键。功能键 F1 ~ F12 在不同的软件中代表的功能不同。

(4)编辑键:编辑键位于主键盘与数字小键盘的中间,用于光标定位和编辑操作。

2)常用键的作用

表 1-1 给出了常用键的作用。

表 1-1　常用键的作用

按　键	名　称	作　用
Space	空格键	按一下产生一个空格
Backspace	退格键	删除光标左边的字符
Shift	换档键	同时按下 Shift 键和具有上下档字符的键,上档符起作用
Ctrl	控制键	与其他键组合成特殊的控制键
Alt	控制键	与其他键组合成特殊的控制键
Tab	制表定位	按一次,光标向右跳 8 个字符位置
CapsLock	大小写转换键	CapsLock 灯亮时为大写状态,否则为小写状态
Enter	回车键	命令确认,且光标到下一行
Ins(Insert)	插入覆盖转换	插入状态是在光标左边插入字符,否则覆盖当前字符
Del(Delete)	删除键	删除光标右边的字符
PgUp(PageUp)	向上翻页键	光标定位到上一页
PgDn(PageDown)	向下翻页键	光标定位到下一页
NumLock	数字锁定转换	NumLock 灯亮时小键盘数字键起作用;否则为下档的光标定位键起作用
Esc	强行退出	可消除当前命令行的输入,等待新命令的输入;或中断当前正在执行的程序

5. 打字的正确姿势和方法

1) 正确姿势

不正确的击键姿势容易造成疲劳,也会影响快速、准确的录入,因此必须从一开始就注意养成正确的击键姿势。为了有助于操作,计算机应放置在专用的桌子上,高度为 60 ~ 65 cm。座位高度约为 45 cm,最好是可以调节高度的转椅。

(1) 打字者平坐在椅子上,上身挺直,背部与椅子成直角,两腿平放在桌子下方。此时,眼睛高度应位于屏幕上端;否则,应调节显示器的高度。

(2) 两肩放松,两肘悬空,手自然弯曲,轻放于规定的字键上。注意肌肉要放松,手臂不要张开,手腕不可拱起。

(3) 原稿应放在键盘左侧,故可将键盘稍稍右移。练习时两眼注视原稿,尽可能少地查看键盘和屏幕,逐步向盲打过渡。

2) 击键要领

(1) 依照正确的击键姿势,将双手置于键盘上方,手指轻放在规定的字键上,手指的弯曲要自然适度。

(2) 手指第一节与键盘基本垂直,击键时与字键的接触部分应是指端的圆肚部位,不可用指甲击键,也不要斜躺着用手指去"按"键。

(3) 输入时先将所需击键的手指稍稍抬起,再向下敲击。击键要迅速果断,要有弹性,不要在所击字键上停留,击键后迅速将手指退回原处。

(4) 击键要有节奏,频率要均匀。根据所用键盘的软硬程度,用适当的力度击键,切不可用力敲打键盘。

(5) 击键位置尽可能是字键的中心部位,这一点从开始学习时就应注意,以免同时击打两个键。

3）基本键位

基本键位有 8 个，"ASDF"和"JKL；"，这 8 个基本键也称为原位键。为了便于说明，通常把左手小指称为 A 指，无名指称为 S 指，中指称为 D 指，食指称为 F 指。同样，可将右手食指称为 J 指，中指称为 K 指，无名指称为 L 指，小指称为"；"指。空格键由双手的拇指控制。若前一个字符用左手击键，则可以用右手拇指击空格键，若前一个字符用右手击键，则可用左手拇指击空格键。拇指的击键方法与其他键不同，击键方向为横向下击，而不能将拇指垂直于空格键。

4）指法分工

每个手指除了指定的原位键外，还分工有其他的字键，称为它的范围键。例如，S 指的原位键是字母 S，而它的范围键是字母 X、W 和数字 2，键盘指法分工如图 1-7 所示。图中，每个手指的分工范围仅限于粗线所围部分，将指法作严格的分工，有利于键盘操作，也是实现盲打的基础。一般情况下，左手的灵活性不如右手，而十指中的小指和无名指的灵活程度也较差。在练习中要有意识地锻炼那些不太灵活的手指，切不可用其他手指越权替代。习惯是慢慢养成的，无论是好的还是不好的，而错误习惯一旦形成，克服其惯性往往要付出更大的代价。例如，回车键使用频率极高，属于"；"指范围，但事实上有相当一部分操作者并非用右手小指击打该键。

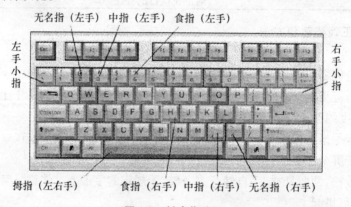

图 1-7　键盘指法区

按指法击键一开始会使人感到不习惯，因为大部分人在他以往使用其他工具时，没有受到如此明确的手指分工训练。也正因为如此，我们才强调键盘练习时的循序渐进，要按照指法练习的步骤，一步一步地进行。只有打好基础，才能迅速提高录入速度。

实验三　英文指法练习

一、实验目的与要求

在本实验中练习计算机的英文输入的指法。

（1）熟练键盘的使用、熟悉导键与手指的关系。

（2）要求重点熟悉和练习以下内容：

· 　原位键练习（A、S、D、F 和 J、K、L、；）

- 上排键练习(Q、W、E、R 和 U、I、O、P)
- 中间键练习(T、G、B 和 Y、H、N)
- 下排键练习(Z、X、C、V 和 M、,、.、/)
- 上档键的输入

二、预备知识

要完成上面的任务,需要掌握计算机键盘操作的基本指法,熟练地操作键盘;可使用 Type101 软件进行键盘指法练习。上机练习时,一定要按图示指法进行练习,养成良好习惯。进行指法练习时,要熟记各键的键位,逐步实现盲打。练习字母键和数字键的使用,击键速度逐步提高。

三、实验内容与指导

1. 手指对应的键盘按键

熟悉键盘使用时手指对应的键盘按键如图 1-8 所示。

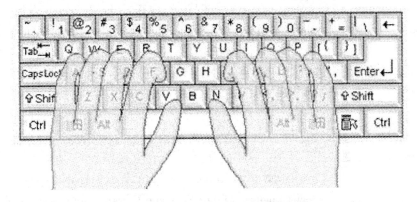

图 1-8　手指对应的键盘按键

使用键盘时应注意正确的按键方法。在按键时,手抬起,伸出要按键的手指,在键上快速击打一下,不要用力太猛,也不要按住一个键长时间不放。在按键时手指也不要抖动,用力一定要均匀。在进行输入时,正确姿势是:坐势端正,腰背挺直,两脚平稳踏地;身体微向前倾,双肩放松,两手自然地放在键盘上方;大臂和小肘微靠近身体,手腕不要抬得太高,也不要触到键盘;手指微微弯曲轻放在导键上,右手拇指稍靠近空格键。

2. 使用 TT 指法练习程序

(1) 开机启动 Windows 系统。单击"开始"按钮,选择"程序"菜单中的"MS-DOS 方式"选项。

(2) 在 C:\> 提示符下,输入 TT,启动 TT 指法练习程序。然后在系统提示下输入练习者姓名、日期,最后进入系统菜单,屏幕显示:

Practice Lesson 　　(课文练习)

Practice Test 　　　(测试练习)

Main Menu 　　　　(主菜单)

(3) 直接回车,进入 Practice Lesson(课文练习),根据屏幕显示的练习字符内容,逐个从键盘输入对应键。

（4）在 Practice Lesson 结束时，可按 Esc 键返回主菜单，屏幕显示：

Lesson　　Tests　　　Reports　　　Options　　Game　　Help　　　Quit
（课文）　（测试）　（练习结果）　（可选项）　（游戏）　（帮助）　（退出）

（5）选择 Tests（测试），再做指法练习测试。

TT 练习结束时，按 Esc 键退出，在 C：＼＞提示符下，输入 EXIT，返回 Windows 操作系统。

3. 用 Windows 提供的"记事本"和"写字板"的程序练习

可以选择一篇英文的文章进行英文指法练习。如按下面给出的一段文章练习（要求输入时间为 5 分钟，错误少于 5 处）。

With best wishes for a happy birthday. Each birthday is a milestone we touch along life's way. May every special happiness fill this day for you and may the year bring everything you look forward to. Happy birthday, on this year special day, may gladness fill your every hour with joy to light your way. May your memories today be warm ones. May your dreams today be dear. May your joy last through the year. Have a wonderful birthday! May your life be brighter as each birthday comes and goes, with new happiness unfolding（绽开）like the petal（花瓣）of a rose. Have a wonderful birthday! The golden key to happiness, to health and fortune, too. This greeting symbolizes（象征）all three of these for you.

在英文输入练习时，注意使用的标点符号是英文标准的符号。并且要注意在英文输入练习中的大小写字母的切换。熟记各键的键位，逐步实现盲打。

四、综合练习

用 Windows 提供的"记事本"和"写字板"的程序进行英文指法练习。

1. Only recently did linguists begin the serious study of languages that were very different from their own. Two anthropologist-linguists, Franz Boas and Edward Sapid, were pioneers in describing many native languages of North and South America during the first half of the twentieth century. We are obliged to them because some of these languages have since vanished, as the peoples who spoke them died out or became assimilated and lost their native languages. Other linguists in the earlier part of this century, however, who were less eager to deal with bizarre data from "exotic" language, were not always so grateful. The newly described languages were often so strikingly different from the well-studied languages of Europe and Southeast Asia that some scholars even accused Boas and Sapid of fabricating their data. Native American languages are indeed different, so much so in fact that Navajo could be used by the US military as a code during World War Ⅱ to send secret messages.

2.　　　　　　　　　　　　　Online Learning

Would you like to hone your professional skills from the comfort of your home or get a college degree without setting foot on campus? Sound too good to be true? There are now thousands of online classes available on the World Wide Web and that number will soon mushroom into tens of thousands.

For decades, students have turned to distance learning to further their educational goals. From correspondence courses to tale-classes, distance learning has served the needs of people who cannot physically attend classes. With the explosion of information technology and the Internet, you can now have a virtual classroom right on your desktop. In most cases, to take a course you need only your computer, a web browser and Internet access.

A New Kind of Education

Online learning, also known as Web-based training or WBT, makes it possible to deliver instructional content to your personal computer via the World Wide Web. You access a website, where you will find most, if not all of the materials you need—a course outline and lessons, information about the instructor (if there is one), lecture notes, a list of activities, tests, and inks to other online resources. In some cases, additional materials may be required, such as textbooks or videotapes. Some WBT class are self-paced, an instructor leads others. Most are what is known as asynchronous classes—you study at your convenience—although there may be a period of time in which you must complete the course.

WBT offers a number of advantages over classroom-based instruction:

Take a class anywhere. Learn at home or at the office, because you only need a computer and Internet access.

Take a class anytime. Access material 24 hours a day, seven days a week.

You decide when to attend. Take courses according to your own schedule and pace.

Lower costs. Eliminate travel, parking, childcare and all the other costs of physically attending a class.

Instant feedback. Tests can be graded and returned to you within seconds.

Access to the latest materials. Instructors can easily update teaching materials as new information becomes available. Most textbooks are out-of-date before they are even printed.

An interactive learning environment. Online technologies enable interaction with other students and course instructors.

Online learning has disadvantages too, the main one being that students work in isolation. To overcome this problem, many WBT classes incorporate features that invite student participation and collaboration including:

E-mail for submitting homework and communicating with the instructor and other students.

Message boards where students can post messages relating to class content and group activities.

Chat rooms, audio conferencing and videoconferencing for real-time conversation.

Screen-sharing, which allows students to see what an instructor demonstrates on his or her computer screen.

Class websites for posting of charts, graphics, links to other resources, etc.

Not all classes require student participation. Most use only a few of the features just discussed. Since education on demand is so new, course providers are trying to figure out what works best. And since people learn in different ways, classes vary in style. With self-paced classes, you study the course material and possibly take some online quizzes. Either no instructor is involved, or there may be a "teaching assistant" who can answer questions via e-mail. Because little human intervention is required, enrollment is open to any number of students and you can begin the course as soon as you register.

Instructor-led classes are more demanding, often requiring that you submit homework assignments, meet online periodically with other students enrolled in the class, and participate in realtime class discussions with an instructor. These types of classes generally limit enrollment (perhaps to under 50 students) and have a start and end date. Upon completion of a class you may receive a grade. Classes offered by universities typically follow this model.

Subjects and prices vary enormously, ranging from accounting to zoology; some classes are free, while others cost hundreds of dollars.

Is Online Learning for You?

Typically, online classes are targeted to working adults—people who want to get an advanced degree or acquire new skills for their jobs, but don't have time to regularly attend classes. Classes are open to anyone, but you may need some prerequisites before you can enroll in certain courses. The requirements are usually listed along with class descriptions.

Online learning works best for people, who are self-motivated, enjoy working alone at their computer and feel comfortable using technology. Beyond that, it's just one of those things you have to try.

实验四　汉字输入练习

一、实验目的与要求

在本实验中主要进行计算机的汉字输入练习。
(1) 熟悉键盘键的功能与分类。
(2) 掌握汉字输入法的安装与删除。
(3) 掌握汉字输入法的设置与切换。
(4) 熟悉中文输入的几种方法，并能使用某种汉字输入法进行中文输入。

二、预备知识

要完成上面的任务,实验前应了解 PC 标准键盘的布局和键盘上各区的位置。上机练习时,一定要按图示指法进行练习,养成良好习惯。使用自己熟悉的输入方法,如"智能 ABC 拼音输入"、"郑码输入"、"全拼输入"、"五笔字型"等。在进行中文输入时,要熟记各键的键位,逐步实现盲打。练习字母键和数字键的使用,使击键速度逐步提高。

三、实验内容与指导

1. 汉字输入法的安装
操作 1　在系统中添加内置输入法——区位输入法。

其步骤如下。

（1）单击"开始"菜单，指向"设置"，选择"控制面板"命令，打开"控制面板"窗口。

（2）在"控制面板"窗口中，双击"区域和语言选项"图标，出现对应的对话框，单击"语言"标签，在弹出的窗口中单击"详细信息"按钮，如图1-9 所示。

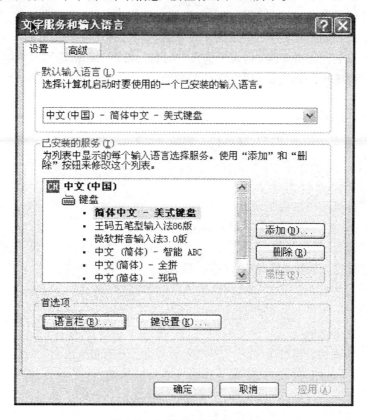

图1-9　文字服务和输入语言

（3）选择"设置"选项卡，单击"添加"按钮，出现"添加输入法"对话框。

（4）单击"输入法"右边的下拉列表，在下拉选项中选择"区位输入法"，单击"确定"按钮，即可将"区位输入法"添加到系统中。

注意，打开"控制面板"主要有以下几种方法：① 打开"我的电脑"，在"我的电脑"中双击"控制面板"；② 单击"开始"菜单，指向"设置"，单击"控制面板"；③ 启动资源管理器，单击文件夹框中的"控制面板"或者单击文件夹框中的"我的电脑"，再双击内容框中的"控制面板"。

操作2　在系统中添加非内置输入法——五笔字型输入法。

其步骤如下。

（1）将含有五笔字型安装程序的光盘插入 CD-ROM 驱动器。

（2）如果光盘有自动安装程序，根据提示进行操作，即可完成五笔字型输入法的安装。

（3）如果没有自动安装程序，则打开光盘，找到存放五笔字型安装程序的文件夹，如 E:\Wbzx，双击其中的五笔字型安装程序文件，如 Setup.exe，即可进入五笔字型的安装程序。

注意，非内置输入法的安装，应根据其软件的使用说明进行安装。

2. 汉字输入法的删除

操作 将区位输入法从系统中删除。

其步骤如下。

（1）打开"控制面板"窗口。

（2）双击"区域和语言选项"图标,在出现的对话框中单击"语言"标签,在弹出的窗口中单击"详细信息"按钮,出现"文字服务和输入语言"对话框。

（3）在"已安装的服务"下拉列表中选择"全拼输入法",单击"删除"按钮。

（4）再单击"确定"按钮,退出"文字服务和输入语言"对话框,即可将"区位输入法"删除。

3. 汉字输入法的设置

操作 1 将语言指示器图标从任务栏上删除,然后再将其恢复。

其步骤如下。

（1）打开"控制面板"窗口。

（2）双击"区域和语言选项"图标,在出现的对话框中单击"语言"标签,在弹出的窗口中单击"详细信息"按钮,出现"文字服务和输入语言"对话框。

（3）选择"语言栏"选项卡,将"在桌面上显示语言栏"复选框前的"√"删除。

（4）单击"确定"按钮,即可将语言指示器图标从任务栏上删除。

操作 2 设置切换到"智能 ABC 汉字输入法"的热键为 < Alt > + < Shift > + 1。

其步骤如下。

（1）打开"控制面板"窗口。

（2）双击"区域和语言选项"图标,在出现的对话框中单击"语言"标签,在弹出的窗口中单击"详细信息"按钮,出现"文字服务和输入语言"对话框。

（3）选择"键设置"按钮,单击"操作"列表中的"切换到智能 ABC 汉字输入法",在"基本键"框中选择"1",在"组合键"框中选择"Alt"。

（4）单击"确定"按钮,退出对话框。

（5）按"Alt + Shift + 1"键,即可启动智能 ABC 汉字输入法。

4. 汉字输入法的切换

操作 1 使用鼠标切换到智能 ABC 汉字输入法,然后再切换回英文输入状态。

其步骤如下。

（1）单击任务栏右边的语言指示器,出现输入法选择菜单,如图 1-10 所示。

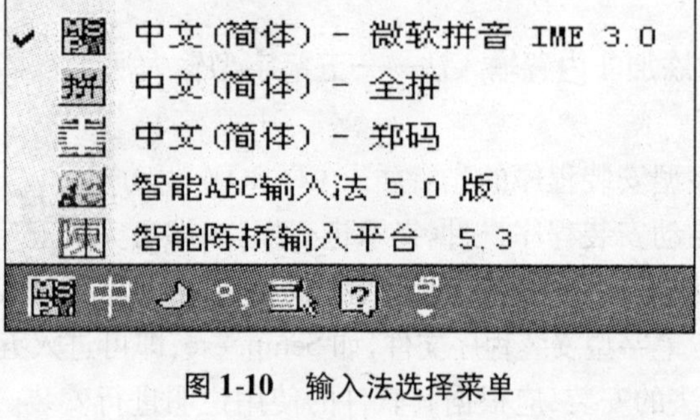

图 1-10 输入法选择菜单

（2）单击"智能 ABC 输入法"，则切换至该输入法。同时，语言指示器上的图标变为相应图标，旁边也出现该输入法控制图标，若在文本输入状态下，左侧还会出现输入法状态条。

（3）再单击任务栏右边的语言指示器图标，出现输入法选择菜单。

（4）单击"中文（中国）"，则切换回英文输入法。

操作 2　中文输入状态下的英文输入。

其步骤如下。

（1）打开"记事本"窗口。

（2）切换至"智能 ABC 输入法"状态。

（3）单击"输入法状态条"最左边的中英文输入切换图标或者按 Shift 键，使其变为"A"图标，则可直接输入英文字母，此时按 Shift + 字母键，可进行大、小写字母切换输入。

操作 3　全角方式、半角方式输入。

其步骤如下。

（1）继续上步操作。

（2）单击全角与半角输入切换图标，使其变为大黑点，输入：ABCDabcd，再单击全角与半角输入切换图标，使其变为半月形，输入：ABCDabcd，观察它们之间的区别。

（3）单击中英文输入切换图标，使其恢复汉字输入，单击中英文标点切换图标，使其变为中文标点，输入：，。、''""……——《〈〉》，再单击中英文标点切换图标，使其变为英文标点，输入：，. \' " 等符号，观察它们之间的区别。

操作 4　输入 αβγ × ÷ ∑∏等符号。

其步骤如下。

（1）继续上步操作，将鼠标指针指向输入法状态条中的"软键盘"，单击鼠标右键，弹出软键盘快捷菜单，单击"希腊字母"选项，弹出"希腊字母软键盘"，如图 1-11 所示。

图 1-11　希腊字母软键盘

（2）点击按键输入：αβγ，单击"软键盘"图标，关闭"软键盘"。

（3）再将鼠标指针指向输入法状态条中的"软键盘"，单击鼠标右键，弹出软键盘快捷菜单，单击"数学符号"选项，弹出"数学符号"。

（4）点击按键输入：× ÷ ∑∏，单击"软键盘"图标，关闭"软键盘"，单击"中英文标点"图标。

注意，使用键盘也可进行各种切换，中英文输入切换用 Ctrl + Space 键；全角与半角输入切换用 Shift + Space 键；中英文符号输入切换用 Ctrl + .（主键盘区中的小数点）。

5. 智能 ABC 汉字输入法的使用

1）智能 ABC 汉字输入法的操作步骤

操作 1　用智能 ABC 输入法输入单字"江"。

其步骤如下。

（1）反复按 Ctrl + Shift 键，切换至智能 ABC 输入法。

（2）输入编码"jiang"，按空格键，弹出如图 1-12 所示的候选字窗口。

（3）按数字键"3"。

注意，韵母"ü"用键盘上的"v"代替。

图 1-12　候选字窗口与外码窗口

操作 2　用智能 ABC 输入法输入词汇。

其步骤如下。

（1）输入编码"jiangsu"，按空格键。

（2）按空格键。

（3）输入编码"ping'an"，按空格键。

（4）按空格键。

注意，对于某些词汇，系统无法区分第一个汉字的拼音是否结束，导致第一字符的拼音和第二字符的拼音连在一起，构成新的拼音，此时需加强制分隔符"'"（单引号），分隔易混淆的拼音编码。

操作 3　用智能 ABC 输入法的简拼输入法输入词汇。

其步骤如下。

（1）输入编码"zhg"，按空格键。

（2）按数字键"3"，选择"中国"。

操作 4　用智能 ABC 输入法的混拼输入法输入词汇。

其步骤如下。

（1）输入下列任意一组编码："jisj"、"jisuanj"、"jsuanj"、"jsji"、"jsuanji"，按空格键。

（2）选择相应的数字键，都可输入"计算机"。

操作 5　用智能 ABC 输入法输入中文数量词。

其步骤如下。

（1）输入编码"i3b60"。

（2）按空格键，则"三百六〇"出现在打字区域。

操作6　用智能 ABC 输入法输入英文字母。

其步骤如下。

（1）输入编码"welcome"。

（2）按空格键，则"welcome"出现在打字区域。

操作7　用智能 ABC 输入法输入区位码。

其步骤如下。

（1）输入编码"v1"，表示输入第 1 区符号。

（2）按"Page Down"键，翻页查找，如按 8 次。

（3）选择"7"，则"★"出现在打字区域。

2）智能 ABC 输入法的造词方法

操作1　智能 ABC 输入法自动造词。

其步骤如下。

（1）输入"华中农业大学"的编码：huazhongnongyedaxue。

（2）按空格键，若出现的词不是我们所想要的，此时可按退格键。

（3）在候选字窗口中选择所需汉字，若未出现所需汉字，按"Page Down"键或"Page Up"键翻页查找。

（4）在外码窗口得到"华中农业大学"，按空格键。

（5）智能 ABC 输入法就自动记住了这个词，以后就可以用智能 ABC 输入法的"全拼"、"简拼"、"混拼"等方案输入词汇"华中农业大学"。

操作2　智能 ABC 输入法手工造词。

其步骤如下。

（1）将鼠标指针指向智能 ABC 输入法的状态条上（软键盘图标除外），单击鼠标右键，在弹出的快捷菜单中选择"定义新词"命令，就能打开"定义新词"对话框，如图 1-13 所示。

图 1-13　"定义新词"对话框

（2）在"新词"文本框中输入"华中农业大学理学院"，在"外码"文本框中输入"hnlxy"。

（3）单击"添加"按钮，新造的词汇就出现在"浏览新词"列表框中，完成了新词的定义。

（4）单击"关闭"按钮，退出对话框。

（5）输入编码：uhnlxy，就出现"华中农业大学理学院"。

注意，手工造词的词汇在使用上与其他词汇有所不同，在输入编码时需先键入"u"。

3）智能 ABC 输入法的设置

操作　将智能 ABC 输入法设置为"固定格式"和"词频调整"。

其步骤如下。

（1）将鼠标指针指向智能 ABC 输入法的状态条（软键盘图标除外），单击鼠标右键，在弹出的快捷菜单中选择"属性设置"命令，打开"属性设置"对话框。

（2）选中"固定格式"和"词频调整"两项，如图 1-14 所示。

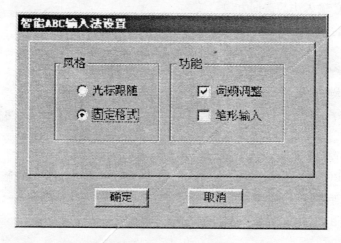

图 1-14　"智能 ABC 输入法设置"对话框

（3）单击"确定"按钮退出对话框。

注意，某种输入法状态的设置还可以将鼠标指针指向"任务栏"右边的"笔形设置"图标，单击鼠标右键，在快捷菜单中选"配置输入法"。在"控制面板"中，双击"输入法"图标，可进行输入法的安装、删除、热键设置。

4）智能 ABC 输入法的帮助

操作　学习智能 ABC 输入法的笔形输入法。

其步骤如下。

（1）将鼠标指针指向"输入法状态条"，单击鼠标右键，在快捷菜单中选择"帮助"。

（2）在"智能 ABC 帮助"对话框中，选择"目录"选项卡，单击"输入法入门"选项，按"打开"按钮，单击"笔形输入"，按"显示"按钮，出现"智能 ABC 帮助"窗口。

（3）最大化"智能 ABC 帮助"窗口，学习笔形输入法。

（4）关闭窗口。

（5）再将鼠标指针指向智能 ABC 输入法状态条（软键盘图标除外），单击鼠标右键，在弹出的快捷菜单中选择"属性设置"命令，打开"属性设置"对话框。

（6）选中"笔形输入"复选框的"√"，单击"确定"按钮。

（7）现在即可用"笔形输入法"输入汉字，若要恢复原先的输入环境，则需重新设置，将"笔形输入"功能删除。

5）使用 Windows 提供的"记事本"和"写字板"的程序进行练习

（1）启动 Windows 提供的文本编辑软件"记事本"和"写字板"的程序，在新建文本窗口中输入汉字。

（2）使用 Ctrl + Shift 键切换中文输入的方法，或单击任务栏右下角的 En 按钮，选择智能 ABC 输入法，屏幕左下角出现如图 1-15 所示的图标，表示已进入智能 ABC 输入法状态。使用"智能 ABC"，可进行中文输入的练习。它是一种以拼音为主的智能化键盘输入法。

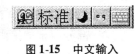

图 1-15　中文输入

在汉字输入过程中，对标点符号、英文字母、数字等应注意全角与半角的区别。

6. 五笔字型输入法的使用

五笔字型输入法的编码方案是一种纯字型的编码方案，从字型入手，完全避开汉字的读音，且重码少。对于不会拼音或拼音不准的用户来说，这应该是一种最好的输入法。

汉字是一种拼形文字，它们是由一些构字的基本单位按照一定的规律组合构成的相对独立的结构。五笔字型将这些构成汉字的基本单位称为字根，字根是由若干笔画交叉连接而成的相对不变的结构。汉字的结构分为三个层次：笔画、字根、单字。要用五笔字型在计算机上输入某个汉字，首先要找出构成这个汉字的字根，再根据字根对应的键盘键位，输入这些键位的编码。

1）汉字的基本笔画

所有的汉字都是由笔画构成的，在书写汉字时，不间断地一次连续写成的一个线段称为汉字的笔画。在五笔字型输入法中，对笔画的分类只考虑其运笔方向，而不计其轻重长短。故将汉字的笔画分为五类：横、竖、撇、捺、折。为了便于记忆，依次用1、2、3、4、5作为代号。

在汉字的具体形态结构中产生某些变形的笔画，作了如下特别的规定。

（1）提笔"ˊ"视为横"一"。如"扌"、"现"中的提笔为横。

（2）点笔"丶"视为捺"乀"。如"寸"、"雨"中的点为捺。

（3）左竖钩为竖。如"判"字的末笔画应属于竖。

（4）转折均为折，即带转折、拐弯的笔画，都属于折。

2）汉字的基本字根

由笔画交叉连接形成的相对不变的结构称为字根。在传统的汉字偏旁部首中，字根优选的原则就是将那些组字能力强、实用频度高的选作字根。根据这个原则，"五笔字型"输入法的创始人王永民共选定130个偏旁部首作为五笔字型的基本字根。任何一个汉字只能按统一规则拆分为基本字根的确定组合。

（1）字根的键盘布局。

根据基本字根的起笔的笔画，将字根分为五类，同一起笔的一类安排在键盘相连的区域，对应键盘上五个"区"：1 区——横区，2 区——竖区，3 区——撇区，4 区——捺区，5 区——折区；每类又分五组，对应键盘上五个"位"，共 25 位，可用其区位号 11、12、13、…53、54、55 来表示，它们分布在键盘的 A ~ V 共 25 个键位上，每个键位上取一个字根作为其键名字根，各区位上的键名字根如表 1-2 所示。

（2）五笔字型字根的键位特征。

五笔字型的设计力求有规律、不杂乱，尽量使同一键上的字根在形、音、义方面能产生联想，这有助于记忆，便于迅速熟练掌握。字根的键位有以下特征。

① 字根首笔笔画代号和所在的区号一致。

② 相当一部分字根的第二笔代号与其位号保持一致。

③ 同一键位上的字根形态相近或有渊源。

④ 部分字根的笔画数目与位号一致。

另外，部分字根在键盘上的安排不符合上述几条原则，对这类字根的记忆，一方面要借字根助记词来加以记忆，另一方面要特别用心去记住它，如丁、力、心、车、乃、匕、巴、马等字。

（3）字根助记词。

为了帮助初学者更快地掌握各区位上的字根，五笔字型提供了一套"字根助记词"。每一套字根助记词基本上概括了一个区位上的字根，使初学者能够很快顺口地"读出"每个区位上的字根，增强了学习的趣味性，可以加快记忆速度。五个区的助记词如下。

王旁青头兼（戈）五一；土士二干十寸雨；大犬三羊古石厂；木丁西；工弋草头右框七。目具上止卜虎皮；日早两竖利刀；口与川，字根稀；田甲方框四车力；山由贝，下框几骨头。禾竹一撇双人立，反文条头在三一；白手看头提手斤；月彡（衫）乃用家衣低；人和八，三四里；金勺缺点无尾鱼，犬旁留叉儿一点夕氏无七（妻）。言文方广在四一，高头一捺谁人去；立辛两点六门疒；水旁兴头小倒立；火业头，四点米；之字宝盖建道低，摘礻（示）衤（衣）。已半巳满不出己，左框折尸心和羽；子耳了也框向上；女刀九臼由朝西；又巴马，丢矢矣；慈母无心弓和匕，幼无力。

在记忆字根时，不要采用孤立地一个一个字根的积累记忆方法，而要多用联想的记忆方法记忆。五笔字型的基本字根如表 1-2 所示。

五笔字型的键盘图如图 1-16 所示。

3）汉字字根之间的位置关系

汉字是由字根组成的，基本字根在组成汉字时，按照它们之间的位置关系可以分成单、散、连、交四种类型。分析汉字的字型结构是为了正确确定汉字的字型。

单：字根本身就单独构成一个汉字，如由、雨、竹、车、斤等。

散：构成汉字不止一个字根，且字根间保持一定距离，不连也不交，如讲、肥、昌、张、吴等。

连：五笔字型中字根相连不同于常规意义上的相连，特指以下两种情况。

（1）单笔画与某基本字根相连。

如自（丿连目）、且（月连一）、尺（尸连丶）、下（一连卜）等，这类汉字虽然不多，但容易看成是上下散的关系。

（2）带点结构，如勺、术、太、主、义、头、斗等。

另外，五笔字型中并不认为某些汉字的字根相连，如足、充、首、左、页等；若单笔画与基本字根之间有明显距离者不认为相连，如旦、个、少、么等。

表 1-2　五笔字型的基本字根总表

区 位	代 码	字 母	笔 画	键 名	基 本 字 根
1　1	11	G	一	王	五戋
2	12	F	二	土士	十干 寸雨
横　3	13	D	三	大犬	石古厂
起　4	14	S		木	西丁
笔　5	15	A		工	匚七弋戈 廿
2　1	21	H	丨	目	上止 卜
2	22	J	日曰		早虫
竖　3	23	K		口	
起　4	24	L		田	甲口四 皿 车力
笔　5	25	M		山	由门贝儿
3　1	31	T	丿	禾	竹彳夂冬
2	32	R		白	手扌 斤
撇　3	33	E		月	用乃 豕
起　4	34	W		人亻	八
笔　5	35	Q		金钅	勹夕 儿
4　1	41	Y		言讠	文方广亠
2	42	U		立	辛 丬六 疒门
捺　3	43	I	氵	水	小
起　4	44	O	灬	火	米
笔　5	45	P	之辶廴		冖宀
5　1	51	N	乙	已己巳	尸 心忄 羽
2	52	B		子孑	凵了阝耳卩 也
折　3	53	V	巛	女	刀九彐臼
起　4	54	C		又	厶巴马
笔　5	55	X		纟幺	弓匕

图 1-16　五笔字型的键盘图

交：指两个或多个字根交叉套迭构成汉字,如申(日交丨)、里(日交土)、夷(一、弓、人相交)等。

4) 汉字的三种字型

五笔字型编码是把汉字拆分为字根,而字根又按一定的规律组成汉字,这种组字规律就称为汉字的字型。汉字的字型分为三种:左右型、上下型、杂合型。这三种字型的代号分别是1、2、3,如表1-3所示。

表1-3　汉字的三种字型及代号

字型代号	字　　型	字　　例	特　　征
1	左右	汉 湘 结 封	字根之间可有间距,总体左右排列
2	上下	字 莫 花 华	字根之间可有间距,总体上下排列
3	杂合	困 凶 本 天	字根之间不分上下左右,浑然一体

五笔字型只研究由两个或三个字根组成的汉字的字型。由一个或多于三个字根组成的汉字字型不用了解,它们在输入码中不需要字型信息。

在五笔字型输入法中,对一些特殊汉字的字型作了如下规定。

(1) 字根间是内外型的字型视为杂合型,如团、同、这、边、困、匦等汉字。

(2) 字根间是包围与半包围的关系的字型视为杂合型,如匡、床、巨、冈、屑 等,但"见"为上下型。

(3) 字根间位置关系为"连"的字型属于杂合型,如自、千、尺、勺、斗、头等。

(4) 字根交叉重叠构成的汉字字型为杂合型,如申、里、半、东、串、冉等。

(5) 下含"辶、廴"的字型为杂合型,如连、运、迈、迤、迅、退等。

5) 汉字分解为字根的拆分原则

当汉字本身就是一个基本字根时,其五笔字型编码另有规定;汉字字根为"散"的关系时,比较容易拆分;拆分问题集中于要解决连、交的情况,具体拆分时要注意掌握以下口诀给出的要点:单勿需拆,散拆简单,难在交连,笔画勿断,取大优先,兼顾直观,能散不连。

(1) 取大优先　保证每次拆出最大的基本字根,即以拆出的字根数量最少的那种拆法优先。例如,"舌"拆分为"丿、古",而不是拆分为"丿、十、口"。

(2) 兼顾直观　拆字的目的是为了取汉字的输入码。如果拆得的字根有较好的直观性,就便于联想记忆,给输入带来方便。

例如,"自"拆成"丿、目","生"拆成"丿、王"。

(3) 能散不连　在拆出的字根数相同的情况下,按"散"的拆法比按"连"的拆分优先。例如,"午"应按"散"拆成"厂、十",而不按"连"拆成"丿、干"。

(4) 能连不交　在拆出的字根数相同的情况下,按"连"的拆分比按"交"的拆分优先。

例如,"天"应按"连"拆成"一、大",而不按"交"拆成"二、人"。"丑"应按"连"拆成"乙、土",而不按"交"拆成"刀、二"。

在拆分中还应注意,一个笔画不能割断在两个字根里。例如,"果"不能拆为"田、木",而应拆为"日、木"。

6) 五笔字型单字编码规则

对单字进行五笔字型编码时,首先要判断该字是键面字(字根表中有的字),还是键外字(字根表中没有的字),键面字和键外字的编码方式各不相同。单字的五笔字型编码口诀是:五笔字型均直观,依照笔顺把码编;键名汉字打四下,基本字根请照搬;一二三末取四码,顺序拆分大优先;不足四码要注意,交叉识别补后边。

注意:五笔字型的编码最多取四个,且都用小写字母。本书为了排版方便和清晰,用大写字母表示编码,用户在进行汉字录入时一定要在小写字母状态下。

(1)键名汉字的输入规则。

在五笔字型的键盘图中,各字根键位左上角的第一个字叫键名字,共有25个,即

王土大木工,目日口田山,禾白月人金,言立水火之,已子女又纟

键名汉字的输入方法:连击四下键名所在的键。

例如,大:DDDD;口:KKKK;金:QQQQ;女:VVVV。

(2)成字字根汉字的输入规则。

在130个基本字根中,除键名字根外,本身就是汉字的字根,称为成字字根。成字字根汉字的输入规则为:键名码(报户口)+首笔画代码+次笔画代码+末笔画代码。

当要输入一个成字字根时,首先把它所在的那个键打一下(俗称"报户口");然后再依次打它的首笔画码、次笔画码、末笔画码。注意:各个笔画代码一定是指单笔画,而不是字根,只能在"G、(横)H、(竖)T、(撇)Y、(捺)N(折)"范围内取码;如果成字字根只有两个笔画,即只能取出三个编码,则第四码以空格键结束。

例如,贝:MHNY;车:LGNH;小:IHTY;戈:GGGT;马:CNNG;十:FGH。

在五笔字型汉字编码中,横、竖、撇、捺、折五种单笔作为成字字根的特例,增加了两个"后缀"L码,其编码如下。

一:GGLL │:HHLL 丿:TTLL 、:YYLL 乙:NNLL

键名汉字和成字字根汉字合称键面字。

(3)键外字的输入规则。

在130个基本字根中所没有的字,即键面字以外的字称为键外字,键外字占汉字中的绝大多数。在对键外字进行编辑时,首先要按拆分原则将这类字拆分成已知的字根,再按规则进行编码输入。

① 含有四个及四个以上字根的汉字的输入。

其编码输入规则为:第一字根码+第二字根码+第三字根码+末字根码。

例如,缩:纟宀亻XPWJ;型:一 艹 刂 土 GAJF;唐:广 彐 丨 口 YVHK。

② 不足四个字根的汉字的输入。

当构成汉字的字根中只有二个字根或三个字根时,若按以上规则输入,就会造成许多重码。例如,"叭"和"只"都是由字根"八"和"口"组成,即编码皆为KW;"洒"、"沐"、"汀"三字的编码也同为IS。为了区别这些重码字,对不足四个字根的汉字取码,应再加上一个补充代码,即末笔字型交叉识别码。

末笔字型交叉识别码由汉字的末笔画代号和汉字的字型代号组成,共有两位数字。可以看成是一个键的区位码:第一位是区号,等于末笔画代号;第二位是位号,等于字型代号。由于汉字的笔画有5种,字型有3种,因此末笔字型交叉识别码共有 $5 \times 3 = 15$ 种。

③ 利用识别码进行汉字的输入。

三个字根的汉字编码输入规则为:

第一字根码 + 第二字根码 + 第三字根码 + 末笔字型交叉识别码。

两个字根的汉字编码输入规则为：

第一字根码 + 第二字根码 + 末笔字型交叉识别码 + 空格。

例如，绣：XTEN；告：TFKF；码：DCG；气：RNB；乡：XT；青：GEF；仅：HHU；卡：WCYE；召：VKF；飞：NUI。

④ 关于单字末笔画的规定。

在判断汉字的末笔字型时，要注意以下几点。

a. 末字根为"力、刀、九、匕、乃"等时，一律认为末笔画为折。

b. 包围型汉字中，取被包围部分的末笔作为整个字的末笔。

c. 下含"辶、廴"的汉字，以去掉"辶、廴"后的末笔为整个字的末笔。

d. "弋、戈、我、成"等字取撇"丿"为末笔。

（4）z 键的使用。

五笔字型字根键位只使用了 5 个字母键，z 键上没有任何字根，z 键称为"万能学习键"。在初学者对字根键位不太熟悉，或对某些汉字的字根拆分困难时，可以通过 z 键提供帮助，一切未知的编码都可以用 z 键来表示。它有两个主要的作用：

① 代替未知的识别码；

② 代替模糊不清或分解不准的字根。

由于使用 z 键提供帮助，一切未知的编码都可以用 z 键会增加重码，增加选择时间，所以，希望学习者能尽早记住基本字根和五笔字型编码方法，多做练习，尽量少用或不用 z 键。

（5）重码的处理。

五笔字型输入法优点之一是重码少，但仍然有部分汉字具有相同的编码，这些字称为重码字。例如，衣和衰编码相同：YEU；枯和柘编码相同：SDG；去、支、云编码相同：FCU；这些字都是重码字。重码字在屏幕上是编号显示的，用户只要用主键盘最上的数码键选择所需的汉字即可。

（6）五笔字型简码输入规则。

为了提高录入速度，五笔字型编码方案还将大量常用汉字的编码进行简化。经过简化以后，只取汉字的一个、二个或三个字根编码进行输入，称为简码输入。汉字的简码又分为一级简码、二级简码和三级简码。

① 一级简码　根据每一键位上的字根形态特征，在五个区的 25 个位上，每键安排一个使用频率最高的汉字，称为一级简码。

一级简码的输入规则为：简码键 + 空格。

例如，地：F；要：S；发：V；以：C；有：E；我：Q；这：P；民：N。

② 二级简码　五笔字型将汉字频率表中排在前面的常用字定为二级简码汉字，共 589 个。

二级简码的输入规则为：汉字前两码 + 空格。例如，牙：AH；克：DQ；用：ET；械：SA；事：GK；曲：MA；第：TX；笔：TT；肖：IE；春：DW；级：XE；与：GN。

③ 三级简码　三级简码由单字的前三个字根码组成，共计 4000 多个。

三级简码的输入规则为：汉字的前三码 + 空格。

例如，贯：XFM；非：DJD；写：PGN；乌：QNG；卵：QYT；垂：TGA；范：AIB；片：THG；苏：

AIW；插：RTF；母：XGU；幽：XXM。

在五笔字型输入法中，简码占常用汉字的绝大多数，在录入汉字时，若能利用好简码，就能大大提高输入速度。有时，同一个汉字可能有几种简码。在这种情况下，应尽量选最简捷的方法。

例如，"经"字就有四种输入编码，即一级简码：X；二级简码：XC；三级简码：XCA；全码：XCAG。

7）五笔字型输入法练习

（1）打开"记事本"窗口，选择五笔字型输入法。

（2）输入 25 个键名汉字，即

王土大木工，目日口田山，禾白月人金，言立水火之，已子女又纟。

（3）输入以下字母成字字根。

G：王戈五一；F：土士二十干寸雨；D：大犬三羊石古厂；S：木丁西；

A：工七弋戈廿；H：目上止卜；J：日曰早虫；K：口川；

L：田甲四车力；M：山由贝几；

E：月用乃；W：人八；Q：金夕儿；Y：言文方广；

U：立辛六门；I：水小；O：火米；P：之；

N：已己巳乙尸心羽；B：子孑了耳也；V：女刀九臼；

C：又巴马；X：幺弓匕。

（4）键外字的录入。

在"记事本"窗口中，将光标移到文件最后面，重新录入上次练习要求录入的文字。录入时注意中英文的转换，尽量使用词组和简码，注意 z 键的使用。

四、综合练习

（1）安装汉字练习软件，或安装 Word 文字处理软件，进行汉字文本的输入练习。

练习输入下面段落的汉字：

微型计算机诞生于 20 世纪 70 年代。微型计算机的发展到现在已有 20 多年的历史。20 世纪 80 年代初，世界上最大的计算机制造公司——美国 IBM 公司推出了命名为 IBM-PC 的微型计算机。IBM-PC 中的 PC 是英文"Personal Computer"的缩写，翻译成中文就是"个人计算机"或"个人电脑"，因此人们通常把微型计算机叫做 PC 或个人电脑。微型计算机的体积小，安装和使用都十分方便，对环境没有太严格的要求，而且价格也相对比较便宜，推出不久便显示出它的强大生命力。近 10 多年来，世界上许多计算机制造公司先后推出了各种型号品牌的 286、386、486、Pentium（奔腾）等档次的微型计算机。到了 20 世纪 90 年代，微型计算机以不可阻挡的潮水之势急剧发展，全面广泛渗透到社会的各个领域，以难以想象的速度和效率深刻地影响和渗透到人们的工作与生活的方方面面，改变着我们的思想和观念。

（2）在 Windows 提供的"记事本"和"写字板"程序中练习用智能 ABC 输入法或其他汉字输入法输入一段中文文字。文字的内容如下：

从 20 世纪 90 年代开始，因特网实现了全球范围的电子邮件、WWW、文件传输、图像通信等数据服务的普及，但电话和电视仍各自使用独立的网络系统进行信息传输。人们希望利用同一网络来传输语音、数据和视频图像，因此提出了宽带综合业务数字网（B-ISDN）的概念。这里宽带的意思是指网络具有极高的数据传输速率,可以承载大数据量的传输;综合是指信息媒体,包括语音、数据和图像可以在网络中综合采集、存储、处理和传输,由此可见,第四代计算机网络的特点是综合化和高速化。支持第四代计算机网络的技术有:异步传输模式 ATM(Asynchronous Transfer Mode)、光纤传输介质、分布式网络、智能网络、高速网络、互联网技术等。人们对这些新的技术予以极大的热情和关注,正在不断深入地研究和应用。

因特网技术的飞速发展以及在企业、学校、政府、科研部门和千家万户的广泛应用,使人们对计算机网络提出了越来越高的要求。未来的计算机网络应能提供目前电话网、电视网和计算机网络的综合服务;能支持多媒体信息通信,以提供多种形式的视频服务;具有高度安全的管理机制,以保证信息安全传输;具有开放统一的应用环境,智能系统具有自适应性和高可靠性,网络的使用、管理和维护将更加方便。总之,计算机网络将进一步朝着"开放、综合、智能"方向发展,必将对未来世界的经济、军事、科技、教育与文化的发展产生重大的影响。

Internet 起源于美国国防部高级研究计划局(ARPA)资助研究的 ARPANET 网络。1969年 11 月,ARPANET 通过租用电话线路将分布在美国不同地区的 4 所大学的主机连成一个网络。通过这个网络,进行了分组交换设备、网络通信协议、网络通信与系统操作软件等方面的研究。自从 1983 年 1 月 TCP/IP 协议成为正式的 ARPANET 的网络协议标准后,大量的网络、主机和用户都连入了 ARPANET,使 ARPANET 得以迅速发展。

到 1984 年,美国国家科学基金会(NSF)决定组建 NSFNET。通过 56Kbps 的通信线路将美国 6 个超级计算机中心连接起来,实现资源共享。NSFNET 采取的是一种具有三级层次结构的广域网,整个网络系统由主干网、地区网和校园网组成。各大学的主机可连接到本校的校园网,校园网可就近连接到地区网,每个地区网又连接到主干网,主干网再通过高速通信线路与 ARPANET 连接。这样一来,学校中的任一主机可以通过 NSFNET 来访问任何一个超级计算机中心,实现用户之间的信息交换。后来,NSFNET 所覆盖的范围逐渐扩大到全美的大学和科研机构,NSFNET 和 ARPANET 就是美国乃至世界 Internet 的基础。

当美国在发展 NSFNET 的时候,其他一些国家、地区和科研机构也在建设自己的广域网络,这些网络都是和 NSFNET 兼容的,它们最终构成 Internet 在各地的基础。20 世纪 90 年代以来,这些网络逐渐连接到 Internet 上,从而构成了今天世界范围内的互连网络。

在我国,1994 年中国科学技术网 CSTNET 首次实现和 Internet 直接连接,同时建立了我国最高域名服务器,标志着我国正式接入 Internet。接着,相继又建立了中国教育科研网(Carnet)、中国公用计算机互联网(China Net)和中国金桥网(Genet),从此中国用户日益熟悉并使用 Internet。

第 2 章

中文 Windows XP

实验一　Windows XP 的基本操作

一、实验目的和要求

（1）掌握 Windows XP 的启动与退出。
（2）掌握鼠标、键盘的基本操作。
（3）熟悉桌面和窗口的组成及操作。
（4）了解菜单的使用。
（5）了解对话框的组成。
（6）掌握对话框的使用。
（7）了解 Windows XP 帮助系统的使用。

二、预备知识

参考教程相关内容。

三、实验内容与指导

1. 启动 Windows XP 并正常关闭

依次打开计算机的外部电源、主机电源开关，计算机开始进行硬件测试，之后引导 Windows XP，如果没有设置登录密码，系统自动登录即可正常启动。

如果设置了登录密码，则引导 Windows XP 后，出现登录界面，单击某账户前面的图标，则出现密码框，输入正确的密码后，按回车键即可正常启动。

关闭所有的应用程序，单击"开始"→"关闭计算机"命令，弹出"关闭计算机"对话框，如图 2-1 所示，单击对话框中的"关闭"按钮，即可正常退出。

2. 认识桌面的各组成部分，掌握桌面的各种操作

通常桌面由图标、桌面背景和任务栏组成，各组成部分如图 2-2 所示。

（1）取消桌面上图标的自动排列功能，将"我的电脑"图标移到桌面的右下角。

鼠标指针指向桌面空白处单击右键，取消快捷菜单中"排列图标"→"自动排列"命令前的"√"标记，如图 2-3 所示。将鼠标指针指向"我的电脑"图标，按住鼠标左键，把该图标拖动到桌面右下角，再松开鼠标。

图 2-1　"关闭计算机"对话框

图 2-2　Windows XP 桌面

图 2-3　自动排列图标

（2）将桌面上的图标分别按名称、大小、类型、修改时间排列。

右击桌面空白处，分别选中快捷菜单中"排列图标"下的"名称"、"大小"、"类型"、"修改时间"选项。

（3）将"我的电脑"图标名称改为"我的计算机"。

右击"我的电脑"图标，选择快捷菜单中的"重命名"命令；

两次单击"我的电脑"图标的名称框；

选定"我的电脑"图标，按 F2 键。

使用以上方法中的任一种，则插入点在图标名称框中闪烁，删除原名或直接输入"我的计算机"，按 Enter 键。

（4）在桌面上新建一个名为"我的作业"的文件夹，再将其删除掉。

① 新建文件夹。

右击桌面空白处，选择快捷菜单中的"新建"→"文件夹"选项，即可在桌面上增加一个默认名称为"新建文件夹"的图标，将其重命名为"我的作业"即可。

② 删除文件夹。

右击"我的作业"文件夹图标，选择快捷菜单中的"删除"命令，或者选定"我的作业"文件夹图标，按 Delete 键，则弹出"确认文件夹删除"对话框，如图 2-4 所示，单击对话框中的"是"按钮即可删除"我的作业"文件夹。

图 2-4　"确认文件夹删除"对话框

也可以直接将"我的作业"文件夹图标拖入回收站。

（5）将任务栏放到屏幕的右边，并设置为"自动隐藏"，再恢复原状。

将鼠标指针指向任务栏的空白处，拖动任务栏至屏幕右边，松开左键即可将任务栏放到屏幕的右边（此步操作需要在任务栏没有被锁定的情况下才能执行）。

选择"开始"→"设置"→"任务栏和开始菜单"选项，或者右击任务栏的空白处，选择快捷菜单中的"属性"选项，弹出"任务栏和开始菜单属性"对话框，如图 2-5 所示。

选中对话框中"自动隐藏任务栏"复选框，单击"确定"按钮。

取消对"自动隐藏任务栏"复选框的选择，可恢复原状。

（6）取消任务栏右端的时间显示。

选择"开始"→"设置"→"任务栏和开始菜单"选项，或者右击任务栏的空白处，选择快捷菜单中的"属性"选项，弹出"任务栏和开始菜单属性"对话框，取消对话框中"显示时钟"复选框的选择，单击"确定"按钮。

（7）更改桌面背景。

右击桌面空白处，选择快捷菜单中"属性"选项，弹出"显示属性"对话框，单击"桌面"选项，如图 2-6 所示。

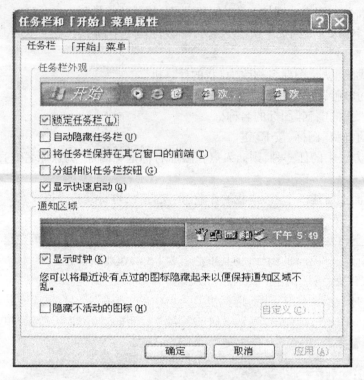

图 2-5　"任务栏和开始菜单属性"对话框

图 2-6　"桌面"选项卡

单击"背景"选项列表中所需的文件,单击"确定"按钮。

3. 窗口的操作

(1) 打开"我的电脑"窗口,熟悉窗口的各组成部分,分别使用标题栏左端的"控制菜单"按钮和标题栏右端的各按钮完成对"我的电脑"窗口的最小化、最大化、还原、移动和关闭操作。

双击"我的电脑"图标打开窗口,窗口由标题栏、菜单栏、工具栏、用户区、滚动条、状态栏等部分组成。

通过单击标题栏右端的 ▉▢▨ 按钮,可实现窗口的最小化、最大化和关闭操作,左键拖动标题栏的空白区可实现窗口的移动操作。

也可单击标题栏左端的"控制菜单"按钮,弹出控制菜单,如图 2-7 所示。选择其中需要的命令来完成窗口的各种操作。

(2) 依次打开"我的电脑"、"我的文档"、"回收站"窗口,分别使用键盘和鼠标在各窗口间切换,并将窗口排列方式分别设为"层叠"、"横向平铺窗口"、"纵向平铺窗口"的方式。

图 2-7　"控制菜单"按钮

依次双击"我的电脑"、"我的文档"、"回收站"图标,或者右击图标,选择快捷菜单中的"打开"命令,可打开"我的电脑"、"我的文档"、"回收站"窗口。

4. 窗口切换

● 鼠标切换

单击窗口暴露部分,或者单击任务栏上的窗口图标可切换不同的窗口。

● 键盘切换

按 Alt + Tab 组合键,会在屏幕上弹出一个框,框内排列着所有打开的窗口,每按一次 Alt + Tab 组合键,就会顺序选择框中的一个图标,当选择到所需窗口的图标时,释放键盘,则被选择窗口成为当前活动窗口; Alt + Tab 组合键可以在所有打开的窗口(包括已经最小化的窗口)之间切换。

也可以通过 Alt + Esc 组合键切换窗口,但只能在打开而没有最小化的窗口之间切换。

● 窗口排列

右击任务栏空白处,通过选择快捷菜单中的"层叠窗口"、"横向平铺窗口"、"纵向平铺窗口"命令,可实现多窗口的层叠、横向平铺、纵向平铺排列,三种窗口排列的效果分别如图 2-8、图 2-9、图 2-10 所示。

5. 菜单操作

(1) 分别使用键盘和鼠标打开"开始"菜单,学习"开始"菜单中各菜单项的功能与用法,最后关闭"开始"菜单。

键盘:按 Ctrl + Esc 键。

鼠标:左键单击任务栏中的"开始"按钮。

关闭"开始"菜单:左键单击菜单项以外的区域,或者按 Esc 键。

(2) 打开"我的电脑"窗口,分别用键盘和鼠标打开窗口中的"工具"菜单并关闭。

打开"我的电脑"窗口,鼠标左键单击菜单栏中的"工具"菜单项或者按 Alt + T 组合键。

左键单击菜单项以外的区域,或者按 Esc 键,可关闭已打开的菜单。

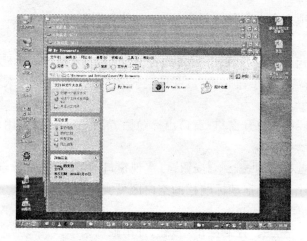

图 2-8　窗口的层叠

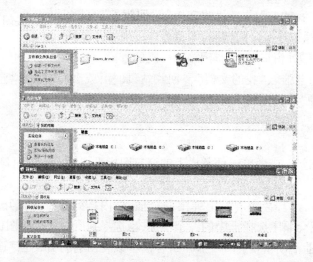

图 2-9　窗口的横向平铺

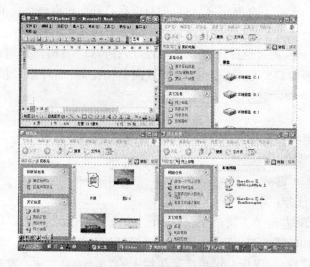

图 2-10　窗口的纵向平铺

注意:窗口菜单都可用 Alt + 菜单项后面的字母键打开。

（3）打开"我的电脑"的快捷菜单。

右键单击"我的电脑"图标,选择快捷菜单中的"打开"命令。

6.对话框操作

（1）打开"我的文档"窗口中的"工具"→"文件夹选项"对话框,认识对话框的各组成部分,并练习对各部分的操作。

一个完整的对话框由标题栏、选项卡(标签或活页卡片)、列表框、单选按钮、复选框和命令按钮等组成。

双击"我的文档"图标,则打开"我的文档"窗口,选择窗口菜单栏中的"工具"→"文件夹选项"命令,弹出如图 2-11 所示对话框。

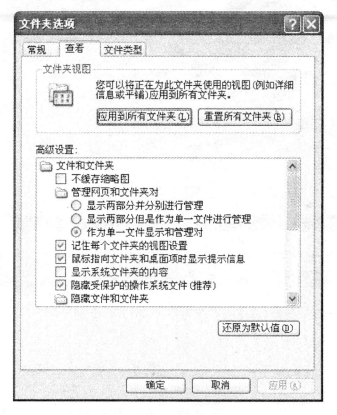

图 2-11　"文件夹选项"对话框

通过对以上对话框各组成部分的操作,掌握对话框的使用。

（2）比较对话框与窗口,总结对话框与窗口的主要区别。

通过比较可知,对话框的标题栏中没有"控制菜单"按钮、最大化/最小化和还原按钮,对话框只能移动不能改变其大小,而窗口既能改变大小也能移动。

7.Windows XP 帮助系统

打开 Windows XP 帮助系统,寻求"创建新文件夹"的帮助信息。

选择"开始"→"帮助和支持"命令,或者选择文件夹窗口中的"帮助"→"帮助和支持"命令,弹出如图 2-12 所示的"帮助和支持中心"窗口,在"搜索"文本框中输入"创建新文件夹"，单击"开始搜索"按钮或者按 Enter 键，弹出搜索结果窗口，单击左边窗口中的"创建新文件夹"项，右边窗口中即会显示有关创建新文件夹的帮助信息，如图 2-13 所示。

图 2-12 "帮助和支持中心"窗口

图 2-13 帮助信息

四、综合练习

（1）练习 Windows XP 的启动与关闭。

（2）用鼠标右键打开"我的电脑"窗口，显示或隐藏窗口中的工具栏。

（3）桌面操作。

① 取消桌面的"自动排列"功能，将"我的文档"图标移到桌面的右上角，并刷新桌面。

② 将"我的文档"图标名称改为"My Files"。

③ 在桌面上分别新建一个名为"作业"的文件夹和名为"我的信息"的文件，然后同时把它们删除。

④ 将任务栏放在屏幕的左边，并取消任务栏中的"快速启动"工具栏，最后恢复原状。

⑤ 将"开始"菜单的样式设置为"经典开始菜单"样式，即以前版本的 Windows 菜单。

⑥ 用任务栏的"快速启动"工具栏按钮启动"Internet Explorer 浏览器"。

⑦ 将窗口和按钮设置为 Windows 经典样式。

（4）窗口操作。

① 熟悉窗口各组成部分，练习窗口的各种操作，不通过标题栏左右两端的按钮完成窗口的最大化/还原操作（通过双击标题栏空白处）。

② 打开多个窗口，分别用鼠标和键盘在多个窗口之间切换，并练习多个窗口的各种排列方式。

（5）菜单操作。

① 熟悉分别用鼠标和键盘打开"开始"菜单的操作。

② 练习用鼠标和键盘打开与关闭窗口中的各项菜单。

③ 打开"我的文档"的快捷菜单。

（6）打开任一对话框，熟悉对话框的各组成部分及其操作方法，掌握对话框与窗口的主要区别。

（7）通过 Windows XP 帮助系统，显示"复制文件或文件夹"的帮助信息。

实验二　使用资源管理器

一、实验目的和要求

掌握启动资源管理器的方法，了解资源管理器窗口的组成；学会使用"我的电脑"或者"资源管理器"进行文件或文件夹的管理，掌握窗口中图标的排列及查看方式。

二、预备知识

参考教程相关内容。

三、实验内容与指导

（1）用不同方法打开资源管理器，了解资源管理器窗口的组成。比较"我的电脑"与"资源管理器"窗口，总结它们的不同，并对资源管理器窗口进行如下操作：移动、最小化、还原、最大化及关闭窗口。

用以下方法之一打开资源管理器。

① 选择"开始"→"程序"→"附件"→"Windows 资源管理器"命令。

② 右击"我的电脑"、"回收站"、"网上邻居"等图标,选择快捷菜单中的"资源管理器"命令。

③ 右击"开始"按钮,选择快捷菜单中的"资源管理器"命令。

用不同方法启动资源管理器,窗口结构相同,但窗口的内容不尽相同。通过右击"我的电脑"图标打开的"资源管理器"窗口如图 2-14 所示。

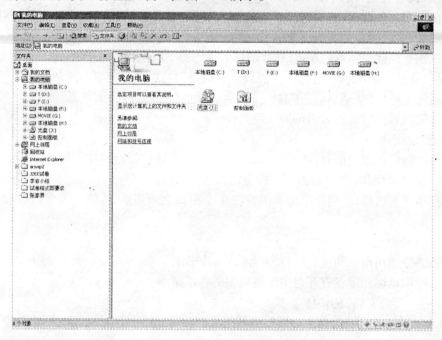

图 2-14　"资源管理器"窗口

"资源管理器"窗口与"我的电脑"窗口不同,除了有标题栏、菜单栏、工具栏、地址栏、状态栏以外,它的工作区分成左、右两个窗口。

资源管理器的左窗口列出了全部资源的树形结构,窗口中包括有计算机桌面上的所有图标,如"我的电脑"、"回收站"、"我的文档"等及它们的下级图标(如展开"我的电脑"时将显示各驱动器的图标等)。当某一图标前面有"＋"时,表示它有下级文件夹,单击"＋"号,可以展开它的下级,这时,"＋"号变成"－"号。当单击"－"时,下级折叠,"－"号又变成"＋"号。

资源管理器的右窗口是"内容窗口",它显示的是左窗口中选定对象的具体内容。

资源管理器窗口的移动、最小化、还原、最大化和关闭操作可参照上一实验中的窗口操作。

(2) 将 C:\Windows 文件夹窗口中的图标以"列表"方式显示,并按"类型"排列图标。

打开 Windows 文件夹,选择"查看"→"列表"命令可将窗口中的图标以列表方式显示。

选择"查看"→"排列图标"→"类型"命令,或者右击窗口空白处,选择快捷菜单中的"排列图标"→"类型"命令,可将窗口中的图标按类型排列。

(3) 分别通过"我的电脑"和"资源管理器"浏览 C:\Windows 文件夹。

我的电脑:打开"我的电脑"窗口,双击窗口中的 C 盘图标,再双击 C 盘下的 Windows 文件夹。

资源管理器:打开"资源管理器"窗口,单击左窗口中的 C 盘图标,再单击 C 盘下的 Windows 文件夹。

(4)给 C:\Windows\help 文件夹设置隐藏属性,显示 C:\Windows 文件夹窗口中各文件的扩展名,并且不显示该窗口中的隐藏对象。查看该窗口中的 winhelp. exe 文件的属性。

打开 Windows 文件夹窗口,右击窗口中的 help 文件夹,选择快捷菜单中的"属性"命令,或者先选中 help 文件夹,再选择"文件"→"属性"命令,打开如图 2-15 所示的"Help 属性"对话框。

单击选中对话框中的"隐藏"复选框(前面出现√标记),单击"确定"按钮即可为 help 文件夹设置隐藏属性。

图 2-15　"Help 属性"对话框

打开 Windows 文件夹窗口,选择"查看"→"文件夹选项"命令,单击"查看"选项卡,打开如图 2-11 所示的"文件夹选项"对话框,选中窗口列表中"不显示隐藏的文件或文件夹"单选项,可隐藏窗口中已设置了"隐藏"属性的对象;取消"隐藏已知文件类型的扩展名"复选框,可显示窗口中所有文件的扩展名。

打开 Windows 文件夹窗口,右击 winhelp. exe 文件图标,选择快捷菜单中的"属性"命令,打开"winhelp. exe 属性"对话框,可查看 winhelp. exe 文件的属性。

(5)将 C:\Windows\fonts 文件夹以"字体"为名设置共享,然后取消共享设置。

打开 Windows 文件夹窗口,右击 Fonts 文件夹图标,选择快捷菜单中的"属性"命令,弹出"Fonts 属性"对话框,单击"共享"选项卡,如图 2-16 所示。选择"在网络上共享这个文件夹"选项,在"共享名"文本框中输入"字体",单击"确定"按钮。此时 Fonts 文件夹图标上出现了手形标记表示共享设置成功。

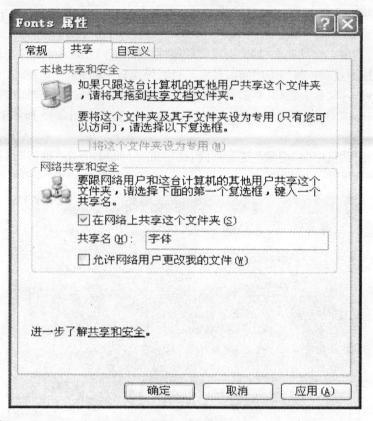

图 2-16　"Fonts 属性"对话框

(6)对 C:\Windows 文件夹窗口中的图标做如下操作。

① 选中前两行图标(要求窗口中的图标以"图标"方式显示)。

打开 Windows 文件夹窗口,单击第一行第一个图标,按住 Shift 键,再单击第二行最后一个图标,即可选中前两行图标。

② 选中第 1、3、5、7 个图标。

按住 Ctrl 键,逐个单击第 1、3、5、7 个图标。

③ 选中全部图标。

选择"编辑"→"全部选定"命令,或者按 Ctrl + A 组合键。

(7) 查找 C 盘上的以"Flashget"为名的所有文件或文件夹,再查找 C:\Windows 文件夹中所有扩展名为. exe 的文件。

选择"开始"→"搜索"命令,打开"搜索结果"窗口,单击窗口中"您想要查找什么"选项中的"所有文件或文件夹",弹出如图 2-17 所示的"搜索结果"窗口,在"在这里寻找"列表中选择 C 盘,在"全部或部分文件名"文本框中输入"Flashget",单击"搜索"按钮即可查找到以"Flashget"为名的所有文件或文件夹。

也可以通过右击 C 盘图标,选择快捷菜单中的"搜索"命令完成上述操作。

右击 Windows 文件夹图标,选择快捷菜单中的"搜索"命令,打开"搜索"窗口,在"全部

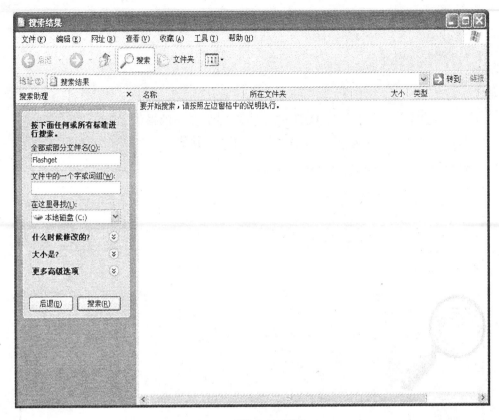

图 2-17　"搜索结果"窗口

或部分文件名"文本框中输入"＊.exe"，单击"搜索"按钮即可查找到 Windows 文件夹中所有扩展名为.exe 的文件。

四、综合练习

（1）用多种方法启动资源管理器，观察资源管理器窗口，理解左窗口中"＋"、"－"号的意义，比较"我的电脑"与"资源管理器"窗口，总结它们的异同。

（2）通过"我的电脑"或"资源管理器"浏览 D 盘及各文件夹的内容。

（3）将 C:\Windows 文件夹窗口中的图标以"详细信息"方式显示，并按"大小"排列。

（4）练习文件夹属性的设置、显示与取消，练习文件夹的共享设置。

（5）练习文件或文件夹的选定操作。

（6）查找 C 盘上所有扩展名为.bat 的文件。

实验三　磁盘文件管理

一、实验目的和要求

熟练掌握文件或文件夹的新建、更名、复制或移动及删除操作，掌握回收站的使用方法，了解建立和删除快捷方式的操作。

二、预备知识

参考教程相关内容。

三、实验内容与指导

（1）在 C 盘上创建一个名为 TEST 的文件夹，执行如下的操作。

打开 C 盘窗口，选择"文件"→"新建"命令，出现"新建"子菜单，如图 2-18 所示。

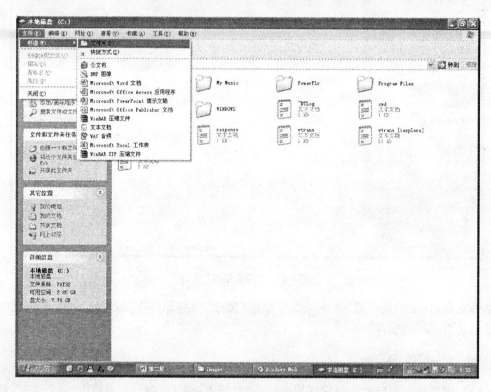

图 2-18　"文件"菜单中的"新建"子菜单

或者右击窗口空白处，选择快捷菜单中的"新建"命令，弹出它的子菜单，如图 2-19 所示。

单击子菜单中的"文件夹"命令，在 C 盘窗口中出现一个"新建文件夹"图标，且名称反向显示，将名称改为 TEST。

① 在 TEST 文件夹下依次创建名为 TESTSUB 的子文件夹、名为 WSY1. TXT 的文本文件、名为 WSY2. DOC 的 Word 文档、名为 WSY3. XLS 的工作簿文件。

打开 TEST 文件夹，用上述方法建立 TESTSUB 子文件夹。

单击图 2-19 所示菜单中的"文本文档"命令，窗口中出现"新建文本文档. txt"图标，且名称反向显示，将名称改为"WSY1. TXT"。

单击图 2-19 所示菜单中的"Microsoft Word 文档"命令，窗口中出现"新建 Microsoft Word 文档. doc"图标，且名称反向显示，将名称改为"WSY2. DOC"。

单击图 2-19 所示菜单中的"Microsoft Excel 工作表"命令，窗口中出现"新建 Microsoft

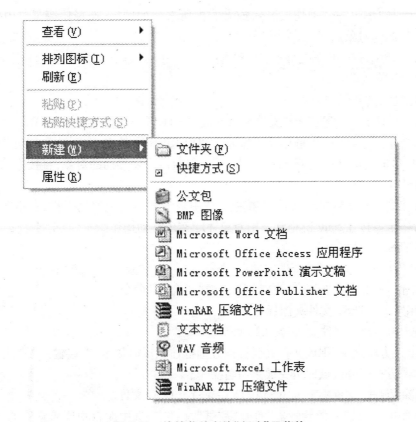

图 2-19　快捷菜单中的"新建"子菜单

Excel 工作表.xls"图标,且名称反向显示,将名称改为"WSY3.XLS"。

② 复制 WSY1.TXT、WSY2.DOC 文件至 TESTSUB 子文件夹下。

使用菜单方式的步骤如下:

首先,按住 Ctrl 键,单击 WSY1.TXT 和 WSY2.DOC 图标选中要复制的文件;

其次,选择"编辑"→"复制"命令,或者右击所选中的图标,选择快捷菜单中的"复制"命令,将要复制的对象放到"剪贴板"上;

最后,打开 TESTSUB 子文件夹,选择"编辑"→"粘贴"命令,或者右击窗口空白处,选择快捷菜单中的"粘贴"命令。

使用拖动法的步骤如下:

同时打开 TEST 和 TESTSUB 文件夹窗口,选中 TEST 文件夹窗口中的 WSY1.TXT 和 WSY2.DOC 文件图标;按住 Ctrl 键,按住鼠标左键拖动至 TESTSUB 文件夹窗口。

此外,也可以在"资源管理器"窗口中,单击左窗口中的 TEST 文件夹,选中右窗口中要复制的对象,按住 Ctrl 键拖动至左窗口中的 TESTSUB 文件夹。

注意:在同一驱动器中复制时,一定要按住 Ctrl 键拖动选中对象才能实现复制操作;在不同驱动器之间复制时,直接拖动选中对象即可实现复制操作。

③ 移动 WSY3.XLS 至 TESTSUB 子文件夹下。

使用菜单方式的步骤如下:

首先,选中 WSY3.XLS 文件图标;

其次,选择"编辑"→"剪切"命令,或者右击所选中的图标,选择快捷菜单中的"剪切"命令,将要复制的对象放到"剪贴板"上;

最后,打开 TESTSUB 子文件夹,选择"编辑"→"粘贴"命令,或者右击窗口空白处,选择快捷菜单中的"粘贴"命令。

使用拖动法的步骤如下:

同时打开 TEST 和 TESTSUB 文件夹窗口,选中 TEST 文件夹窗口中的 WSY3. XLS 文件图标,指向选中的图标,按住鼠标左键拖动至 TESTSUB 文件夹窗口;也可以在"资源管理器"窗口中,单击左窗口中的 TEST 文件夹,选中右窗口中要移动的对象,直接拖动至左窗口中的 TESTSUB 文件夹。

注意:在同一驱动器中移动时,直接拖动选中对象即可实现移动操作;在不同驱动器之间移动时,一定要按住 Shift 键拖动选中对象才能实现移动操作。

④ 将 TEST 文件夹更名为"测试"。

- 在 C 盘窗口中选中 TEST 文件夹,选择"文件"→"重命名"命令;
- 右击 TEST 文件夹,选择快捷菜单中的"重命名"命令;
- 两次单击 TEST 文件夹图标名称框;
- 先选中 TEST 文件夹,再按 F2 功能键。

使用上述方法之一,则该文件夹名称被方框框住且反向显示,直接输入"测试",按Enter键,或者单击方框以外区域即可完成重命名操作。

⑤ 删除"测试"文件夹下的 WSY1. TXT、WSY2. DOC 文件。

用"我的电脑"或"资源管理器"打开"测试"文件夹,选中题目中要求删除的文件图标,用下列方法之一将其删除:

- 选择"文件"→"删除"命令;
- 右击选中的文件图标,选择快捷菜单中的"删除"命令;
- 选中要删除的文件图标,按 Delete 键。

执行以上操作之一,都会弹出"确认文件删除"对话框,单击对话框中的"是"按钮即可删除选中的文件,此时删除的文件被放入回收站;也可在回收站和被删除对象均可看见的情况下,直接将选中的对象拖至回收站;还可以在"资源管理器"右窗口中选中删除对象,直接拖至左窗口中的回收站。

注意:选中删除对象,按 Shift + Delete 键弹出"确认文件删除"对话框,单击"是"按钮,可将选中对象不经过回收站直接从硬盘中删除。

(2) 回收站的使用。

① 打开回收站,还原对 WSY1. TXT 的删除。

双击桌面上"回收站"图标,打开回收站窗口,执行下列操作之一:

- 选中 WSY1. TXT 文件图标,选择"文件"→"还原"命令;
- 右击 WSY1. TXT 文件图标,选择快捷菜单中的"还原"命令;
- 单击回收站窗口左边"回收站任务"中的"还原此项目"选项。

② 清空回收站中的所有内容,关闭回收站。

打开回收站窗口,执行下列操作之一清空回收站:

- 右击"回收站"图标,选择快捷菜单中的"清空回收站"命令;

- 选择"文件"→"清空回收站"命令；
- 右击回收站窗口,选择快捷菜单中的"清空回收站"命令；
- 选中对象,单击回收站窗口左边"回收站任务"中的"清空回收站"选项。

单击回收站窗口标题栏右端的⊠按钮,或者单击标题栏左端的"控制菜单"按钮,选择菜单中的"关闭"命令均可关闭回收站。

（3）快捷方式的建立与删除。

① 使用快捷方式向导在桌面上建立快速启动"画图"的快捷方式。

右击桌面的空白处,选择快捷菜单"新建"中的"快捷方式"命令,弹出"创建快捷方式"向导之一,如图 2-20 所示。

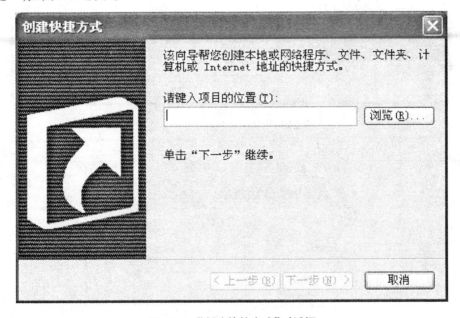

图 2-20　"创建快捷方式"对话框

如果知道"画图"启动文件所在位置,可在对话框"请键入项目的位置"文本框中直接键入路径,单击"下一步"按钮；否则,单击"浏览"按钮,弹出"浏览文件夹"对话框,在 C:\Windows\system32 文件夹下找到启动"画图"程序的文件 mspaint. exe,单击"确定"按钮返回"创建快捷方式"对话框,此时在"请键入项目的位置"文本框中显示"C:\Windows\system32\mspaint. exe"的路径,单击"下一步"按钮,弹出"选择程序标题"对话框,输入快捷方式名称（默认名称为 mspaint. exe）,如图 2-21 所示。

单击"完成"按钮,此时桌面上就创建了一个"mspaint. exe"的快捷方式图标。

② 使用直接拖放的方法在桌面上建立"计算器"快捷图标。

选择"开始"→"程序"→"附件"→"计算器",则"计算器"图标被选中且反向显示,此时可执行下列操作之一：

- 按住鼠标左键不放,将"计算器"图标直接拖动到桌面上来；
- 右击"计算器"图标,在级联菜单中选择"发送到"→"桌面快捷方式",如图 2-22 所示。

③ 删除桌面上的"计算器"快捷图标。

右击"计算器"快捷方式图标,选择快捷菜单中的"删除"命令。

图 2-21 "选择程序标题"对话框

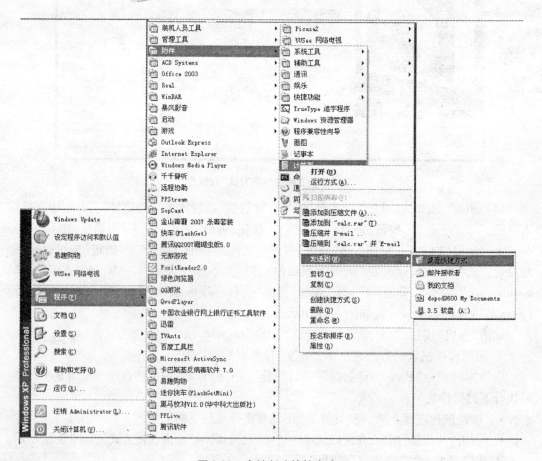

图 2-22 右键创建快捷方式

四、综合练习

（1）在 C 盘创建一个名为 WSY 的文件夹,执行如下操作。

① 在 WSY 文件夹下创建名为 WSYSUB 的子文件夹。

② 在 WSYSUB 文件夹下依次建立名为 WSYTZ1.TXT 的文本文件、名为 WSYTZ2.DOC 的 Word 文档、名为 WSYTZ3.XLS 的工作簿文件。

③ 复制 WSYTZ1.TXT、WSYTZ2.DOC 文件至 WSY 子文件夹下。

④ 移动 WSYTZ3.XLS 至 WSY 子文件夹下。

⑤ 删除 WSYSUB 子文件夹下的 WSYTZ1.TXT 和 WSYTZ2.DOC 文件。

⑥ 删除 WSYSUB 子文件夹。

⑦ 将 WSY 文件夹更名为"作业"。

（2）首先使用快捷方式向导在桌面上建立快速启动"扫雷"游戏的快捷方式,已知启动"扫雷"游戏的文件名为 C:\windows\system32\Winmine.exe ,然后再删除该快捷方式。

实验四　Windows XP 的磁盘管理

一、实验目的和要求

了解磁盘清理和磁盘碎片整理的操作,掌握磁盘共享的设置。

二、预备知识

参考教程相关内容。

三、实验内容与指导

（1）用磁盘清理工具清理 C 盘。

选择"开始"→"程序"→"附件"→"系统工具"→"磁盘清理"命令,弹出"选择驱动器"对话框,如图 2-23 所示。

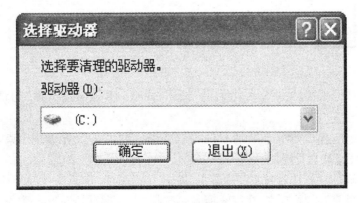

图 2-23　磁盘清理

单击"确定"按钮,弹出"磁盘清理"对话框,如图 2-24 所示。

图 2-24　"磁盘清理"对话框

随后弹出"(C:)的磁盘清理"对话框,如图 2-25 所示。

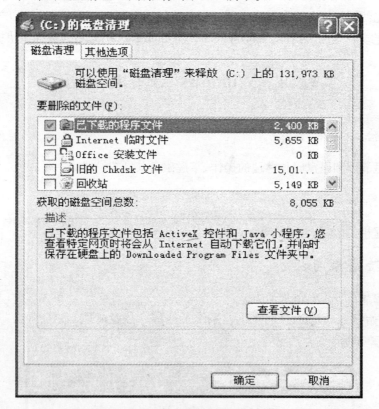

图 2-25　"(C:)的磁盘清理"对话框

选择列表中要删除的文件,单击"确定"按钮,弹出"(C:)磁盘清理"对话框,如图 2-26 所示。

单击"是"按钮,弹出如图 2-27 所示的"磁盘清理"对话框,直至清理结束。

(2)将 C 盘以"共享资源"为名设置共享。

在"我的电脑"或"资源管理器"窗口中,右击 C 盘图标,选择快捷菜单中的"共享和安全"命令,弹出"共享"选项卡,如图 2-28 所示。选择"共享驱动器"命令,弹出如图 2-29 所示的对话框。

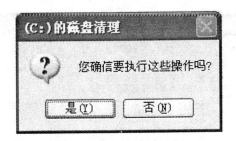

图 2-26　"（C:）磁盘清理"对话框

图 2-27　"磁盘清理"对话框

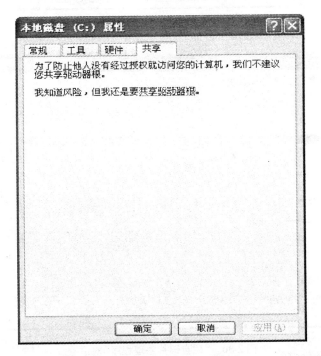

图 2-28　"共享和安全"选项卡

　　选中"在网络上共享这个文件夹"选项,在"共享名"文本框中输入"共享资源",单击"确定"按钮即可共享 C 盘。

　　（3）对某一个磁盘进行磁盘碎片整理。

　　选择"开始"→"程序"→"附件"→"系统工具"→"磁盘碎片整理程序"命令,弹出"磁盘碎片整理程序"对话框,这里我们选择 E 盘,如图 2-30 所示。

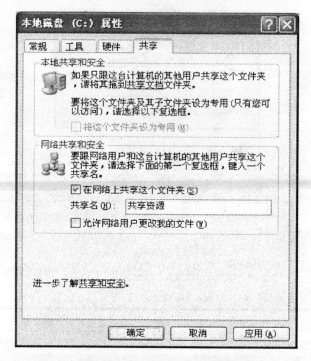

图 2-29　"共享磁盘"对话框

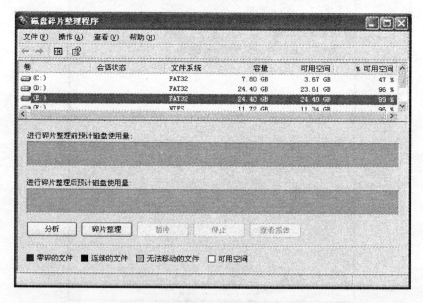

图 2-30　"磁盘碎片整理程序"对话框

　　单击"碎片整理"按钮,开始整理磁盘,整理完毕弹出"磁盘碎片整理程序"对话框,如图 2-31所示。

　　如果不想查看碎片整理报告,则直接单击"关闭"按钮,完成磁盘碎片整理;如果想查看碎片整理报告,则单击"查看报告"按钮,会弹出"碎片整理报告"对话框,查看完毕,单击"关闭"按钮。

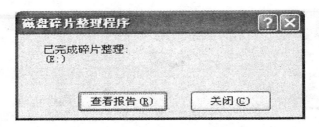

图 2-31　磁盘碎片整理报告

四、综合练习

（1）用磁盘清理工具清理 D 盘。

（?）将 D 盘以"我的资料"为名共享，并设置只能读取的共享属性。

实验五　配置 Windows XP 系统环境

一、实验目的和要求

掌握控制面板的启动方法、显示器属性设置、日期和时间设置，了解鼠标属性设置，学会通过控制面板添加/删除应用程序。

二、预备知识和准备

参考教程相关内容。

三、实验内容与指导

（1）打开控制面板，认识控制面板各组成部分，掌握控制面板窗口中各工具栏的用法，并分别以"分类视图"和"经典视图"显示窗口中的图表。

用以下方法之一，打开控制面板窗口，如图 2-32 所示。

- 选择"开始"→"设置"→"控制面板"命令；
- 双击"我的电脑"图标，单击"我的电脑"窗口左边列表中的"控制面板"选项；
- 在"资源管理器"左窗口中，单击"控制面板"图标。

单击控制面板窗口左边"控制面板"选项中的"切换到分类视图"，或者"切换到经典视图"即可将窗口中的图标以"分类视图"或"经典视图"方式显示。

（2）将桌面主题改为"Windows 经典"方式；更换当前的桌面背景；给屏幕设置"贝塞尔"曲线的屏幕保护程序，设置等待时间为 3 min；将活动窗口标题栏的颜色改为：颜色 1 为黄色，颜色 2 为绿色；将屏幕分辨率改为 800×600。

更改主题：双击控制面板窗口中的"显示"图标，打开"显示属性"对话框，系统默认为"主题"选项卡，打开"主题"列表，单击选择"Windows 经典"选项，如图 2-33 所示，单击"确定"按钮。

更改桌面背景：单击"显示属性"对话框中的"桌面"选项卡，选择"背景"列表中合适的图片文件，单击"确定"按钮。

图 2-32 "控制面板"窗口

设置屏幕保护程序：单击"显示属性"对话框中的"屏幕保护程序"选项卡，选择"屏幕保护程序"列表中的"贝塞尔"曲线，在"等待"框中输入或选择数值 3，如图 2-34 所示，最后单击"确定"按钮。

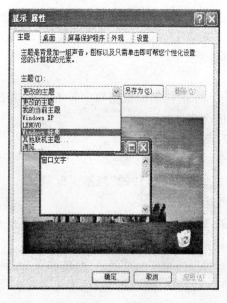

图 2-33 "主题"选项卡

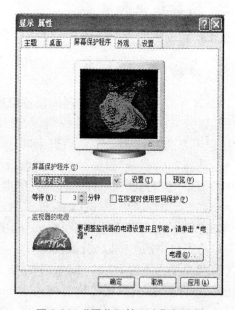

图 2-34 "屏幕保护程序"选项卡

改变活动窗口标题栏的颜色：单击"显示属性"对话框中的"外观"选项卡，如图 2-35 所示；单击"高级"按钮，弹出"高级外观"对话框，选择"项目"列表中的"活动窗口标题栏"选项，再将"颜色 1"选为黄色，"颜色 2"选为绿色，如图 2-36 所示。

单击"确定"按钮返回"显示"对话框，单击"确定"按钮。

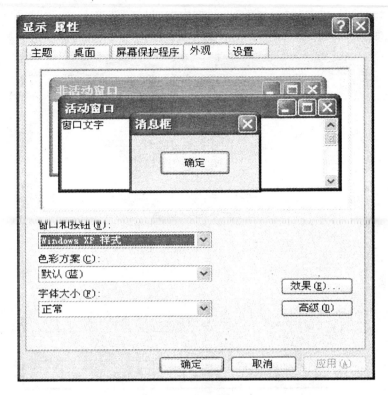

图 2-35　"外观"选项卡

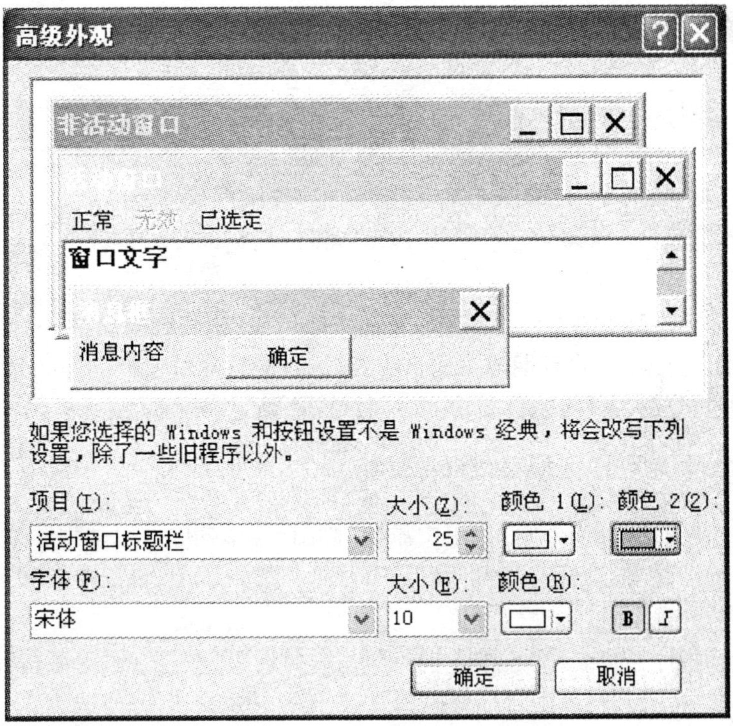

图 2-36　"高级外观"选项卡

设置屏幕分辨率:单击"显示属性"对话框中的"设置"选项卡,拖动"屏幕分辨率"滑块至 800×600,如图 2-37 所示,单击"确定"按钮。

图 2-37　"设置"选项卡

(3)理解各鼠标指针形状的含义,将鼠标指针形状改为"恐龙"形状,并设置"显示指针踪迹"效果。

双击控制面板窗口中的"鼠标"图标,打开"鼠标属性"对话框,单击"指针"选项卡,选择"方案"选项列表中的"恐龙"选项,如图 2-38 所示,再单击"指针选项"选项卡,选中"显示指针踪迹"复选框,如图 2-39 所示,最后单击"确定"按钮。

(4)将系统日期改为 2006 年 7 月 26 日,时间改为 15:56:33,再改回为当前的正确日期和时间。

双击控制面板窗口中的"日期和时间"图标,打开"日期和时间属性"对话框,如图 2-40 所示。在"日期"选项组中将日期改为题目中要求的日期,分别单击"时间"选项组中的时间显示框中的小时、分、秒,输入题目要求的时间,单击"确定"按钮。

四、综合练习

(1)利用控制面板,在"开始"菜单中添加"画图"应用程序的启动程序菜单。

(2)给屏幕设置"三维管道"的屏幕保护程序,并加入口令;将菜单的颜色设置为绿色;练习调整屏幕的分辨率。

(3)将鼠标指针形状改为"三维青铜色"形状,并设置"在打字时隐藏指针"效果。

(4)利用控制面板,将系统日期修改为 2008 年 8 月 8 日,时间修改为 20:00:00,再改回为当前的正确日期和时间。

(5)通过控制面板添加/删除某种应用程序。

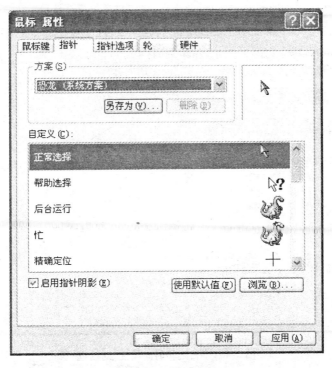

图 2-38　"指针"选项卡

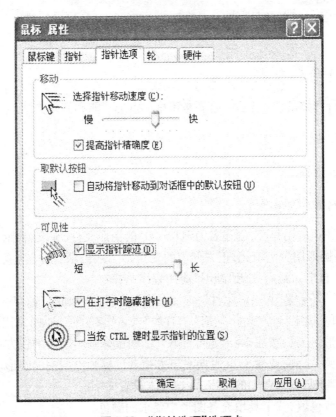

图 2-39　"指针选项"选项卡

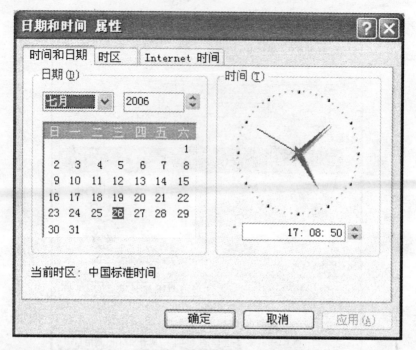

图 2-40　"日期和时间属性"对话框

实验六　Windows XP 附件的使用

一、实验目的和要求

掌握画图和计算器的使用,了解记事本和写字板的功能和使用方法。

二、预备知识

参考教程相关内容。

三、实验内容与指导

(1) 利用"画图"应用程序,创建名为 HT.BMP 的图形文件,在文件中绘制如图 2-41 所示的图形,图形中圆形用黄色填充,正方形内的三角形用红色填充,其余颜色均用蓝色填充并保存(保存位置自定),最后关闭"画图"应用程序。

- 选择"开始"→"程序"→"附件"→"画图"命令,打开"画图"窗口。
- 使用窗口左边工具栏中的"铅笔"、"直线"或者"多边形"工具,画出图中的三角形。
- 单击"矩形"工具,按住 Shift 键向右下方拖动鼠标画出图中的正方形。
- 单击"椭圆"工具,按住 Shift 键向右下方拖动鼠标画出图中的圆形。
- 用"文字"工具输入图中的文字,并按要求设置文字。
- 使用"用颜色填充"工具填充各图形中要求的颜色。
- 选择"文件"→"保存"命令,弹出"另存为"对话框,在"保存位置"选项列表中选择

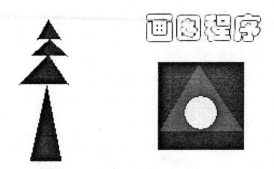

图 2-41 名为 HT.BMP 的图形文件

合适的保存位置,在"文件名"框中输入"HT.BMP",单击"保存"按钮即可保存文件。

最后,单击"画图"窗口的"关闭"按钮关闭"画图"应用程序。

(2) 打开计算器,将计算器界面切换成"科学型",用计算器将十进制数 25 转换成二进制数和十六进制数,并计算 12^3 和 6^5 的值。

选择"开始"→"程序"→"附件"→"计算器"命令,打开"计算器"窗口。选择窗口菜单"查看"→"科学型"命令,打开如图 2-42 所示的窗口。

图 2-42 "科学型计算器"窗口

选中科学型计算器界面中的"十进制"选项,输入 25,单击"二进制"选项,则显示对应的二进制数为 11001,单击"十六进制"选项,则显示对应的十六进制数为 19。计算 12^3 的值:先输入 12,再按计算器上的 $\boxed{x^3}$ 键即可。计算 6^5 的值:先输入 6,按 $\boxed{x^y}$ 键,再按 5,最后按" = "键即可。

(3) 利用"记事本"应用程序,创建一个名为 JSB.TXT 的文本文件,设置"自动换行"功能,在文件中输入下列内容。

木 马 植 入

木马的攻击非常简单,通常是通过 Web、邮件等方式给你发送木马的服务器端程序,一旦运行它之后,它就会潜伏在你的系统里,并且把你的信息以电子邮件或其他方式通知攻击者,这样攻击者就可以通过木马的客户端来完全控制你的机器。著名的木马程序有

Bo2000、冰河等。目前还有一种专门针对 OICQ 的木马程序——GOP（Get Oicq Password），该软件通过电子邮件的方式把中木马机器的 OICQ 密码发送给攻击者。

选择"开始"→"程序"→"附件"→"记事本"命令，打开"记事本"窗口。

设置自动换行：选择"格式"→"自动换行"命令。

输入要录入的文字。

对输入的文字做如下设置。

① 设置页面纸张大小为信封 C5，上下左右页边距均为 2.5 cm。

页面设置：选择"文件"→"页面设置"命令，选择纸张大小为 C5，输入要求的页边距，单击"确定"按钮。

② 将正文复制一份，成为第二段，删除第二段中的最后一句话。

复制正文：拖动选定的正文文字，选择"编辑"→"复制"命令，将插入点定位于正文的下一行，选择"编辑"→"粘贴"命令。

删除文本：选定要删除的文字，按 Delete 键。

③ 将全文设置为隶书五号字并保存（保存位置自定）。

选定全文，选择"格式"→"字体"命令，弹出"字体"对话框，选择"字体"选项组中的"隶书"和"大小"选项组中的"五号"，单击"确定"按钮。

选择"文件"→"保存"命令，弹出"另存为"对话框，在"保存位置"选项列表中选择合适的保存位置，在"文件名"框中输入"JSB. TXT"，单击"保存"按钮即可保存文件。

（4）打开"写字板"应用程序，将第三点中的文件内容粘贴到该新文件中，再将第一点中的图片粘贴到该写字板文件的末尾，将该写字板文件以 XZB. DOC 为名保存（保存位置自定）。

选择"开始"→"程序"→"附件"→"写字板"命令，打开"写字板"窗口。

打开第三点的 JSB. TXT 文件，拖动选定的内容，选择"编辑"→"复制"命令，将插入点置于写字板窗口，在写字板窗口中选择"编辑"→"粘贴"命令即可。

打开第一点的 HT. BMP 文件，用"选定"工具选择图片，选择"编辑"→"复制"命令，切换到写字板窗口，选择"编辑"→"粘贴"命令即可。

选择"文件"→"保存"命令，弹出"另存为"对话框，在"保存位置"选项列表中选择合适的保存位置，在"文件名"框中输入"XZB. DOC"，单击"保存"按钮即可保存文件。

四、综合练习

（1）在"画图"应用程序下，绘制一个黄色填充的三角形，并在三角形上方输入文字"三角形"，将文字设置为红色、20 磅华文彩云体；复制三角形，将复制后的三角形垂直翻转放在原三角形的右边，并在其上方输入文字"垂直翻转"，效果如图 2-43 所示，最后以 HTZY. BMP 为名保存在"我的文档"中。

（2）利用计算器进行下列计算。

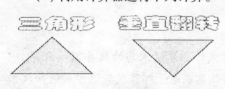

① 计算 54 除以 5 的余数。

② 计算 12^3 的值。

③ 将八进制数 275 分别转换为十进制数和二进制数。

图 2-43　绘制三角形

（3）打开"记事本"应用程序，以自己的姓名为名建立一个纯文本文件,在文件中输入下列内容,将文字设置为仿宋四号,并保存到"我的文档"文件夹中。

在使用计算机时,我们总有一些不良习惯,虽然这些小毛病不至于立即对我们的爱机产生致命打击,但是,它们的存在或多或少地使我们的机器受到损害,长此下去,最终将导致某些部件完全损坏,甚至引起整个系统瘫痪。

(4) 在写字板中输入下列文字(要求在" * "位置填入自己的相关信息)。

班级:**********

学号:**********

姓名:**********

每周课余上机时间:*** 小时

然后再利用画图程序,绘制如图 2-44 所示的矩形和椭圆图形,要求图形用红色画线条、用浅黄色填充。

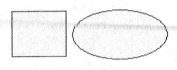

将该图形复制到写字板文件的文字后面,将写字板文件以 XZBZY.DOC 为名保存在"我的文档"文件夹中。

图 2-44　矩形和椭圆图形

第 3 章

中文 Word 2003

实验一 Word 2003 的基本操作

一、实验目的和要求

掌握 Word 2003 的启动与关闭方法,认识 Word 2003 窗口界面的各组成部分,了解如何获得 Word 2003 的系统帮助。

二、预备知识

参考教程相关内容。

三、实验内容与指导

1. 可以用以下三种方法启动 Word 2003

(1) 由"开始"菜单启动 Word。

执行"开始"→"程序"→"Microsoft Office"→"Microsoft Office Word 2003"命令,如图 3-1 所示。

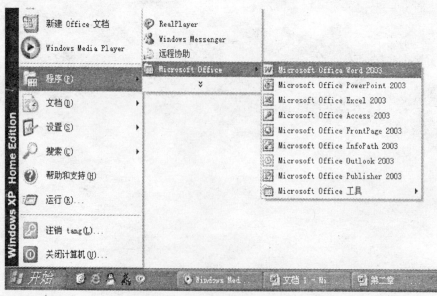

图 3-1 由"开始"菜单启动 Word

（2）利用快捷图标。

双击 Windows XP 桌面上的 Word 2003 快捷图标。

（3）通过打开 Word 文档。

利用"资源管理器"或"我的电脑"找到要打开的 Word 文档,双击该文件图标或右击文件图标,选择快捷菜单中的"打开"命令。

2. 熟悉窗口的组成

将"常用"和"格式"工具栏排列成一行或两行,练习"常用"、"格式"、"绘图"工具栏的打开与关闭操作。

1）窗口的组成

Word 2003 的窗口由应用程序窗口和文档窗口组成,它由标题栏、菜单栏、常用工具栏、格式工具栏、标尺、任务窗格、垂直滚动条、水平滚动条、浏览工具栏、工作区、视图工具栏和状态栏等组成,如图 3-2 所示。

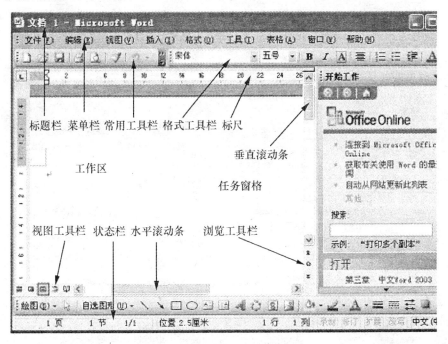

图 3-2　Word 2003 窗口界面

2）"常用"、"格式"工具栏的排列

（1）单击"常用"或者"格式"工具栏最后的"工具栏选项"按钮,选择"在一行内显示"按钮或"分两行显示"按钮。

（2）鼠标指针指向"格式"工具栏的移动控制杆(工具栏最前面由短线组成的竖线)处,使光标变成带双向箭头的 ✛ 形状,拖动到"常用"工具栏之后或"常用"工具栏的下面。

3）"常用"、"格式"、"绘图"工具栏的打开与关闭

（1）使用菜单。

执行"视图"→"工具栏"→"常用"/"格式"/"绘图"命令,可打开/关闭"常用"、"格式"、"绘图"工具栏(菜单项前有√标记为打开状态)。

(2)使用快捷菜单。

在菜单栏或工具栏的任意位置单击右键,选择快捷菜单中的"常用"/"格式"/"绘图"菜单项。

3. 可以用以下多种方法关闭 Word 2003

(1)单击 Word 2003 窗口右上角的▥按钮。

(2)执行"文件"→"退出"命令。

(3)单击 Word 2003 窗口左上角的▥图标,选择"关闭"命令。

(4)按 Alt + F4 组合键。

4. 利用系统帮助了解有关"拼写和语法检查"的帮助信息

执行"帮助"→"Microsoft Office Word 帮助"命令,弹出如图 3-3 所示的"Word 帮助"任务窗格,在"搜索"文本框中输入"拼写和语法检查",单击"开始检查"按钮,则弹出如图 3-4

图 3-3　"Word 帮助"任务窗口　　　　　　图 3-4　"搜索结果"对话框

所示的"搜索结果"对话框。

单击"搜索结果"对话框中的"拼写和语法检查"项,即可得到有关"拼写和语法检查"的帮助信息,如图 3-5 所示。

图 3-5　帮助信息

四、综合练习

(1) 练习 Word 2003 常用的启动与关闭方法,总结各种方法的异同。

(2) 打开 Word 2003,进一步熟悉窗口的组成,熟记"常用"和"格式"工具栏中图标的名称及功能,学会如何在窗口中显示与关闭工具栏。

(3) 练习菜单的使用方法,熟记常用命令所在的菜单。

实验二　Word 2003 文档的录入与编辑

一、实验目的和要求

熟练掌握文档的基本操作、文档页面设置的基本方法、文档的录入与编辑技巧,掌握文档的选定、复制、移动、删除、查找与替换操作,学习使用不同的视图方式查看文档。

二、预备知识

参考教程相关内容。

三、实验内容与指导

(1) 在"我的文档"文件夹下新建名为"W2RW-1. DOC"的文档,输入如下所给的文字,保存后关闭该文档。

木马的攻击非常简单,通常是通过 Web、邮件等方式给你发送木马的服务器端程序,一旦运行它之后,它就会潜伏在你的系统里,并且把你的信息以电子邮件或其他方式通知攻击者,这样攻击者就可以通过木马的客户端来完全控制你的机器。

著名的木马程序有 Bo2000、冰河等。目前还有一种专门针对 OICQ 的木马程序——GOP(Get Oicq Password),该软件通过电子邮件的方式把中木马机器的 OICQ 密码发送给攻击者。

双击"我的文档"图标,打开"我的文档"窗口,在窗口空白处单击右键,执行快捷菜单的"新建"→"Microsoft Word 文档"命令,则窗口中出现一个默认名为"新建 Microsoft Word 文档. doc"的文档图标,将其名称改为"W2RW-1. DOC"并双击打开该文档。

选择合适的汉字输入法,输入要录入的文字。

保存文档:执行"文件"→"保存"命令;或者单击常用工具栏的"保存"按钮;也可以按

Ctrl + S 组合键。

关闭文档：执行"文件"→"关闭"命令；或者单击 Word 文档窗口右上角的"关闭窗口"按钮即可。

（2）创建另一个新文档，输入如下所给的文字，并以"W2RW-2. DOC"为名保存在"我的文档"文件夹中，并关闭该文档。

目前已经有很多软件能够给 OICQ 用户发送大量的匿名消息，如 Oicq Sniffer、OICQ Spy 等，这些软件甚至还可以伪装成你好友的号码给你发送消息，如 Oicq ShellTools。消息炸弹的攻击原理是利用 UDP 数据通讯不需要验证确认的弱点，只要拿到了用户的 IP 地址和 OICQ 通讯端口即可发动攻击。

新建文档：执行"文件"→"新建"命令；或者单击常用工具栏的"新建"按钮；也可以按 Ctrl + N 组合键。

选择合适的汉字输入法，输入要录入的文字。

关闭文档：执行"文件"→"关闭"命令；或者单击 Word 文档窗口右上角的"关闭窗口"按钮即可。

（3）打开 W2RW-1. DOC 文档，执行如下操作。

① 用不同方法分别选定第一行、第一段、任意文本块和全文。

打开"我的文档"窗口，双击 W2RW-1. DOC 文档图标，或者右击 W2RW-1. DOC 文档图标，选择快捷菜单中的"打开"命令。

选定第一行：鼠标指针指向行首，按住左键拖动至行尾；或者单击行首，按住 Shift 键，单击行尾。

选定第一段：鼠标指针指向段首，按住左键拖动至段尾；或者单击段首，按住 Shift 键，单击段尾；也可以指向第一段连击三次左键。

用同样的方法选定任意文本。

选定全文：按住 Ctrl + A 键，或者执行"编辑"→"全选"命令。

② 首先，将第一段内容复制一份成为正文的第三段，并将第一、二段互换位置；然后，将第一、二段内容合并为一段。

复制文本：选定第一段，指向选定区域，按住 Ctrl 键同时按住左键拖动至第二段下一行开始处即可；或者选定后，执行"编辑"→"复制"命令，将插入点定位于第二段下一行开始处，执行"编辑"→"粘贴"命令。

互换位置：选定第一段，指向选定区域，按住左键拖动至第三段开始处即可；或者选定后，执行"编辑"→"剪切"命令，将插入点定位于第三段开始处，执行"编辑"→"粘贴"命令。

合并第一、二段内容：将插入点置于第一段的末尾，按 Delete 键即可。

③ 在原有内容的最前面一行插入标题"木马植入"。

将插入点置于文档的开始处，输入"木马植入"，按回车键。

④ 在文档末尾插入 W2RW-2. DOC 文档的内容。

将插入点定位于文档末尾的下一行处，执行"插入"→"文件"命令，弹出"插入文件"对话框，如图 3-6 所示。

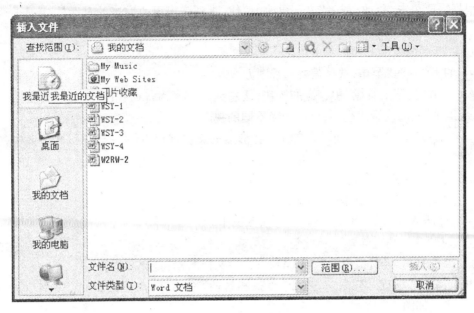

图 3-6　"插入文件"对话框

在"查找范围"列表中选择"我的文档",选定窗口中的"W2RW-2. DOC"文档图标,单击"插入"按钮。

⑤ 将全文用"拼写和语法"功能检查输入的英文单词是否有拼写错误。

将插入点置于文档的开始处,执行"工具"→"拼写和语法"命令,或者单击"常用"工具栏中的"拼写和语法"按钮,弹出"拼写和语法"对话框,如图 3-7 所示。

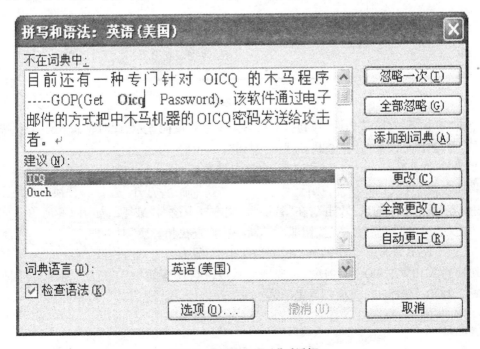

图 3-7　"拼写和语法"对话框

根据需要单击"更改"或者"全部更改"按钮,直到弹出更改完毕的对话框,单击"确定"按钮。

⑥ 以不同的视图方式显示文档。

● 打开"视图"菜单,选择需要的视图方式。

● 单击"浏览工具栏"中相应的按钮,从左到右依次为普通视图、Web 版式视图、页面视图、大纲视图、阅读版式视图,可以切换不同的视图。

⑦ 最后以"W2RW-3.DOC"为文件名将形成的文档保存在"我的文档"文件夹中,但不关闭文档。

执行"文件"→"另存为"命令,弹出"另存为"对话框,在"保存位置"列表中选择"我的文档",在"文件名"文本框中输入"W2RW-3.DOC"即可。

(4) 打开 W2RW-2.DOC 文档,执行如下操作。

① 查找文字"消息炸弹",从此句开始另起一段。

双击"我的文档"窗口中的"W2RW-2.DOC"文档图标,打开文档。

执行"编辑"→"查找"命令,打开"查找和替换"对话框,在"查找内容"文本框中输入"消息炸弹",如图 3-8 所示。

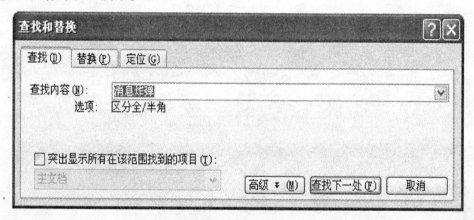

图 3-8　查找文本

单击"查找下一处"按钮,则找到"消息炸弹"文字且反向显示,此时将插入点置于"消息炸弹"前面,按回车键并关闭"查找和替换"对话框。

② 将全文中的"攻击"文字用"破坏"文字自动替换。

将插入点置于文档开始处,执行"编辑"→"替换"命令,打开"查找和替换"对话框,在"查找内容"文本框中输入"攻击",在"替换为"文本框中输入"破坏",如图 3-9 所示。

单击"替换"或"全部替换"按钮即可,最后关闭"查找和替换"对话框。

③ 复制 W2RW-3.DOC 中的第二段到当前文档,成为当前文档的第二段。

切换到 W2RW-3.DOC 文档窗口,选定第二段,执行"编辑"→"复制"命令;再切换到 W2RW-2.DOC 文档窗口,将插入点置于第二段的开始处,执行"编辑"→"粘贴"命令。

④ 删除文档的第三段。

选定第三段,按 Delete 键。

⑤ 将该文档的纸张大小设为"自定义大小":宽度 14 厘米,高度 8 厘米;页边距:上下 2

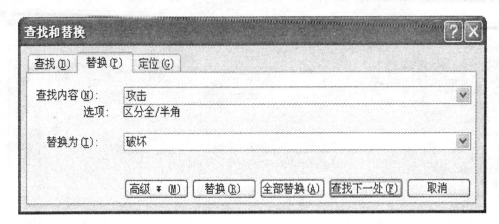

图 3-9　替换文本

厘米,左右 2.6 厘米;左装订线:0.5 厘米;方向:横向,其他设置不作改动。

页面设置:执行"文件"→"页面设置"命令,单击"页边距"选项卡,输入或者选择所要求的页边距及装订线数值,如图 3-10 所示;单击"纸张"选项卡,在"宽度"框中输入"14 厘米",在"高度"框中输入"8 厘米",如图 3-11 所示。

最后,单击"确定"按钮。

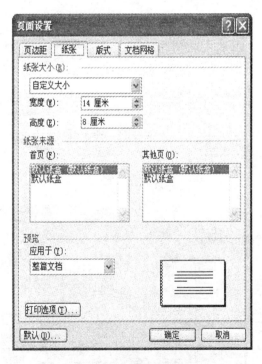

图 3-10　"页边距"选项卡　　　　　　　图 3-11　"纸张"选项卡

⑥ 给该文档添加居中的页眉文字:※消息炸弹※。

执行"视图"→"页眉和页脚"命令,弹出"页眉和页脚"工具栏,并进入页眉编辑状态,输入文字"※消息炸弹※",如图 3-12 所示。

最后,单击"页眉和页脚"工具栏中的"关闭"按钮。

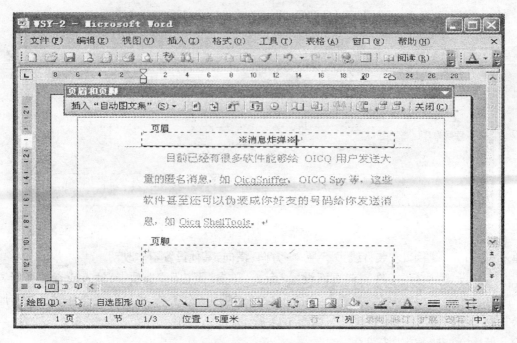

图 3-12 插入页眉

⑦ 给页面添加任意一种艺术型边框。

执行"格式"→"边框和底纹"命令,弹出"边框和底纹"对话框,单击"页面边框"选项卡,如图 3-13 所示。

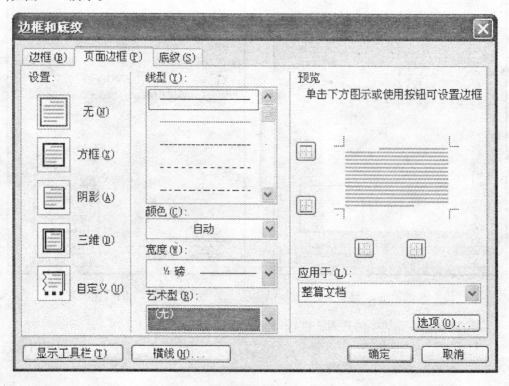

图 3-13 页面边框

在"设置"选项组中选择"自定义"类型,在"艺术型"下拉列表中选择合适的艺术边框,在"应用于"下拉列表中选择定义边框的有效范围,单击"确定"按钮,操作结果如下所示。

⑧ 最后以"W2RW-4. DOC"为文件名将形成的文档以"1234"为密码加密在"我的文档"文件夹中,但不关闭该文档。

执行"文件"→"另存为"命令,弹出"另存为"对话框;单击"工具"按钮,如图 3-14 所示。

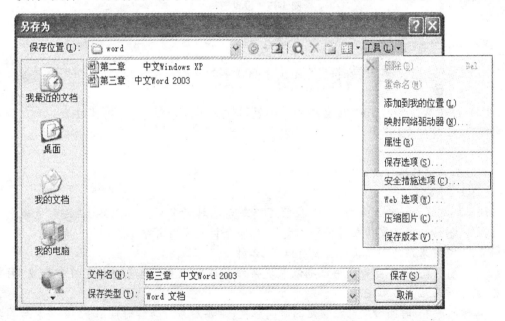

图 3-14　"另存为"对话框的"工具"下拉菜单

选择"安全措施选项",弹出"安全性"对话框,如图 3-15 所示。

输入密码,单击"确定"按钮,分别弹出打开权限和修改权限"确认密码"对话框;再次输入密码,单击"确定"按钮,返回"另存为"对话框,然后单击"保存"按钮即可加密保存。

⑨ 同时关闭"W2RW-3. DOC"和"W2RW-4. DOC"文档。

按住 Shift 键,执行"文件"→"全部关闭"命令。

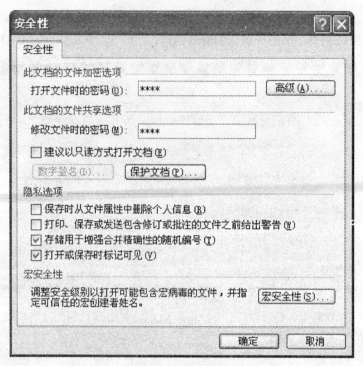

图 3-15　设置密码

四、综合练习

（1）输入一段包含有特殊符号且不少于 500 字的文档，以"W2ZY-1. DOC"为名保存在"我的文档"中。

（2）打开 W2ZY-1. DOC，在文档的开始处再输入 100 个汉字，并将其以 W2ZY-2. DOC 为名保存在"我的文档"中。

（3）新建一个 Word 文档，输入下面的内容。

实验二　文档操作及文字录入与编辑

【样文 2】

计算机病毒在传染和发作之前，往往要判断某些特定条件是否满足，满足则传染或发作。否则，不传染或不发作或只传染不发作，这个条件就是计算机病毒的触发条件。

目前，病毒采用的触发条件主要有以下 12 种：

* 日期触发：许多病毒采用日期做触发条件。日期触发大体包括特定日期触发、月份触发、前半年与后半年触发等。

* 时间触发：时间触发包括特定的时间触发、染毒后累计工作时间触发、文件最后写入时间触发等。

对上面的文档进行如下操作。

① 将该文档保存在"我的文档"中，文件名为 W2ZY-3. DOC。

② 复制第一段到文档的最后。

③ 将正文第二、三段移动到文首。

④ 替换文中所有的"触发"为"爆发"。

⑤ 用块的方法将最后一段删除。

⑥ 使用"撤销"命令恢复刚才被删除的文本。

实验三　文本格式化

一、实验目的和要求

熟练掌握字符格式的设置,掌握边框、底纹等字符修饰操作。

二、预备知识

参考教程相关内容。

三、实验内容与指导

(1)输入如下所给的相应文字,执行如下操作。

> **岳飞**
> *满江红*
> 怒发冲冠,凭阑处,潇潇雨歇。抬望眼,仰天长啸,壮
> 怀激烈。三十功名尘与土,八千里路云和月。莫等闲,
> 白了少年头,空悲切。
> 靖康耻,犹未雪;臣子恨,何时灭?驾长车,踏破贺兰
> 山缺。壮志饥餐胡虏肉,笑谈渴饮匈奴血。待从头,收
> 拾旧山河,朝天阙。
> *摘自《宋词精选》*

① 设置字体:第一行黑体,第二行楷体,正文隶书,最后一行宋体。

② 设置字号:第一行三号,第二行小三,正文三号,最后一行小四。

③ 设置字形:粗体,第二行加波浪下划线,最后一行斜体。

④ 将结果以"W3RW-1. DOC"为名,保存在"我的文档"中。

新建一个 Word 文档,输入所给出的相应文字。

第一行:选定第一行,执行"格式"→"字体"命令,弹出"字体"对话框,在"中文字体"列表中选择"黑体";在"字形"列表中选择"加粗";在"字号"列表中选择"三号",如图 3-16 所示,单击"确定"按钮。

第二行:选定第二行,执行"格式"→"字体"

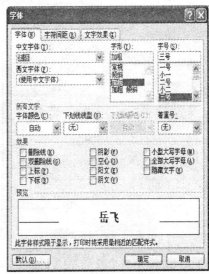

图 3-16　设置字体、字号、字形

命令,弹出"字体"对话框,在"中文字体"列表中选择"楷体";在"字号"列表中选择"小三";在"下划线"列表中选择"波浪线"。

按照上述方法设置正文和最后一行。

保存文档:执行"文件"→"另存为"命令,弹出"另存为"对话框,在"保存位置"列表中选择"我的文档",在"文件名"文本框中输入"W3RW-1.DOC",单击"确定"按钮。

(2) 输入如下所给的相应文字,执行如下操作。

① 设置字体:第一段楷体,第二段隶书,第三段仿宋体。

在哲学家看来,哲学思考就是感恩,就是对苍天、对闪烁万古不语的星空、对天地神秘的交叉点、对人类人性同哲学家诚挚交谈的一声感激的回答。

哲学决不是丘墓死语的堆砌和引经据典,不是以乘古人之烛为荣光,而是傅大胸襟与天颖合调,以宇宙万物为友,时代哀乐为怀,在无极的时空中道出永恒的独语,在一潭深碧似的内心映出一片湛蓝的天。

科学家认为大自然这部最大的书是用数学这种语言写成的,诗人觉得它是用片云、微风和紫罗兰的摇曳写成的,哲学家则一口咬定大自然是用一些哲学观念和原理写成的。

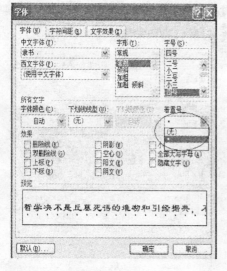

图 3-17　添加着重号

② 设置字号:第一段三号,第二、三段四号。

③ 设置字形:第一段粗体,第二段加着重符号,第三段红色斜体字。

④ 将结果以"W3RW-2.DOC"为名,保存在"我的文档"中。

第一段:参照第(1)点完成设置。

第二段:选定第二段,执行"格式"→"字体"命令,弹出"字体"对话框,在"中文字体"列表中选择"隶书";在"字号"列表中选择"四号";在"着重号"列表中选择"·",如图 3-17 所示,单击"确定"按钮。

第三段:参照第(1)点完成设置。

参照第(1)点保存文档。

(3) 输入如下所给的相应文字,执行如下操作。

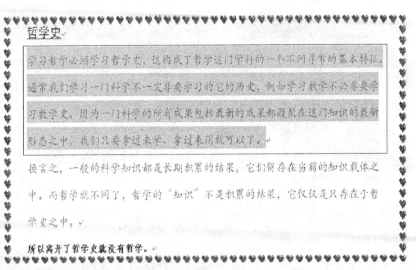

① 设置字体:第一行黑体,正文第一、二段楷体,最后一行仿宋体。

② 设置字号:第一行三号,正文第一、二段四号,最后一行小四。

③ 设置字形:第一行单线下划线,正文第一、二段粉红色字,最后一行粗体。

④ 边框和底纹:正文第一段添加应用于文字的浅绿色底纹和应用于段落的方框边纹。

⑤ 将结果以"W3RW-3.DOC"为名,保存在"我的文档"中。

边框和底纹:选定第一段,执行"格式"→"边框和底纹"命令,弹出"边框"对话框,单击选中的"设置"选项组中的"方框"选项;选择对话框右边"应用于"列表中的"段落",如图3-18所示。

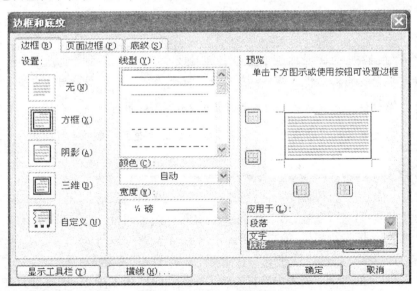

图 3-18　设置边框

单击"底纹"选项卡,在"填充"选项中单击"浅绿色"底纹;选择对话框右边"应用于"列表中的"文字",如图3-19所示。

最后,单击"确定"按钮。

其余操作参照第(1)点。

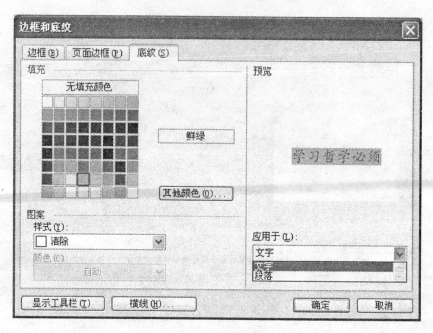

图 3-19　设置填充底纹

（4）输入如下所给的相应文字，执行如下操作。

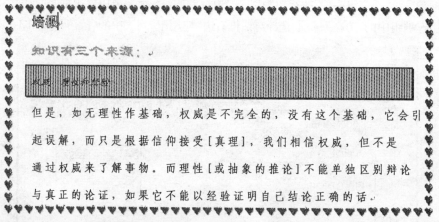

① 设置字体：第一行黑体空心字，第二行隶书，正文第一段楷体，正文第二段仿宋体。

② 设置字号：第一行三号，第二行小二，正文第一段小四，正文第二段小三。

③ 设置字形：第一行粗体，第二行阴影青色字，正文第一段斜体。

第一行：选定第一行，执行"格式"→"字体"命令，弹出"字体"对话框，在"中文字体"列表中选择"黑体"；在"字形"列表中选择"加粗"；在"字号"列表中选择"三号"；在"效果"选项组中选中"空心"复选项，如图 3-20 所示，单击"确定"按钮。

其余操作参照第（1）点。

④ 边框和底纹：给第一段加应用于段落的浅色竖线、玫瑰红色底纹和 1.5 磅的阴影边框。

选定第一段，执行"格式"→"边框和底纹"命令，单击"边框"对话框，单击选中"设置"选项组中的"阴影"选项；选择"宽度"列表中的"1.5 磅"；选择对话框右边"应用于"列表中的"段落"。

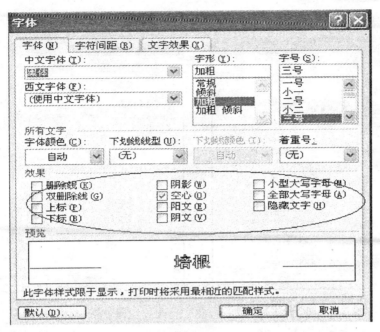

图 3-20　设置空心字

单击"底纹"选项卡,在"图案"选项组"样式"列表中选择"浅色竖线"底纹;在"颜色"列表中选择"玫瑰红";选择对话框右边"应用于"列表中的"段落",如图 3-21 所示。

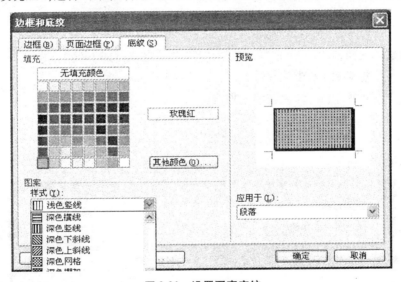

图 3-21　设置图案底纹

最后,单击"确定"按钮。

⑤ 设置字间距:正文第二段的字间距为加宽 1.2 磅,字符缩放为 90%;并设置"礼花绽放"的文字效果。

选定第二段,执行"格式"→"字体"命令,弹出"字体"对话框,单击"字符间距"选项卡,选择"间距"列表中的"加宽",并在"磅值"框中选择 1.2 磅;再选择"缩放"列表中的"90%",如图 3-22 所示。

单击"文字效果"选项卡,选择"动态效果"列表中的"礼花绽放",如图 3-23 所示。

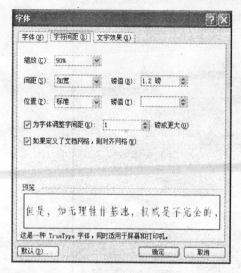

图 3-22　设置字符间距及字符缩放　　　　　图 3-23　设置文字效果

最后,单击"确定"按钮。

⑥ 将结果以"W3RW-4.DOC"为名,保存在"我的文档"中。

参照第(1)点方法保存文档。

四、综合练习

(1) 新建一文档,先输入下面样图中所给的文字,再执行如下操作。

① 第一行:黑体,小四,粗体斜体。

② 第二行:隶书,四号,绿色波浪下划线。

③ 正文第一段:楷体。正文第二段:隶书。全部正文:小四。

④ 将结果以"W3ZY-1.DOC"为名另存在"我的文档"中。

操作结果如下所示。

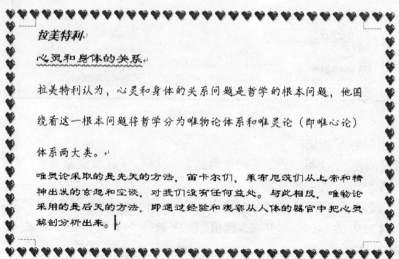

（2）新建一文档,先输入下面样图中所给的文字,再执行如下操作。

① 第一行:黑体,小四,粗体。

② 正文:隶书红色字,四号,加着重号,设置紧缩 1.2 磅的字距。

③ 最后一行:宋体,四号,字符缩放为 80%。

④ 将结果以"W3ZY-2.DOC"为名另存在"我的文档"中。

操作结果如下所示。

> **康德**
>
> 其表象是我们判断的绝对主语而不能用作其他事物的宾语的东西,
>
> 就是实体;现在,我,作为一个能思维的存在者,乃是我的一切判
>
> 断的绝对主语,而我自己不能用作任何事物的宾语;所以,我作为
>
> 能思维的存在者(灵魂),是实体。
>
> 康德总结出"当笛卡尔将我看成是实体时的推论"

（3）新建一文档,先输入下面样图中所给的文字,再执行如下操作。

① 正文:楷体,小四,添加浅绿色的应用于文字的底纹。

② 最后一行:蓝色仿宋空心字,小四,斜体,绿色双下划线。

③ 将结果以"W3ZY-3.DOC"为名另存在"我的文档"中。

操作结果如下所示。

> 只当它是建立自身的运动时,或者说,只当它是自身转化与其自己之间的中介时,它才
>
> 真正是个现实的存在,或换个说法也一样,它这个存在才真正是主体。实体作为主体是
>
> 纯粹的简单的否定性,唯其如此,它是单一的东西的分裂为二的过程或树立对立面的双
>
> 重化过程,而这种过程则又是这种莫不相干的区别及其对立的否定。所以惟有这种正在
>
> 重建其自身的同一性或在他物中的自身反映,才是绝对的真理,而原始的或直接的统一
>
> 性,就其本身而言,则不是绝对的真理。
>
> *黑格尔《精神现象学》*

（4）新建一文档,先输入下面样图中所给的文字,再执行如下操作。

① 词的上、下篇:隶书。注释行:"三国志"为黑体,其他为宋体。

② 词的上、下篇:四号。注释行:小四。

③ 注释行"三国志"为粗体。

④ 词的上篇:加应用于文字的青色底纹。

⑤ 注释行:给注释行添加样图中所示的边框。

⑥ 将结果以"W3ZY-4. DOC"为名另存在"我的文档"中。

操作结果如下所示。

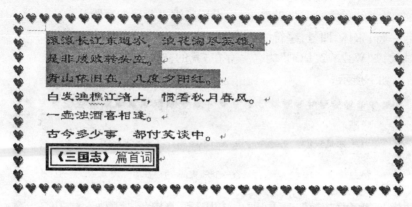

实验四　段落格式化

一、实验目的和要求

熟练掌握段落对齐、段落缩进、设置行间距和段间距等操作,掌握项目符号与编号、分栏和首字下沉等操作。

二、预备知识

参考教程相关内容。

三、实验内容与指导

(1) 新建一文档,先输入如下所给的相应文字,再执行如下操作。

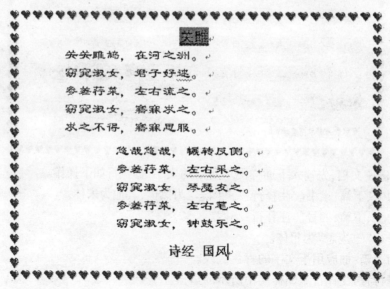

① 第一行：黑体，二号，加波浪下划线，添加浅绿色底纹，居中对齐。

② 正文：隶书，小三。

③ 最后一行：宋体，四号，粗体。

居中对齐：选定第一行或将插入点置于第一行，单击"格式"工具栏的 ▆ 按钮。其余操作参照实验三的第(1)点。

④ 正文前五行左缩进 2 厘米，正文后五行左缩进 4 厘米，最后一行左缩进 6 厘米。

选定正文前五行，执行"格式"→"段落"命令，或者右击选定的文本，选择快捷菜单中的"段落"命令，弹出"段落"对话框，在"缩进"选项组中的"左"框中输入"2 厘米"，如图 3-24 所示。

单击"确定"按钮即可完成缩进设置。

用同样的方法设置后五行和最后一行的缩进。

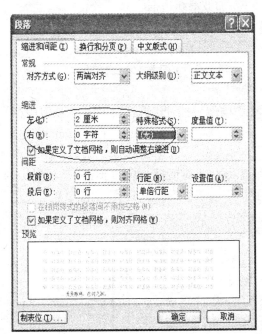

图 3-24 设置文本缩进

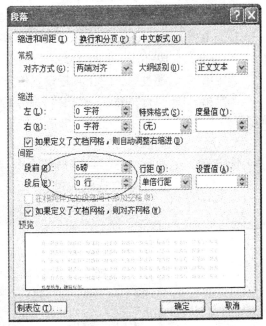

图 3-25 设置段间距

⑤ 给"优哉游哉，辗转反侧。"设置段前 6 磅，最后一行设置段前 12 磅。

将插入点置于"优哉游哉，辗转反侧。"所在行，执行"格式"→"段落"命令，弹出"段落"对话框，在"间距"选项组中的"段前"框中输入"6 磅"，如图 3-25 所示。

用同样的方法设置最后一行段前 12 磅。

⑥ 将结果以"W4RW-1.DOC"为名另存到"我的文档"中。

参照实验三第(1)点的方法保存文档。

(2) 新建一文档，先输入如下所给的相应文字，再执行如下操作。

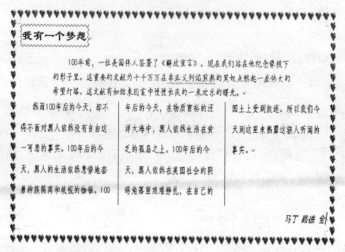

① 第一行：隶书，小二，粗体，左对齐，段后 6 磅，加波浪线边框。

② 正文第一段：楷体，小四，段前、段后各 3 磅，首行缩进 1 厘米，左右各缩进 2 厘米。

参照第(1)点及实验三的相关操作完成各项设置。

③ 正文第二段：仿宋，小四，1.5 倍行间距，首行缩进 0.75 厘米，分三栏加分隔线排列。

选定第二段，通过"格式"工具栏设置仿宋小四号字。

选定第二段，执行"格式"→"段落"命令，弹出"段落"对话框，选择"间距"选项组中"行间距"列表中的"2 倍行距"；选择"缩进"选项组中"特殊格式"列表中的"首行缩进"并输入"0.75 厘米"，单击"确定"按钮。

选定第二段，执行"格式"→"分栏"命令，弹出"分栏"对话框，单击"预设"选项组中的"三栏"，并选中"分隔线"复选框，如图 3-26 所示。

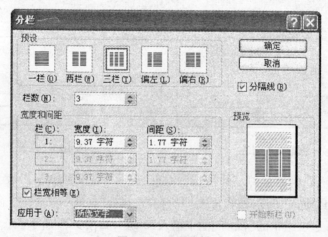

图 3-26　设置分栏

最后，单击"确定"按钮。

④ 最后一行：黑体，小四，斜体，右对齐，段前 6 磅。

参照实验三的相关操作完成各项设置。

⑤ 将结果以"W4RW-2. DOC"为名另存到"我的文档"中。

参照实验三第(1)点的方法保存文档。

（3）新建一文档,先输入如卜所给的相应文字,再执行如下操作。

◆宇宙万事万物归纳起来无非是两大现象:物质现象和精神现象。人类的一切活动归纳起来无非是两件事情:认识世界和改造世界。人类的一切现象和一切活动,都不能不涉及客观和主观、物质和精神的关系问题。

◆哲学所涉及的问题很厂泛,但哲学的基本问题只有一个。恩格斯指出:"全部哲学,特别是近代哲学的重大的基本问题,是思维和存在的关系问题。"哲学基本问题又可表述为精神和物质的关系问题。

◆哲学基本问题有两个方面:第一方面是思维和存在、精神和物质何者是第一性、何者是世界的本原的问题。对这方面问题的不同回答,分成唯物主义和唯心主义两大派别。

◆哲学基本问题的第二方面,是思维能不能反映存在,世界是不是可以认识的问题,也可称为思维和存在有无同一性的问题。

哲学的基本问题

① 设置字体:第三段、最后一行楷体,其余为宋体。
② 设置字号:全文五号字。
③ 设置字形:第三段加单下划线。
④ 对齐方式:最后一行右对齐。
⑤ 段落缩进:前四段均首行缩进 0.75 厘米。
⑥ 行(段)间距:前四段段前 6 磅,最后一行段前 12 磅。
参照实验三的相关操作完成各项设置。
⑦ 给前四段每段前添加项目符号"◆"。

选定前四段,执行"格式"→"项目符号和编号"命令,弹出"项目符号和编号"对话框,如图 3-27 所示。

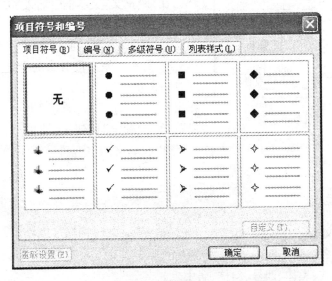

图 3-27　添加项目符号

选择"项目符号"选项卡中合适的项目符号,单击"确定"按钮。
⑧ 将结果以"W4RW-3.DOC"为名另存到"我的文档"中。

参照实验三第(1)点的方法保存文档。

(4) 新建一文档,先输入如下所给的相应文字,再执行如下操作。

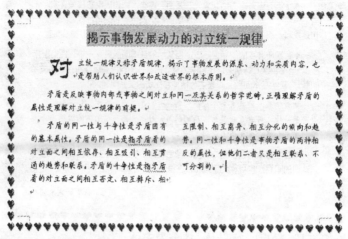

① 将标题段设置为三号、黑体、红色、加粗、居中并添加浅绿色底纹。

参照实验三的相关操作完成各项设置。

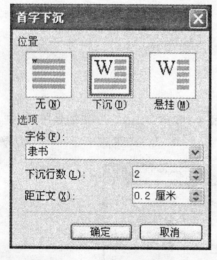

图3-28　设置首字下沉

② 将正文设置为五号楷体,首行缩进0.8厘米,段前间距6磅,第一段首字下沉,下沉行数为2,距正文0.2厘米,字体为隶书。

首字下沉:将插入点置于第一段,执行"格式"→"首字下沉"命令,弹出"首字下沉"对话框,如图3-28所示。选择"位置"选项组中的"下沉"选项,在"字体"列表中选择"隶书",在"下沉行数"文本框中输入"2",在"距正文"文本框中输入"0.2厘米",单击"确定"按钮。

其余操作参照前面各项操作。

③ 将正文第三段分为两栏排列。

选定正文第三段,执行"格式"→"分栏"命令,弹出"分栏"对话框,单击"预设"选项组中的"两栏",单击"确定"按钮。

④ 将结果以"W4RW-4. DOC"为名另存到"我的文档"中。

参照实验三第(1)点的方法保存文档。

四、综合练习

(1) 新建一文档,先输入下面样图中所给的文字,再执行如下操作。

① 全文左右各缩进1厘米。

② 第一行格式:黑体、四号、斜体、居中。

③ 第二行格式:隶书、五号、居中,加双下划线,段前后间距各6磅。

④ 正文格式:宋体、四号、首行缩进0.75厘米。

⑤ 最后一行格式：宋体、斜体、小四号、段前 6 磅，右对齐。

⑥ 设置正文行间距为固定值 20 磅。

⑦ 将结果以文件名"W4ZY-1. DOC"另存到"我的文档"中。

操作结果如下所示。

> 用 Excel97 制作
>
> 有"项目栏"的报表
>
> 中文版 Excel97 是一个非常流行而且十分出色的电子表格软件，它具有友好的用户界面，强大的数据计算、分析和统计功能。它不但可以处理各种个人事务，而且被广泛地应用于商业、财务、统计和分析等领域。
>
> 有"项目栏"的报表

（2）新建一文档，先输入如下所给的文字，再执行如下操作。

① 设置字体：第一行隶书，第二行宋体，正文第一、三段楷体，第二段隶书。

② 设置字号：第一行三号，正文第一、三段五号，第二段小四。

③ 设置字形：第二行加波浪下划线。

④ 对齐方式：第一、二行居中。

⑤ 段落缩进：正文第一、三段首行缩进 0.75 厘米，第二段左右缩进 2 厘米。

⑥ 行（段）间距：正文第一段 1.5 倍行距，第二段段后 6 磅。

⑦ 将结果以文件名"W4ZY-2. DOC"另存到"我的文档"中。

操作结果如下所示。

> 用 Excel97 制作
> 有"项目栏"的报表
>
> 中文版 Excel97 是一个非常流行而且十分出色的电子表格软件，它具有友好的用户界面，强大的数据计算、分析和统计功能。它不但可以处理各种个人事务，而且被广泛地应用于商业、财务、统计和分析等领域。
>
> 使用Excel97电子表格软件制作的各种统计报表往往没有"项目栏"，按我国的传统习惯，各种统计报表左上角的第一个单元格是用斜线将两行或三行汉字信息分隔的"项目栏"，它表示行和列的内容。
>
> 但是 Excel97 默认的只能在一个单元格中输入一行信息 Enter 按 Enter 键后则到了下一个单元格，这样就无法在一个单元格中输入两行或三行信息。

（3）新建一文档，先输入如下所给的文字，再执行如下操作。

主观辩证法与思维方法

唯物辩证法是关于自然界、社会和人类思维发展的最一般规律的科学，它既包括着客观的辩证法，也包括着主观的辩证法。所谓客观辩证法，是指客观事物或客观存在的辩证法，即客观事物以相互作用、相互联系的形式出现的各种物质形态的辩证运动和发展规律；主观辩证法则是指人类认识和思维运动的辩证法，即以概念作为思维细胞的辩证思维的运动和发展规律。他们在本质上是同一的，但在表现形式上却是不同的。

从内容和本质上说，客观辩证法决定主观辩证法，主观辩证法实质上是以概念形式对客观辩证法的反映。但在表现形式上，客观辩证法则采取观念的、逻辑的形式，是同人类思维的自觉活动相联系的。

① 将标题居中对齐，设置为黑体、加粗、三号、红色并加着重号，字符间距设置为加宽 2 磅，给标题添加 15% 的底纹及双线边框。

② 将第一段字体设置为楷体小四号，并悬挂缩进 1 厘米。

③ 将正文第二段首行缩进 0.75 厘米，行间距设置为 2 倍行距。

④ 将结果以文件名"W4ZY-3. DOC"另存到"我的文档"中。

实验五　表格的制作与编辑

一、实验目的和要求

熟练掌握表格的建立和单元格内容的输入，表格的编辑和格式化，了解由表格生成图表的方法。

二、预备知识

参考教程相关内容。

三、实验内容与指导

1. 建立表格

（1）新建一个 8 行 7 列的表格，然后再添加一列。

执行"表格"→"插入"→"表格"命令，弹出"插入表格"对话框，在"列数"数码框中输入 7，"行数"数码框中输入 8，如图 3-29 所示，单击"确定"按钮，则插入点处弹出一个 8 行 7 列的表格。再选中任一列，右击鼠标，在弹出的快捷菜单中选择"插入列"命令，即新添加了一列。

（2）合并第一行的所有单元格，再合并第二行中的第 3 个至第 7 个单元格。

（3）将第二行中的第 3 个单元格拆分成上、下两个单元格，再将其中下面的单元格拆分成 5 列。

（4）在第二行中的第 2 个单元格中绘制出一条斜对角线。

（5）在最后一行的下面添加一行。

（6）合并倒数第二行中的第 3 个至第 8 个单元格，再合并该行中的第 1 个和第 2 个单元格；然后合并最后一行中的第 3 个至第 8 个单元格，再合并该行中的第 1 个和第 2 个单元格。录入要求的文字。

合并单元格：按住左键拖动鼠标，选中表格第一行的所有单元格，执行"表格"→"合并单元格"命令，或右击鼠标，在弹出的快捷菜单中选择"合并单元格"，则第一行的所有单元格合并成一个单元格。用同样的方法再合并第二行中的第 3 个至第 7 个单元格。

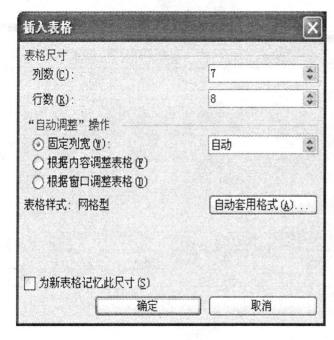

图 3-29　插入表格

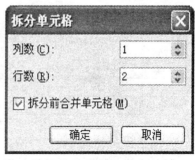

图 3-30　拆分单元格

拆分单元格：选中第二行中的第 3 个单元格，执行"表格"→"拆分单元格"命令，或右击鼠标，在弹出的快捷菜单中选择"拆分单元格"，则弹出"拆分单元格"对话框，按照要求，在"列数"数码框中输入 1，在"行数"数码框中输入 2，如图 3-30 所示，单击"确定"按钮。

画斜对角线：单击"常用"工具栏中的"表格和边框"按钮，弹出"表格和边框"工具栏，选中其中的"绘制表格"按钮，在要求的单元格内画斜线。

用同样的方法完成样表中其他相关的单元格操作。鼠标指针分别指向各列竖线，当指针变为双箭头形状时，按住左键向右拖动竖线，按照样表调整表格各列列宽。录入样表中给出的相应文字。

（7）将整个表格设置成浅蓝色底纹，将显示每位学生"计算机基础"成绩的单元格设置成黄色底纹。

选定整个表格，单击"表格和边框"工具栏中的"底纹颜色"按钮，选择浅蓝色；再选定相关的单元格，以同样的方法设置黄色底纹。

（8）除"姓名/课程"单元格外，其他单元格文字均居中显示。

选定相关的单元格,选择"表格和边框"工具栏中"单元格对齐方式"按钮中的"中部居中"方式。

（9）操作结果如下所示,以"W5RW-1.DOC"为名保存到"我的文档"中。

成 绩 审 核 单							
学号	课程 姓名	所 修 课 程					总分
		计算机基础	大学英语	高等数学	体育	音乐欣赏	
0505010101	李鼎	80	84	79	80	82	405
0505010102	张坤	82	88	82	80	79	411
0505010103	李帆	86	81	80	88	78	413
0505010104	柳志伟	88	76	78	86	76	404
0505010105	盛俊健	81	80	86	76	80	403
领导审核							
日　　期						年　月　日	

参照前面的实验操作方法保存文档。

2. 用表格创建统计图表

（1）创建如下表所示的学生成绩表格。

课程 姓名	计算机基础	大学英语	高等数学	体育	音乐欣赏
李鼎	80	84	79	80	82
张坤	82	88	82	80	79
李帆	86	81	80	88	78
柳志伟	88	76	78	86	76
盛俊健	81	80	86	76	80

参照第（1）点建立表格并输入数据。

（2）生成如下图所示的统计图表。

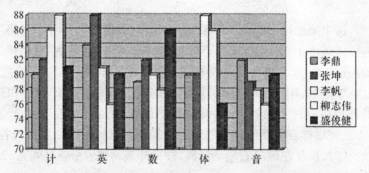

选定表格,执行"插入"→"图片"→"图表"命令,对项目文字进行适当修改,即可生成相应的统计图表。

（3）将操作结果以"W5RW-2.DOC"为名保存到"我的文档"中。

参照前面的实验操作方法保存文档。

四、综合练习

(1) 建立如下表格,保存文档。

① 建立一张如下表所示的表格并输入内容。

② 练习对表格的修改。

③ 练习对表格的格式化操作。

④ 将文件以"W5ZY-1.DOC"为名保存到"我的文档"中。

姓名	课　程	成绩	补考时间	补考地点
李丽	计算机基础	56	10 月 20 日 9:30	东 1101
何明	大学英语	50	10 月 20 日 9:30	东 1102
陶婷	高等数学	49	10 月 20 日 9:30	东 1103
陈浩	C 语言	58	10 月 20 日 14:30	西 1102

实验六　非文本对象的插入与编辑

一、实验目的和要求

掌握在文档中插入图形对象、图片、文本框和艺术字,学会自选图形的绘制与编辑,掌握图文混排的方法。

二、预备知识

参考教程相关内容。

三、实验内容

(1) 新建一文档,输入如下文字,并执行如下操作。

历史唯物主义在肯定经济基础具有决定作用的同时,又强调上层建筑的积极作用及反作用。上层建筑是经济基础的反映和派生物,二者的相互作用是在经济基础之上发生的,经济基础产生一定的上层建筑,并决定其性质和发展的方向。

当上层建筑适应经济基础的性质,作用是积极的,它可以用各种有效方式对社会运行进行调节,维持社会的正常运行,否则将会以自己不恰当的诸如法律、政策、意识形态阻碍经济基础的发展,最终导致自身沿着适合经济基础状况的方向变革。

① 先输入上面实验内容(1) 中所给的文字,再在第一段中插入艺术字标题"上层建筑与经济基础",字体为华文隶书,字号为 32 磅,式样为第 4 行第 4 列,四周型环绕。

执行"插入"→"图片"→"艺术字"命令,弹出"艺术字库"对话框,如图 3-31 所示。

选中第 4 行第 4 列,单击"确定"按钮,弹出"编辑艺术字"对话框,如图 3-32 所示,输入"上层建筑与经济基础",并选定"华文隶书"字体和 32 磅字号,单击"确定"按钮。

四周环绕:右击艺术字,执行快捷菜单中"设置艺术字格式"命令,弹出"设置艺术字格式"对话框,单击"版式"选项卡,选择"四周型"环绕方式,单击"确定"按钮,将艺术字拖动到第一段中间位置。

图 3-31 "艺术字库"对话框

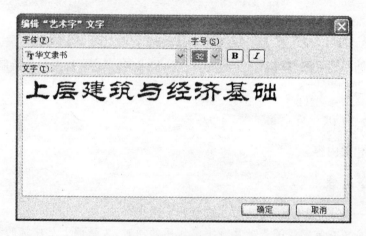

图 3-32 编辑艺术字

② 在正文前任意插入一幅剪贴画,采用嵌入式插入,图片的大小为原图的 20%。

执行"插入"→"图片"→"剪贴画"命令,打开"剪贴画"任务窗格,单击"剪贴画"任务窗格中的"管理剪辑"超链接,弹出"剪辑管理器"对话框。

在"剪辑管理器"对话框左边"收藏集列表"窗口中选择图片所在的文件夹,右边窗格中则显示该文件夹下的所有图片,如图 3-33 所示。

鼠标指针指向需要插入的图片,按住左键将图片拖动到正文开始处,双击图片,单击弹出的对话框中的"大小"选项卡,将缩放比例调整到"20%",单击"版式"选项卡,选择"嵌入型",最后单击"确定"按钮。

③ 在正文中插入一幅自选图片,环绕方式选"衬于文字下方",并适当调整大小衬于正文第二段下方。

执行"插入"→"图片"→"来自文件"命令,弹出"插入图片"对话框,选择查找位置找到图片文件,选中该图片,单击"插入"按钮即可。

图 3-33 "剪辑管理器"对话框

双击图片,弹出"设置图片格式"对话框,单击"版式"选项卡,如图 3-34 所示。选择"衬于文字下方"环绕方式,单击"确定"按钮。

图 3-34 "版式"选项卡

调整图片大小,将图片衬于正文第二段。

④ 按样图插入剪贴画,并将剪贴画缩小至合适大小,置入竖排文本框;在剪贴画左侧输入文字"上层建筑",并设置为华文彩云二号橘黄字;设置文本框的外框线为 6 磅三线型;将

文本框置于文本右下角,紧密环绕。

　　将插入点定位于文档末尾,执行"插入"→"图片"→"剪贴画"命令,打开"剪辑管理器"对话框,在"剪辑管理器"对话框左边"收藏集列表"中选择"宗教"图片文件夹,将右边窗格样图中的图片拖动到文档中,双击图片打开"设置图片格式"对话框,单击"大小"选项卡,调整图片至合适大小,单击"确定"按钮。

　　选定剪贴画,单击"绘图"工具栏的"竖排文本框"按钮,将图片置于文本框内,选定文本框中的剪贴画,按回车键,将剪贴画拖动到下一个段落标记上,再将插入点定位于第一个段落标记上,输入文字"唯物主义",并设置文字格式。

　　选定文本框,单击"绘图"工具栏的"线型"按钮,选择6磅三线型。选定文本框,单击"图片"工具栏的"文字环绕"按钮,选择"紧密型环绕",将文本框拖动到合适位置。

　　⑤ 操作结果如下所示,以"W6RW-1. DOC"为名另存到"我的文档"中。

参照前面的实验操作方法保存文档。

　　(2) 在 Word 下使用自选图形制作如下图所示的信封,以"W6RW-2. DOC"为名另存在"我的文档"中。

操作步骤如下。

① 在 Word 窗口中,单击"常用"工具栏中的"新建"按钮,新建一个空白文档。

② 单击"绘图"工具栏中的"文本框"按钮,则在文档中绘制一个文本框,双击文本框边缘,在弹出的"设置文本框格式"对话框的"大小"选项卡中,将文本框的大小设置为高 8 厘米,宽 14 厘米,如图 3-35 所示。

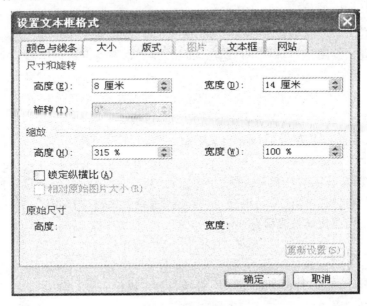

图 3-35　设置文本框大小

③ 单击"颜色与线条"选项卡,在"填充"选项组的"颜色"下拉列表中选择"填充效果"选项,如图 3-36 所示,打开"填充效果"对话框,如图 3-37 所示。

④ 单击"渐变"选项卡,选中"颜色"选项组中的"预设"单选按钮,并选择其中的"雨后

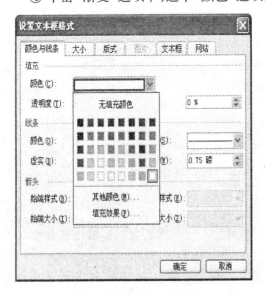

图 3-36　"颜色与线条"选项卡

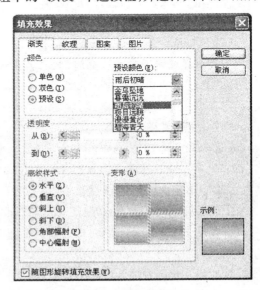

图 3-37　"填充效果"对话框

初晴"选项,选择"水平"底纹样式,选择"变形"选项组中的第二行第一格,单击"确定"按钮返回"设置文本框格式"对话框,单击"确定"按钮。

⑤ 用上述方法在大文本框中再绘制一个高 0.8 厘米,宽 0.6 厘米的矩形,并设置为"无填充色"。

⑥ 选中矩形,按住 Ctrl 键,拖动复制出五个相同的矩形,调整其至适当的位置。

⑦ 单击"绘图"工具栏中的"直线"按钮,按住 Shift 键,在文本框中绘制三条直线,并调整其至适当的位置。

⑧ 再次单击"绘图"工具栏中的"矩形"按钮,在文本框右上角再绘制一个矩形,并调整好大小,在其右侧复制一个矩形,右击右边的矩形,选择快捷菜单中的"添加文字",则插入点在矩形内闪烁,输入文字"贴邮票处"。双击左边的文本框,在"设置文本框格式"对话框中的"线条与颜色"选项卡中,把线条的虚实调整为虚线。

⑨ 在大文本框右下方绘制一个小文本框,并将其填充色和线条色均设置为"无填充色",在其中输入"邮政编码"。

⑩ 单击"绘图"工具栏中的"选择对象"按钮,再按住 Ctrl 键,单击选定所有的图形对象,单击右键,执行快捷菜单中的"组合"→"组合"命令,将所有图形组合为一体。

参照前面的实验操作方法保存文档。

四、综合练习

(1) 新建一文档,输入下列所给文字,并执行如下操作。

中国西藏的艺术宝殿

布达拉宫的藏族建筑的精华,也是我国著名的宫堡式建筑群。宫内拥有无数的珍贵文物和艺术品,使它成为名副其实的艺术宝库。

布达拉宫起基于山的南坡,依据山势蜿蜒修筑到山顶,高达 110 多米,全部是石、木结构,下宽上窄,镏金瓦盖顶,结构严谨。

布达拉宫修建的历史

布达拉宫始建于公元 7 世纪,于今已有 1300 多年的历史。布达拉意为"佛教圣地"。据说,当时吐蕃王朝正处于强盛时期,吐蕃王松赞干布与唐联姻,为迎娶文成公主,松赞干布下令修建这座有 999 间殿堂的宫殿,"筑一城以夸后世"。布达拉宫始建时规模没有这么大,以后不断进行重建和扩建,规模逐渐扩大。

辉煌壮观的灵塔

布达拉宫主楼 13 层。宫内有忧宫殿、佛堂、习经堂、寝宫、灵塔殿、庭院等。殿堂分红宫、白宫两个部分。红宫是供奉佛神和举行宗教仪式的地方。红宫内安放前世达赖遗体的灵塔。塔身以金皮包裹,宝玉镶嵌,金碧辉煌。

① 设置标题格式为艺术字、黑体、粗体、44 磅、阴影、按样图安放。

② 正文设置为四号、隶书、首行缩进 1 厘米;按样图对第三段加有阴影的边框和粉红色的底纹。

③ 对每一小标题加入样图中所给的符号"■",小标题改为黑体、加粗;第二段正文改为繁体字;前两段正文首字为文字加上如样图所给的圈。

④ 将最后一段正文前两句按样图加文本框,文本框加双线,文字加下划线。

⑤ 插入任务 1 中的那幅"宝塔"图片,图片大小为原图的 61%,加边框线,按样图放置。

⑥ 以"W6ZY-1.DOC"为名保存到"我的文档"中。

操作结果如下所示。

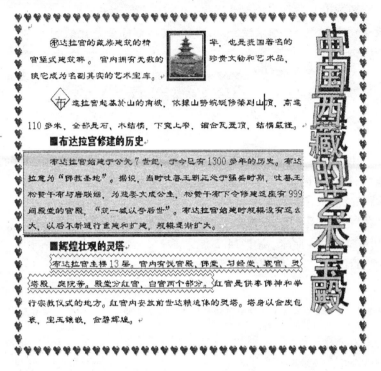

实验七 综 合 实 验

一、实验目的和要求

熟练掌握文档的基本操作,掌握字符和段落的格式化操作,掌握文档的页面设置操作,掌握表格的制作与编辑,掌握图文混排的各种操作。

二、预备知识

参考教程相关内容。

三、实验内容

(1) 新建一文档,输入下列文字,执行如下的操作。

两个人的世界

大一是很多爱情悲喜剧幕启的地方。大学生活不仅给人带来比高中时要相对富裕的时间和自由的空间,也带来了比中学要大得多的生活圈子和交往余地,这也是许多中学的恋情无法继续下去的原因之一。更何况,许多中学生的所谓恋情并不真的能称得上是恋爱。对大一的学生来说,很少有人未曾面临过爱的选择,而我们对爱情所做的选择,也许是一生中最重要的选择,尤其是最初的爱恋,因为一个人可以忘记很多事,却不会忘记初恋给了谁。这里面就涉及一个机会成本的问题,简而言之,就是你如果轻易接受了一个人,就会错过其他的许多人和事,还有时间和情感,只有当你肯定这一接受远远重于任何的错过和付出,有朝一日你才不会为此而后悔。

有过来人说,"年纪越大,越不敢轻易说爱,似乎知道爱是比较严重的一件事"。事实上,真正的爱情有时就像中彩票一样,并不真的那么容易碰上,需要耐心、眼光,也需要运气。一个人对另一个人的感情,如果在很多人身上都可以找到,那多半并不是真正的爱情,他在内心深处也未必会真的好好珍惜。来得容易的东西,往往也去得容易。

① 标题以"艺术字库"中第三行第一列的艺术字显示,黑体、36 磅,位置如下所示,衬于文字下方。

② 正文第一段楷体、小四、斜体、阴影显示,添加浅黄色底纹和着重号,字符缩放 90 %,字符间距为紧缩,首行缩进 0.75 厘米,段前段后 6 磅,分三栏显示。

③ 正文第二段仿宋、四号、粗体显示,加双波浪下划线,加 3 磅双线边框。

④ 页面设置:"页边距"上、下都是 1 厘米,左右都是 1.5 厘米,横向显示,"纸张大小"为"自定义大小",宽度 18 厘米,高度 14.5 厘米。

⑤ 以"W7ZY-1. DOC"为名保存到"我的文档"中。

操作结果如下所示。

(2) 新建一文档,输入下列文字,执行如下的操作。

湖北省黄梅县五祖寺是中国禅宗第五代祖师弘忍于唐永徽五年(654)创建的道场,也是六祖慧能得法受衣的圣地,被誉为"天下祖庭",驰名古今中外。历代朝山礼祖者无不以一临此地,瞻仰祖容为幸;文人墨客亦以来此拜访游览为快,并留下不少题词和诗篇。

弘忍,俗姓周,黄梅濯港人,生于隋仁寿元年(601),一曰仁寿二年。唐武德七年(624)至黄梅双峰山,住幽居寺(即今四祖寺),剃度为僧,师事四祖道信。

① 第一段:幼圆、四号、蓝色、段后间距 8 磅,字符间距加宽 1.2 磅,1.5 倍行距,左右缩进 1 厘米。

② 第二段:黑体、小四、空心字,添加应用于文字的红色底纹和 2.5 磅的绿色双线边框。

③ 添加"黄梅五祖"页眉文字,并添加页码。

④ 在如下图所示位置处插入任意一幅高 2 厘米,宽 1.5 厘米的剪贴画,四周环绕型。

⑤ 以"W7ZY-2.DOC"为名保存到"我的文档"中。

操作结果如下所示。

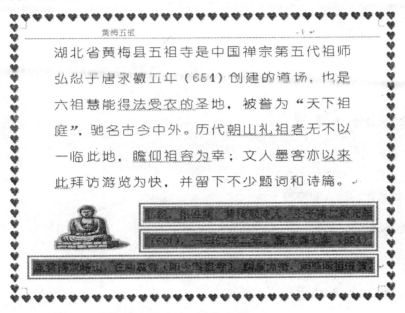

(3) 建立学生档案卡片,输入表格内容,保存文件。

① 建立一张如样图所示的表格并输入文字。

② 给整个表格设置灰色底纹,第一行添加浅绿色底纹。

③ 设置表格线全部为酱色,外边线框 1.5 磅双线,表内线 1.5 磅细实线。

④ 第一行文字黑体、四号、粗体,其余文字小四、楷体,所有文字居中显示。

⑤ 以"W7ZY-3.DOC"为名保存到"我的文档"中。

操作结果如下所示。

学　生　档　案　卡					
姓名		性别		出生日期	(照片)
学号		班级		专业	
籍贯		身份证号			
学习简历					

第 4 章

中文 Excel 2003

实验一　Excel 2003 的基本操作

一、实验目的和要求

（1）掌握 Excel 2003 的启动与退出方法。

（2）熟悉 Excel 2003 的工作情况。

（3）掌握数据的输入和编辑方法。

二、预备知识

参考教程相关内容。

三、实验内容与指导

1. Excel 2003 的启动与退出

1）启动 Excel 2003

单击屏幕左下角的"开始"→"程序"→"Microsoft Office"→"Microsoft Office Excel 2003"菜单命令，或者直接单击桌面上 Excel 2003 快捷方式，启动 Excel 2003，屏幕上显示如图 4-1 所示的 Excel 2003 的工作窗口，说明启动成功。

2）退出 Excel 2003

单击 Excel 2003 窗口中"文件"菜单项中的"退出"命令，或者单击窗口右上角的⊠按钮就可退出 Excel 2003。

3）设置 Excel 2003 默认工作目录

可以指定某个目录为 Excel 2003 的默认工作目录。方法是单击"工具"菜单中的"选项"命令，弹出如图 4-2 所示的对话框，单击"常规"选项卡，在"默认文件位置"文本框中输入指定的文件夹名即可。

2. Excel 2003 的工作环境

1）Excel 2003 的工作窗口

Excel 2003 的整个工作窗口由应用程序窗口和工作簿窗口两部分组成。Excel 2003 工作簿窗口由若干张工作表组成，单击工作表标签可以改变当前工作表。

用鼠标拖动水平和垂直滚动条，或者分别按 Home、End、Ctrl + Home、Ctrl + End 等键，观

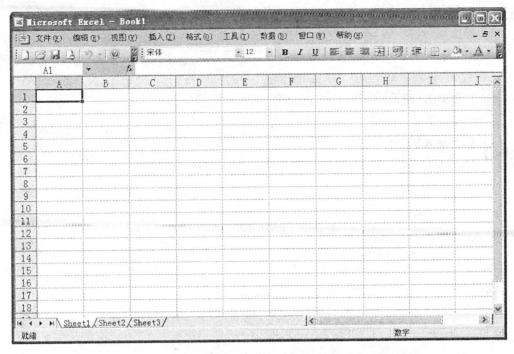

图 4-1　Excel 2003 窗口

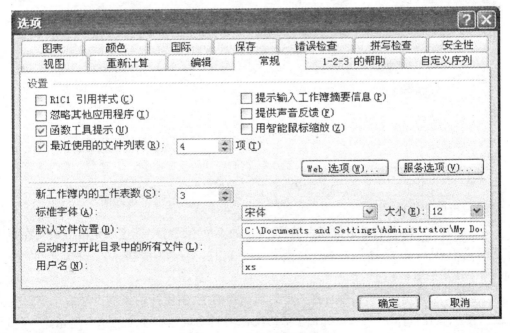

图 4-2　"选项"对话框

察 Excel 2003 工作表的变化情况,确定一个工作表中最多可以包含多少行和多少列,并确定工作表的最大行号和最大列号。

2)熟悉菜单栏、工具栏

单击菜单栏的"视图"→"工具栏",打开"工具栏"对话框,可以选择或者关闭需要的工具栏,系统默认打开"常用"、"格式"和"任务窗格"工具栏。

3) 熟悉编辑栏

编辑栏由"名称框"和"编辑栏"组成,改变活动单元格,观察"名称框"名称的变化,单击 A1 单元格,输入字符"abcd",单击"编辑栏"中的"×"按钮,观察结果;在 A2 单元格中输入"efgh",再单击"编辑栏"中的"√"或者回车键,观察结果。

3. 创建和编辑工作表

1) 数据输入

从 A1 单元格开始,在 sheet1 工作表中输入数据,如图 4-3 所示。

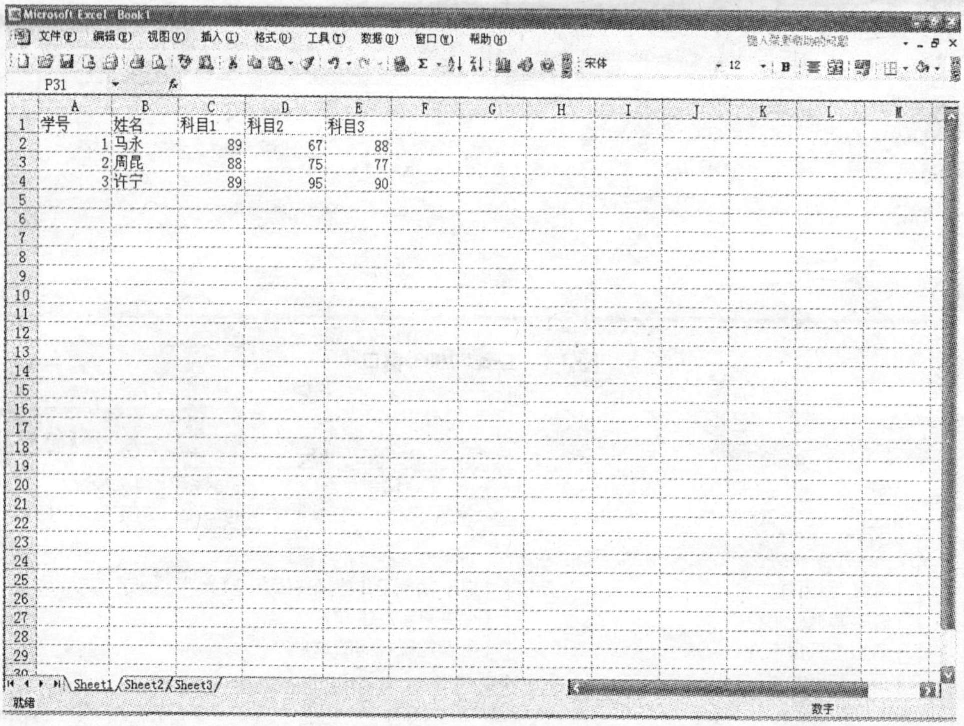

图 4-3　输入数据

2) 编辑单元格数据

(1) 单击 A2 单元格,单击鼠标右键,在弹出的菜单中,选择"设置单元格格式",在弹出的"数字"选项卡中选择"文本"分类格式,单击"确定"按钮,在 A2 单元格输入"060501001",如图 4-4 所示。

(2) 将鼠标移至 A2 单元格的右下角的填充句柄上,使鼠标的指针由空心十字形变为实心十字形,按住鼠标左键,将鼠标拖至 A4 单元,可自动填充学号,如图 4-5 所示。

(3) 单击 C1 单元格,执行"编辑"菜单中的"清除"子菜单上的"全部"命令,清除 C1 单元格中的全部内容,然后输入"高等数学",按回车键;单击 D1 单元格,直接输入"计算机基础",按回车键;双击 E1 单元格进入单元格编辑状态,将游标移到"科"字前,按 Delete 键删除文字,然后输入"大学英语",按回车键完成修改工作,如图 4-6 所示。

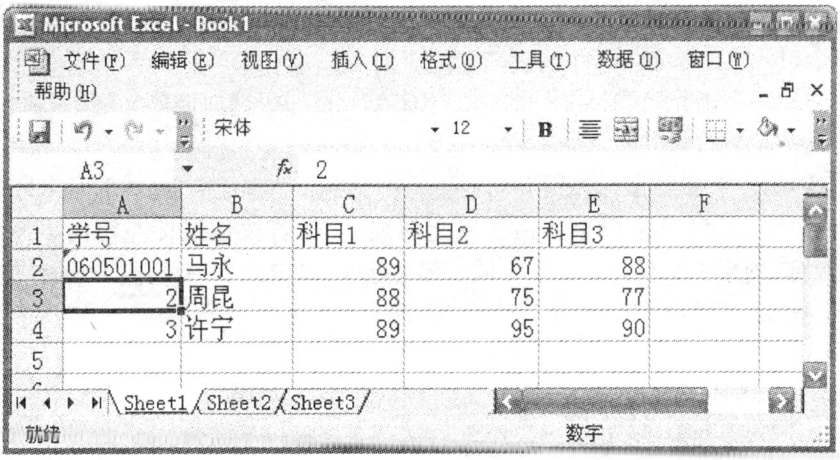

图 4-4　输入数字

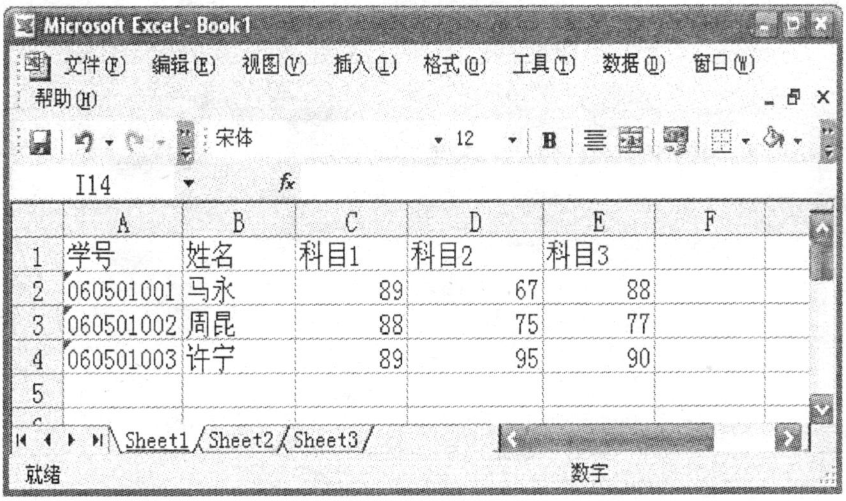

图 4-5　自动填充学号

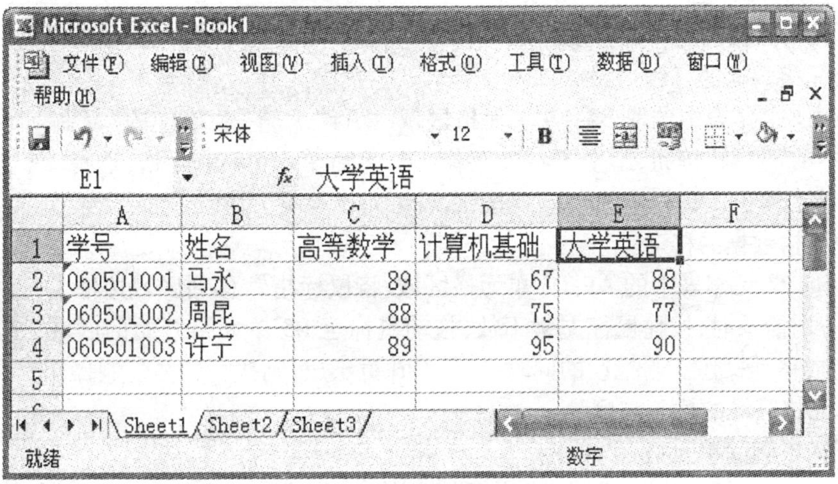

图 4-6　修改数据

4．选取单元格区域操作

1）单个单元格的选取

单击"Sheet2"工作表卷标，用鼠标单击 B2 单元格即可选取该单元格。

2）连续单元格的选取

单击 B3 单元格，按住鼠标左键并向右下方拖动到 F4 单元格，则选取了 B2：F4 单元格区域；单击行号"4"，则第 4 行单元格区域全部被选取，若按住鼠标左键向下拖动至行号"6"，松开鼠标，则第 4、5、6 行单元格区域全部被选取；单击列表"D"，则 D 列单元格区域全部被选取，同样的，我们可以选取几列单元格区域。

3）非连续单元格区域的选取

先选取 B2：F4 单元区域，然后按住 Ctrl 键不放，再选取 D9、D13、E11 单元格，单击行号"7"，单击列号"H"，如图 4-7 所示。

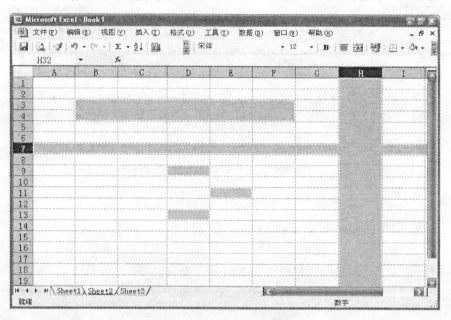

图 4-7　非连续单元格的选取

5．单元格数据的复制和移动

1）单元格数据的复制

在 Sheet1 工作表中选取 B2：E4 单元格区域，执行"编辑"菜单中的"复制"命令或者单击工具栏中的"复制"按钮，单击 Sheet2 工作表标签后单击 A1 单元格，选择"编辑"菜单中的"粘贴"或者单击工具栏中的"粘贴"按钮，就可完成复制工作。

2）单元格数据的移动

选取 Sheet2 工作表中的 A1：D3 单元格区域，将鼠标指针移到区域边框上，当鼠标指针变为十字方向箭头时，按住鼠标左键不放，拖动鼠标至 B5 单元格开始的区域，松开鼠标左键，即可完成移动操作。若拖动的同时，按住 Ctrl 键不放，则执行的是复制操作。

6．单元格区域的插入与删除

1）插入或删除单元格

（1）在 Sheet1 工作表中，单击 B2 单元格，执行"插入"菜单中的"单元格"命令或者单元格快捷菜单中的"插入"命令,屏幕出现如图 4-8 所示的有四个选项的"插入"对话框,单击"活动单元格下移"单选按钮,观察姓名一栏的变化。

(2) 选取 B2 和 B3 单元格,执行"编辑"菜单中的"删除"命令或者单元格快捷菜单中的"删除"命令,屏幕出现如图 4-9 所示的有四个选项的"删除"对话框,单击"下方单元格上移"单选按钮,观察工作表的变化。最后单击两次"撤销"按钮,恢复原样。

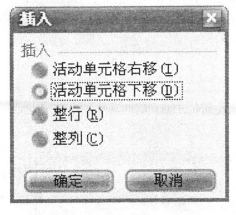 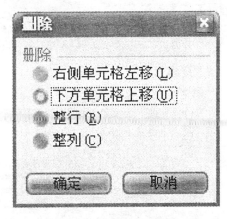

图 4-8　"插入"对话框　　　　　　图 4-9　"删除"对话框

2) 插入或删除行

选取第 3 行,执行"插入"菜单中的"行"命令或者快捷菜单中的"插入"命令,即可在所选行的上方插入一行。选取已插入的空行,执行"编辑"菜单中的"删除"命令或者快捷菜单中的"删除"命令,即可删除刚才插入的空行。

选取第 1 行,插入两行空行,在 A1 单元格中输入"学生成绩表",选取 A1:E1 区域,在格式工具栏中单击"合并及居中"按钮。

3) 插入或删除列

选取第 B 列,执行"插入"菜单中的"列"命令或者快捷菜单中的"插入"命令,即可在所选列的左边插入一列。选取已插入的空行,执行"编辑"菜单中的"删除"命令或者快捷菜单中的"删除"命令,即可删除刚才插入的空列。

实验二　工作表的格式设置及公式函数的运用

一、实验目的和要求

(1) 掌握工作表的命名方法。

(2) 掌握格式化数据的方法。

(3) 掌握利用"格式"工具栏或者菜单中的命令格式化数据的方法。

(4) 掌握改变行高和列宽及数字格式的设定。

(5) 掌握字型、字体和框线、图案、颜色等多种对工作表的修饰操作。

(6) 掌握公式和常用函数的输入与使用方法。

二、预备知识

参考教程相关内容。

三、实验内容与指导

1. 工作表的命名

启动 Excel 2003,在出现的 Book1 工作簿中选择 Sheet1 工作表标签并双击,更名为"销售资料"。最后以"上半年销售统计"为名将工作簿保存在硬盘上。

2. 数据格式化

1) 建立数据表格

在"销售数据"工作表中按照图 4-10 所示样式建立数据表格。其中,在 A3 单元格中输入"一月"后,可用填充句柄拖动到 A8,自动填充"二月"至"六月"。

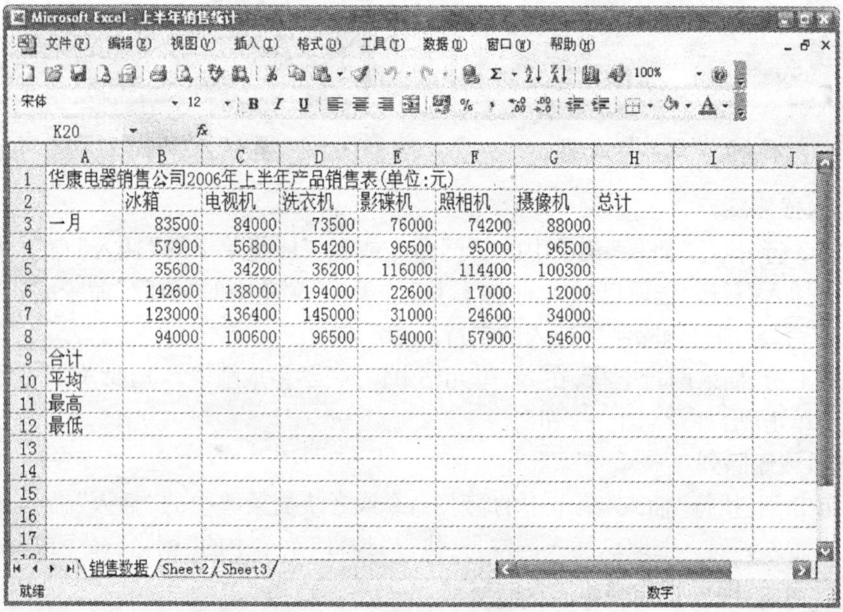

图 4-10　建立未格式化的表格

2) 调整表格的行高及列宽

按住 Ctrl + A 键选中整张工作表,执行"格式"菜单中的"行"子菜单下的"行高"命令,在"行高"对话框的文本框中输入 18,如图 4-11 所示,单击"确定"按钮,用类似的方法设置列宽为 14。

3) 标题格式设置

(1) 选取 A1:H1,然后单击"格式"工具栏上的"合并及居中"按钮,使之成为居中标题。双击标题所在单元格,将游标定位在"公司"文字后面,按 Alt + Enter 键,则将标题文字放在两行。

(2) 执行"格式"菜单中的"单元格"命令,将弹出如图 4-12 所示的"单元格格式"对话框,选择"字体"选项卡,将字号设为 14,颜色设为红色。

图 4-11　设置行高对话框　　　　　　　图 4-12　"单元格格式"对话框

4）设置单元格中文字的方向

选中 A3 单元格，执行"格式"菜单中的"单元格"命令，在"单元格格式"对话框中选择"对齐"选项卡，在"水平对齐"和"垂直对齐"下拉列表框中选择"居中"。用同样的方法将其余单元格中的文字的水平方向和垂直方向为居中。

5）数字格式设置

因为数字区域是销售额数据，所以应该将它们设置为"货币"格式。选取 B3：H12 区域，单击"格式"工具栏上的"货币样式"按钮，如图 4-13 所示。

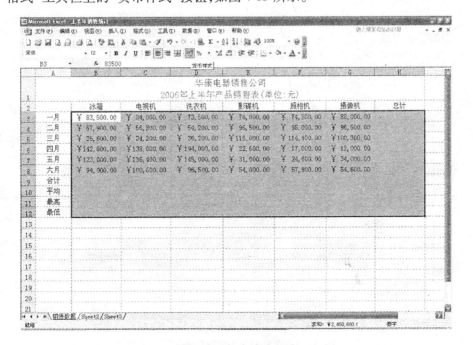

图 4-13　数字格式设置

6）边框、底纹设置

选定表格区域所有单元格，单击"格式"菜单中的"单元格"命令，"单元格格式"对话框中选择"边框"选项卡，设置"内部"为细线，"外边框"为粗线。

为了使表格的标题与数据及源数据与计算数据之间区分明显，可以为它们设置不同的底纹颜色。选取需要设置颜色的区域，单击"格式"菜单中的"单元格"命令，在"单元格格式"对话框中选择"图案"选项卡，设置颜色。以上设置全部完成后，表格效果如图 4-14 所示。

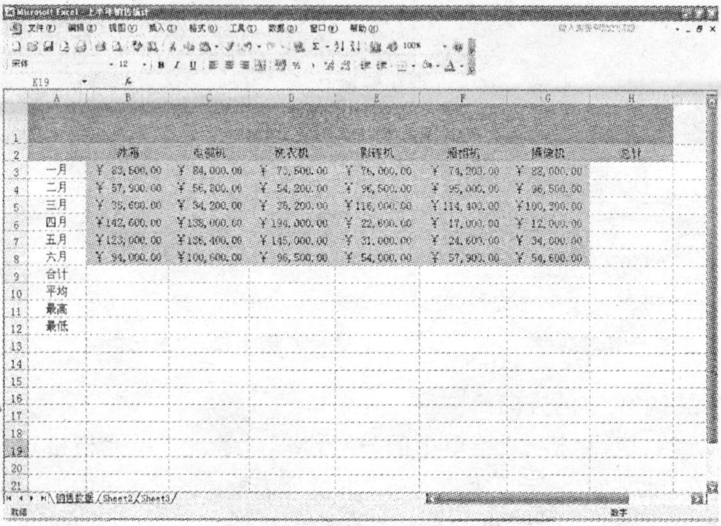

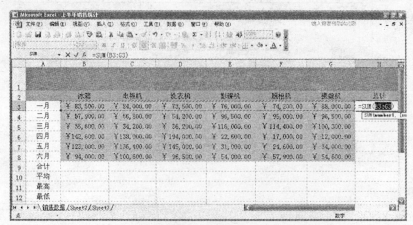

图 4-14　格式设置后的数据表格

3. 公式和函数

1）使用自动求和按钮

在"销售数据"工作表中，H3 单元格需要计算一月份各种产品销售额的总计数值，可用自动求和按钮来完成。

（1）用鼠标单击 H3 单元格。

（2）单击"常用"工具栏上的"自动求和"按钮，屏幕上出现求和函数 SUM 及求和数据区域，如图 4-15 所示。

图 4-15　单击"自动求和"按钮后出现的函数样式

（3）观察数据区域是否正确,若不正确请重新输入数据区域或者修改公式。

（4）单击编辑栏上的"√"按钮,H3 单元格显示对应结果。

（5）H3 单元格结果出来之后,利用"填充句柄"拖动鼠标一直到 H8,可以将 H3 中的公式快速复制到 H4:H8 区域。

（6）采用同样的方法,可以计算出"合计"一列对应各个单元格的计算结果。

2）常用函数的使用

在"销售数据"工作表中,B10 单元格需要计算上半年冰箱的平均销售额,可用 AVER-AGE 函数来完成。

（1）用鼠标单击 B10 单元格。

（2）单击常用工具栏上的"自动求和"按钮旁的黑色三角,在出现的下拉菜单中选择"平均值",屏幕上出现求平均值函数 AVERAGE,以及求平均值数据区域,如图 4-16 所示。

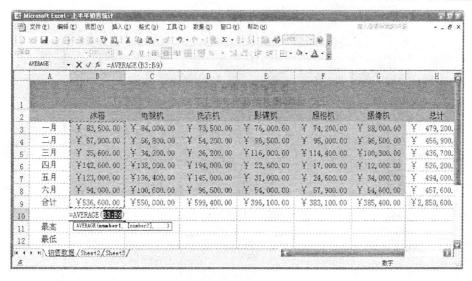

图 4-16　单击"平均值"按钮后出现的函数样式

（3）观察数据区域是否正确。

（4）单击编辑栏上的"√"按钮,B10 单元格显示对应结果。

（5）B10 单元格结果出来之后,利用"填充句柄"拖动鼠标一直到 G10,可以将 B10 中的公式快速复制到 C10:G10 区域。

（6）单击 H10 单元格,在编辑栏中输入" = AVERAGE（H3:H8）",单击编辑栏上的"√"按钮,可以计算"合计"中的平均值。

（7）采用同样的方法,可以计算出"最大"、"最小"一行对应的各个单元格的计算结果。

实验三　Excel 2003 的图表及数据汇总

一、实验目的和要求

（1）掌握在工作表上利用 Excel 2003 图表向导绘制图表的方法。

（2）掌握图表的编辑和格式化操作技术。

（3）掌握图表的复制、移动、缩放和删除的方法。

（4）掌握对数据清单中的数据进行分类汇总的方法。

（5）掌握数据透视表创建的方法。

二、预备知识

参考教程相关内容。

三、实验内容与指导

1．制作条形图表

（1）打开"上半年销售统计"工作簿,选择数据区域 A2:G8。

（2）单击"插入"→"图表",打开"图表向导"对话框,如图 4-17 所示。

图 4-17　"图表向导-4 步骤之 1-图表类型"对话框

（3）在"图表向导-4 步骤之 1-图表类型"对话框中,从"图表类型"列表中单击选择条形图,从出现的"子图表类型"中选择第一中"簇状条形图"。

（4）单击"下一步"按钮,打开如图 4-18 所示的"图表向导-4 步骤之 2-图表源数据"对话框,在"数据区"标签中确认数据区域是否正确,并选择"系列产生在"为"列"。

（5）单击"下一步"按钮,打开如图 4-19 所示的"图表向导-4 步骤之 3-图表选项"对话框,在"标题"标签中分别设置图表、分类轴和数值轴标题。

（6）单击"下一步"按钮,打开如图 4-20 所示的"图表向导-4 步骤之 4-图表位置"对话框,选择图表位置为"作为其中的对象插入"。

（7）单击"完成"按钮,条形图表制作完成,如图 4-21 所示。

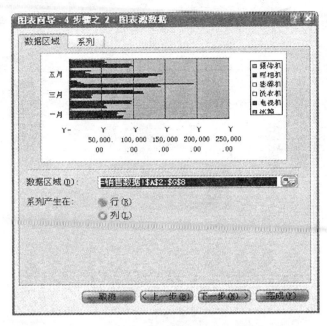

图 4-18　"图表向导-4 步骤之 2-图表源数据"对话框

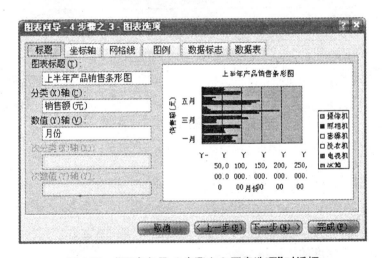

图 4-19　"图表向导-4 步骤之 3-图表选项"对话框

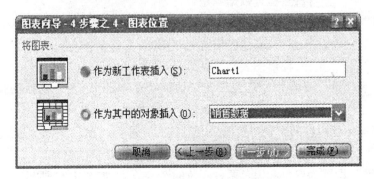

图 4-20　"图表向导-4 步骤之 4-图表位置"对话框

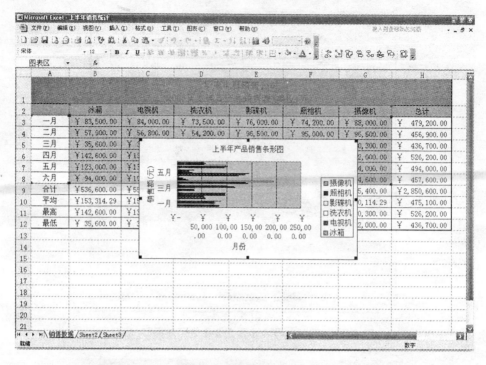

图 4-21　插入条形图表

2. 数据图表的格式化

（1）用鼠标调整图表至适当的位置，将鼠标移至图表的边框，指针变为箭头状时可调整图表大小。

（2）在需要修改的地方单击右键，在出现的菜单中选择"××格式"。

（3）在打开的对话框中，选择需要修改的项目。

3. 制作三维柱形图表

（1）打开"上半年销售统计"工作簿，选择数据区域 A2：G8。

（2）单击"插入"→"图表"，打开"图表向导"对话框。

（3）在"图表向导-4 步骤之 1-图表类型"对话框中，从"图表类型"列表中单击"自定义类型"标签，选择"带深度的柱形图"。

（4）单击"下一步"按钮，检查数据源是否正确。

（5）单击"下一步"按钮，在"图表标题"、"分类轴"、"数值轴"中分别填入相应内容。

（6）单击"下一步"按钮，选择图表位置为"作为新工作表插入"。

（7）单击"完成"按钮，柱形图表制作完成，如图 4-22 所示。

（8）在图表任意位置单击右键，从弹出的快捷菜单中选择"图表选项"，找到"图例"标签，将"位置"设置为"底部"，并进行字体大小、颜色、效果的设置。

（9）对相应标题内容的字、字号、效果、颜色、底纹进行设置。

（10）在背景墙位置单击右键，从弹出的菜单中选择"背景墙格式"，在打开的对话框中选择"填充效果"，设置为白色和黑色两种颜色的渐变效果，如图 4-23 所示。

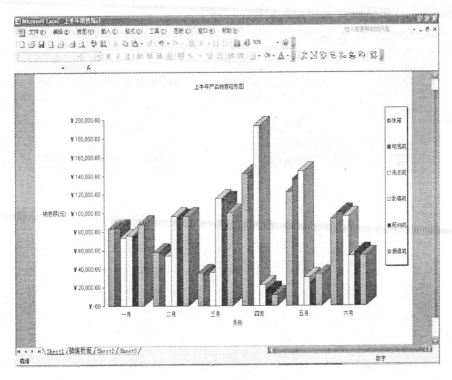

图 4-22　插入柱形图表

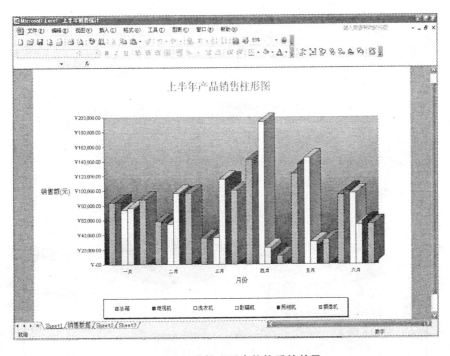

图 4-23　三维柱形图表修饰后的效果

4. 不连续数据区域的图表制作

（1）在销售数据表中，选择产品名称所在一行的连续区域 A2：G2。

（2）按下 Ctrl 键，选择"合计"一行所在的连续区域 A9：G9，如图 4-24 所示。

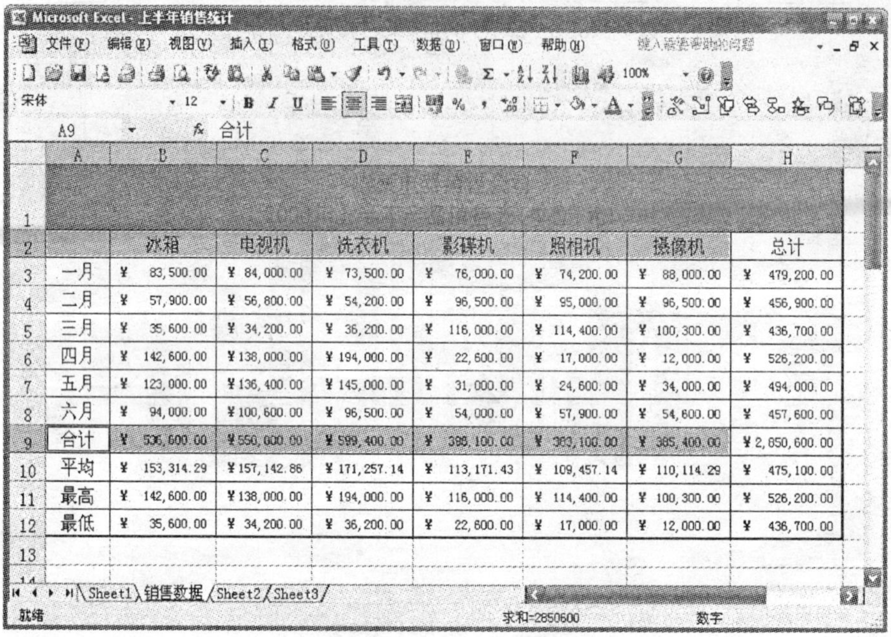

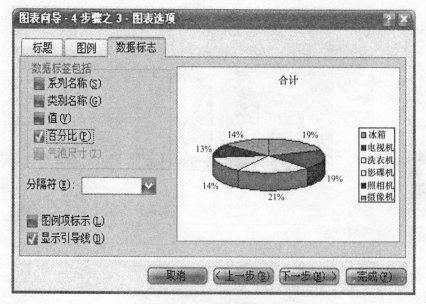

图 4-24　在工作表中选择数据源区域

（3）单击"常用"工具栏的"图表向导"按钮，打开对话框。

（4）选择"饼图"→"三维饼图"，单击"下一步"按钮，检查数据源是否正确，单击"下一步"按钮，在"数据标志"选项卡中，在"百分比"选项前打"√"，如图 4-25 所示。

（5）单击"完成"按钮，对饼图进行修饰和格式化设置，如图 4-26 所示。

图 4-25　选中"百分比"数据标志

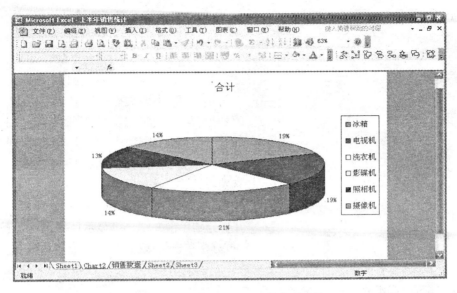

图 4-26　不连续数据区域的图表制作

5. 分类汇总

(1) 创建工作表"数据源",输入如图 4-27 所示数据。

(2) 根据"销售量"和"单价"计算"销售额"。

在 F2 单元格中输入公式" = D2 * E2",并向下拖动单元格右下角的填充句柄至 F25 单元格。

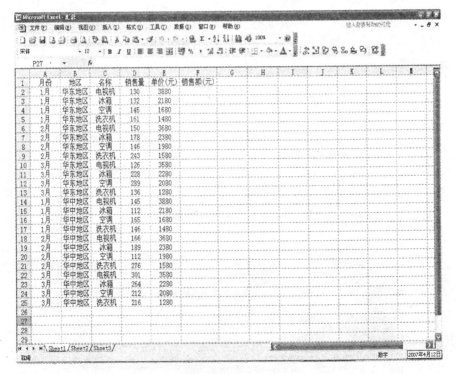

图 4-27　数据源工作表

图4-28　"分类汇总"对话框

（3）统计各类商品销售额的平均值。

① 将"数据源"工作表复制到新的工作表，并命名为"分类汇总表"。

② 单击"数据"菜单中的"排序"对话框，在"排序"对话框中按"主要关键字"为"名称"升序排序。选择"数据"菜单中的"分类汇总"命令，打开如图4-28所示的"分类汇总"对话框。在"分类字段"列表框中选择"名称"，在"汇总方式"列表框中选择"平均值"，在"选定汇总项"列表框中选择"销售额"，单击"确定"按钮，完成分类汇总操作。

③ 分别单击左端分级显示区域的编号按钮1、2、3，再分别单击各级的"＋"，观察屏幕变化。

④ 利用"分类汇总"对话框中的"全部删除"按钮，可删除分类汇总。

（4）实现分类汇总的嵌套。

① 选择数据区的任一单元格，执行"数据"菜单中的"排序"命令，在"排序"对话框中按"主要关键字"为"地区"降序排序，"次要关键字"为"月份"升序排序。

② 单击"数据"菜单中的"分类汇总"命令，在"分类汇总"对话框的"分类字段"列表框中选择"地区"，在"汇总方式"列表框中选择"求和"，在"选定汇总项"列表框中选择"销售量"和"销售额"，"替换当前分类汇总"复选框必须选中，单击"确定"按钮，完成第一层分类汇总操作。

③ 执行"数据"菜单中的"分类汇总"命令，在"分类字段"列表框中选择"月份"，在"汇总方式"列表框中选择"求和"，在"选定汇总项"列表框中选择"销售量"和"销售额"，取消"替换当前分类汇总"复选框，单击"确定"按钮，完成第二层分类汇总操作。

6. 数据透视表

（1）单击"数据源"工作表中的某一数据单元格，执行"数据"菜单中的"数据透视表和数据透视图表"命令，出现如图4-29所示的"数据透视表和数据透视图向导-3 步骤之 1"对话框。

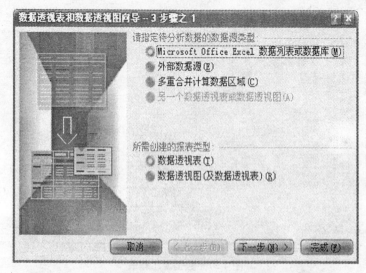

图4-29　"数据透视表和数据透视图向导-3 步骤之 1"对话框

（2）单击"下一步"按钮,出现如图 4-30 所示的"数据透视表和数据透视图向导-3 步骤之 2"对话框。

图 4-30　"数据透视表和数据透视图向导-3 步骤之 2"对话框

（3）再单击"下一步"按钮,出现如图 4-31 所示的"数据透视表和数据透视图向导-3 步骤之 3"对话框。

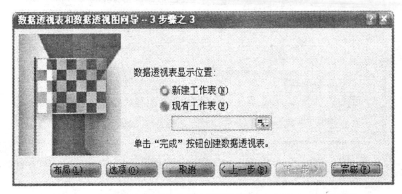

图 4-31　"数据透视表和数据透视图向导-3 步骤之 3"对话框

（4）选择"新建工作表"按钮,再单击"布局"按钮,出现"数据透视表和数据透视图向导-布局"对话框。

①将"月份"按钮从对话框右边拖到"页"区域,"名称"按钮拖到"行"区域,"地区"按钮拖到"列"区域,"销售量"和"销售额"按钮拖到"数据"区域,如图 4-32 所示。

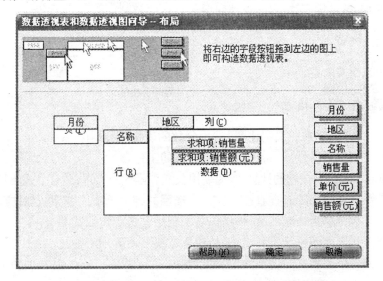

图 4-32　"数据透视表和数据透视图向导-布局"对话框

② 单击"确定"按钮,然后单击"完成"按钮。数据透视表在新的工作表就建立好了,最后将工作表的名字改成"数据透视表",如图 4-33 所示。

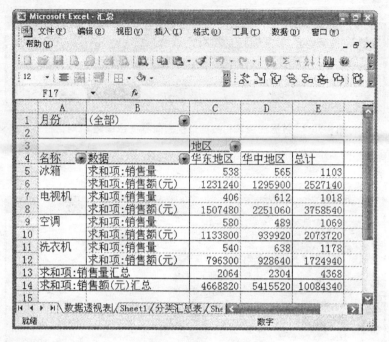

图 4-33 数据透视表

实 验 四 综 合 实 验

一、实验目的和要求

熟练掌握 Excel 2003 工作表的各种操作及关联表格制作的方法。

二、预备知识

参考教程的相关内容。

三、实验内容与指导

制作一套计算"英文歌曲演唱比赛"选手分数的表格,要求如下。

(1)各个表格中要尽量减少数据录入和计算的工作量。

(2)单项成绩和综合成绩的计算,需要使用公式和函数来实现,并且公式要具有容错性。

(3)可以在比赛中间随时查看已完成比赛选手的各个单项成绩,确定对应的暂时名次。

(4)综合分数排名为最后名次,根据该名次利用公式确定获奖等级。

(5)多个工作表之间进行关联操作时,注意数据要能够随时变化。

(6)为了使各个表格之间切换方便,可以制作一个主界面工作表,在该表上利用有关图形建立超链接,以便快速切换到对应的工作表。

操作指导:本问题的解决可以通过制作 6 张关联的工作表来实现,分别为"主界面"工作表、"选手名单"工作表、"演唱得分"工作表、"素质得分"工作表、"综合得分"工作表及"比赛结果"工作表。有关制作上述诸工作表的指导意见如下。

1. 工作表的添加和更名

(1) 启动 Excel 2003,在工作表标签上,单击选择 Sheet1,然后单击鼠标右键,从弹出的快捷菜单中选择"插入",根据随后出现的系统提示操作,添加工作表 Sheet4、Sheet5、Sheet6。

(2) 分别更改工作表的名称为"主界面"、"选手名单"、"演唱得分"、"素质得分"、"综合得分"和"比赛结果"。

(3) 将该工作簿文件以"英文歌曲演唱比赛记分"为文件名存盘。

2. "主界面"工作表的制作步骤

(1) 单击工作表标签上的"主界面",选取该工作表。

(2) 单击"工具"→"选项",弹出如图 4-34 所示的"选项"对话框,从中选取"视图"标签,将"网格线"复选框设置为不选中状态,取消工作表中的网格线。

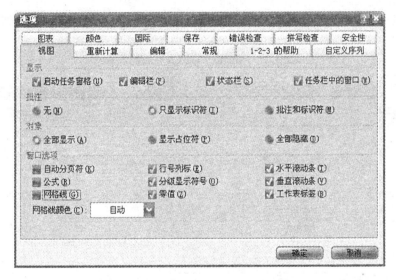

图 4-34　在"选项"对话框中取消网格线

(3) 选取整个工作表,然后利用格式工具栏上的"填充颜色"按钮,设置工作表填充颜色为浅绿色。

(4) 利用输入艺术字的方法,输入艺术字标题"英文歌曲演唱比赛",并进行格式设置。

(5) 利用"绘图"工具栏上的椭圆工具绘制椭圆,并进行填充颜色、线条颜色及图形大小的格式设置。

(6) 将制作好的椭圆图形再复制 4 个,将它们放置到适当的位置。操作时,可以借助"绘图"工具栏上的"绘图"→"对齐和分布"来完成。

(7) 依次右击各个椭圆,从弹出的菜单中选择"添加文字",分别输入相应的文字,效果如图 4-35 所示。

(8) 选中第一个椭圆"选手名单",执行"插入"→"超链接"命令,弹出如图 4-36 所示的"编辑超链接"对话框。在"编辑超链接"对话框中,在"链接到:"区域中选择"本文档中的位置",从右侧的"在这篇文档中选择位置"中选择链接的对象,即"选手名单"工作表。

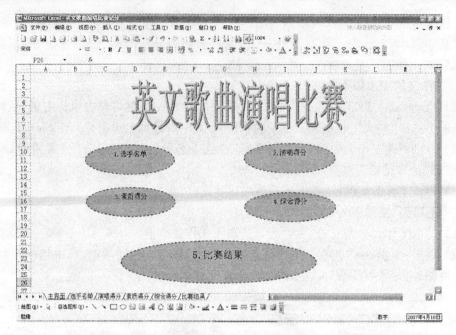

图 4-35　在椭圆中输入文字后的效果

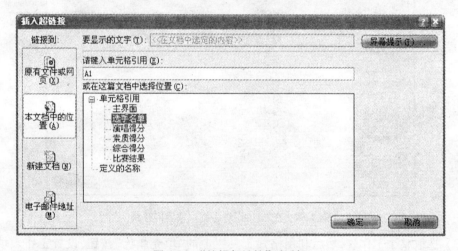

图 4-36　"编辑超链接"对话框

（9）按照上述方法，依次为各个椭圆对象设置相应的超链接。

3. "选手名单"工作表的制作

"选手名单"工作表效果按照如图 4-37 所示制作即可。

4. "演唱得分"工作表的制作

"演唱得分"工作表效果如图 4-38 所示。

（1）利用 VLOOKUP 函数根据编号确定选手姓名。单击 C3 单元格，在编辑栏中输入公式" = IF(B3 = "","",VLOOKUP(B3,选手名单! \$ A \$ 3: \$ B \$ 14,2))"。

（2）再利用填充句柄，填充姓名下面的单元格。

（3）利用公式计算选手演唱得分。单击 J3 单元格，在编辑栏中输入公式" = IF(SUM (D3:I3) < >0,(SUM(D3:I3)-MIN(D3:I3)-MAX(D3:I3))/(COUNT(D3:I3)-2), "")"。

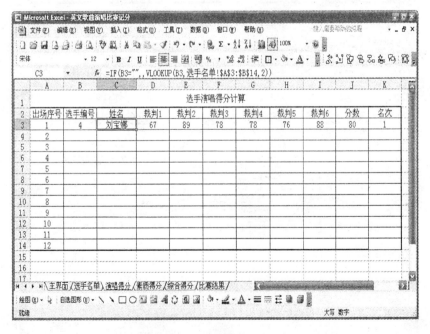

图 4-37　"选手名单"工作表

图 4-38　"演唱得分"工作表

（4）再利用填充句柄，填充分数下面的单元格。

（5）利用 RANK 函数确定选手名次。单击 K3 单元格，在编辑栏中输入公式"＝IF（J3 ＜＞""，RANK（J3，＄J＄3：＄J＄14），""）"。

（6）再利用填充句柄，填充名次下面的单元格。

5."素质得分"工作表的制作

"素质得分"工作表如图 4-39 所示,制作方法与"演唱得分"工作表类似。

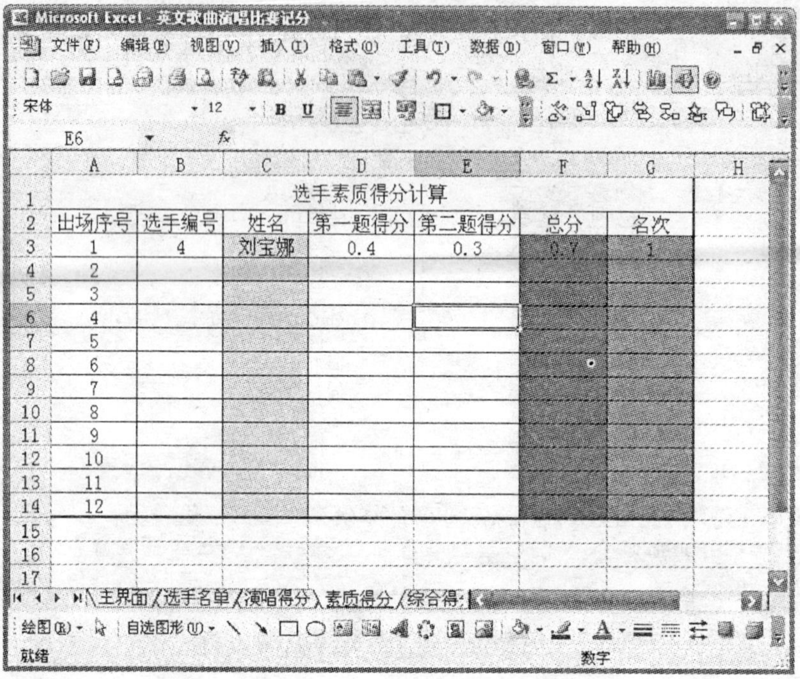

图 4-39 "素质得分"工作表

6."综合得分"工作表的制作

"综合得分"工作表效果如图 4-40 所示,其中要多次跨工作表引用单元格数据,公式和函数形式如下。

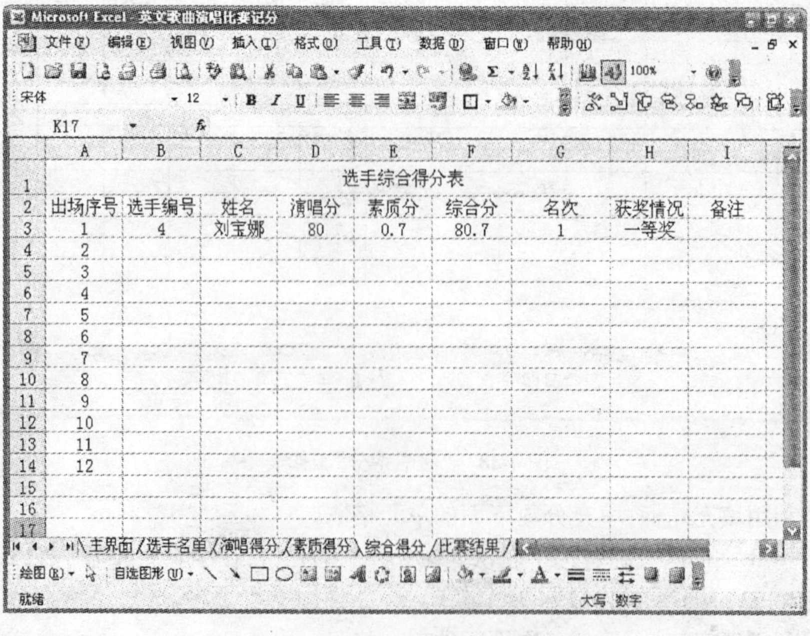

图 4-40 "综合得分"工作表

C3：= IF(B3 = "","",VLOOKUP(B3,选手名单! $ A $ 3：$ B $ 14,2))

D3：= 演唱得分!

E3：= 素质得分! F3

F3：= IF(SUM(D3：E3) = 0,"",SUM(D3：E3))

G3：= IF(F3 < > "",RANK(F3, $ F $ 3：$ F $ 14),"")

H3：= IF(G3 < = 1,"一等奖",IF(G3 < = 4,"二等奖",IF(G3 < = 9,"三等奖","优秀奖")))

7.“比赛结果”工作表的制作

“比赛结果”工作表效果如图 4-41 所示。

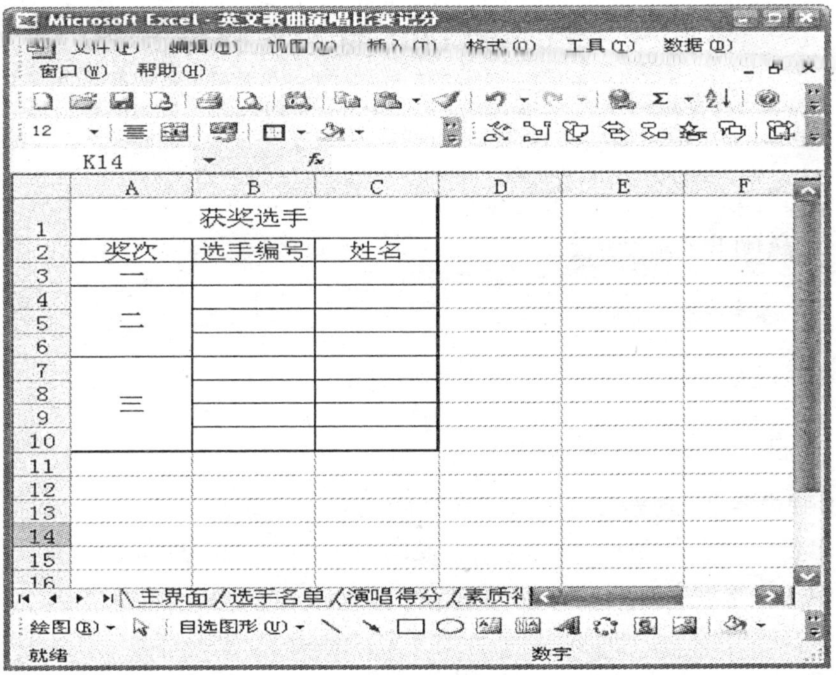

图 4-41　“比赛结果”工作表

第 5 章

中文 PowerPoint 2003

实验一　PowerPoint 的基本制作方法

一、实验目的和要求

（1）掌握新建一个演示文稿的三种方法。

（2）掌握幻灯片的制作方法。

二、预备知识

参考教程相关内容。

三、实验内容与指导

1. 利用"内容提示向导"新建一个演示文稿

（1）单击屏幕左下角的"开始"→"程序"→"Microsoft Office"→"Microsoft Office PowerPoint 2003"菜单命令,启动 PowerPoint 2003。

（2）启动 PowerPoint 2003 应用程序后在屏幕右边出现"新建"的对话框,单击"根据内容提示向导"选项,出现"内容提示向导"窗口,如图 5-1 所示。

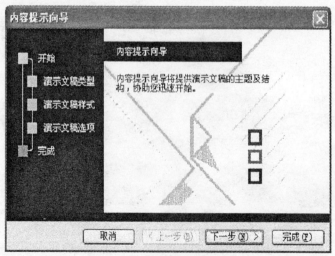

图 5-1　"内容提示向导"对话框

（3）单击"内容提示向导"的"下一步"按钮,出现如图 5-2 所示的"内容提示向导-[通用]"对话框。

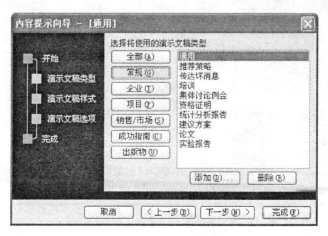

图 5-2　"内容提示向导-[通用]"对话框

（4）单击对话框的"建议方案"这一行为蓝色,然后单击"下一步"按钮,出现如图 5-3 所示的对话框。

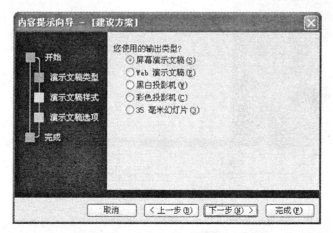

图 5-3　"内容提示向导-[建议方案]"对话框

（5）保持"屏幕演示文稿"为默认选项,直接单击"下一步"按钮,出现如图 5-4 所示的对话框。

（6）单击"演示文稿标题"下的空白框,然后输入标题"我的建议",单击"下一步"按钮,此时出现如图 5-5 所示的对话框。

（7）单击"完成"按钮,出现如图 5-6 所示的已经建好的演示文稿的第一张幻灯片。

（8）单击"常用"工具栏的"保存"按钮,出现"另存为"对话框。

（9）输入此演示文稿的文件名称"我的建议",选择保存位置,单击对话框的"保存"按钮。

此时建立的演示文稿只是一个框架,通常还要用需要的内容来替换幻灯片中的提示文字。

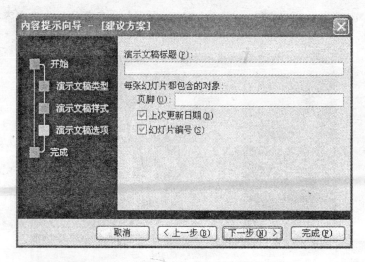

图5-4 "内容提示向导-[建议方案]"对话框

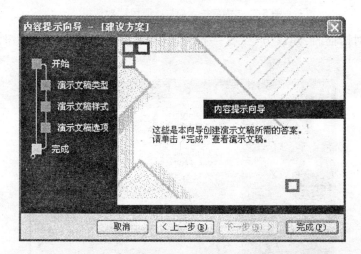

图5-5 "内容提示向导-[建议方案]"对话框

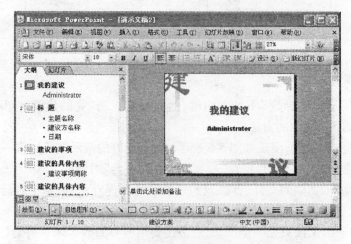

图5-6 第一张幻灯片

2. 利用"设计模板"新建一个演示文稿

（1）启动 PowerPoint 2003。

（2）在屏幕右边出现的"新建演示文稿"对话框中单击"根据设计模板"选项，出现内容设计窗口，如图 5-7 所示。

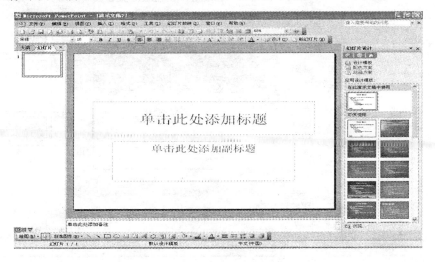

图 5-7　"设计模板"

（3）单击"应用设计模板"窗口内的"可供使用"的窗口中所需要的设计模板，如图 5-8 所示。

图 5-8　"设计模板"

（4）在标题处和副标题处分别输入图 5-9 所示的内容，并把标题文本框的高度减小，即把文本框的下边框往上移动到合适的位置。

（5）单击"常用"工具栏中的"新幻灯片"按钮，添加一张新幻灯片，在屏幕右边窗口选择"标题和文本"版式。

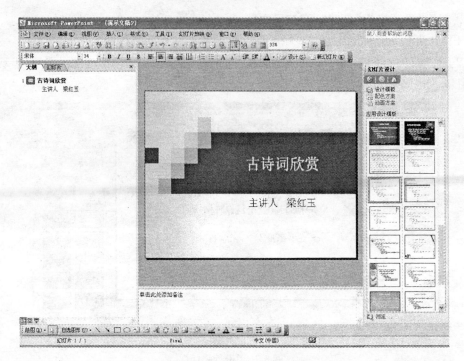

图 5-9　输入标题"古诗词欣赏"

（6）输入一首诗歌，苏轼的"题西林壁"，如图 5-10 所示。

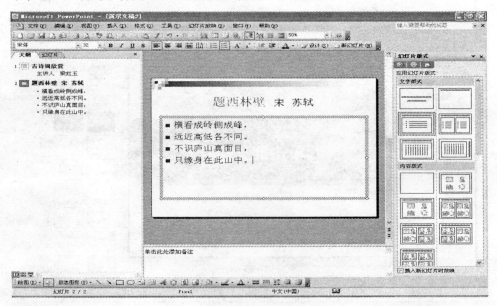

图 5-10　输入诗歌"题西林壁"

（7）单击"保存"按钮，并将文件命名为"古诗词欣赏"，保存文件。

3. 利用"空演示文稿"新建一个演示文稿

（1）启动 PowerPoint 2003。

（2）在屏幕右边出现的"新建"对话框中单击"空演示文稿"选项，或者在 PowerPoint

2003 窗口中单击"常用"工具栏中的"新建"按钮。

（3）在屏幕右边选取"标题幻灯片"版式。

（4）输入幻灯片的标题为"大学一年级选修课程一览表"。

（5）输入副标题为"武汉生物工程学院计算机系"。

（6）添加两张新幻灯片，选择"标题和文本"版式，在一张幻灯片中输入几门理科课程的名称，在另一张幻灯片中输入几门文科课程的名称。

（7）单击"保存"按钮，并将文件命名为"选修课程"，保存文件。

4. 幻灯片的制作

（1）在保存的路径下打开利用"内容提示向导"建立的演示文稿"我的建议"。

（2）修改标题文本框中的文字，如图 5-11 所示，改为"关于开展野外拓展活动的建议"。

（3）单击副标题处，修改文字，改为"计算机系体育部 王文刚"，如图 5-11 所示。

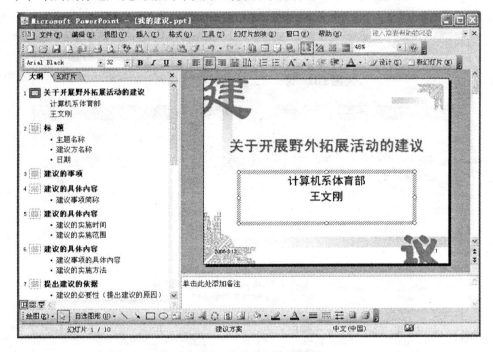

图 5-11 修改幻灯片的标题

（4）在普通视图的"大纲窗格"中，直接修改第二张幻灯片的内容，如图 5-12 所示。

（5）修改第三张幻灯片的内容，如图 5-13 所示。

（6）修改第四张幻灯片中的内容，在标题框中输入"有关地点的建议"，在下面文本框内输入"中山公园 东湖磨山 南望山 凤凰桥"。

（7）修改第五张幻灯片的内容，在标题框内输入"活动时间"，在下面文本框内输入"每月的最后一个星期天 寒暑假每两周一次"。

（8）单击"保存"按钮，保存文件。

（9）单击标题栏的"关闭"按钮，退出 PowerPoint 2003。

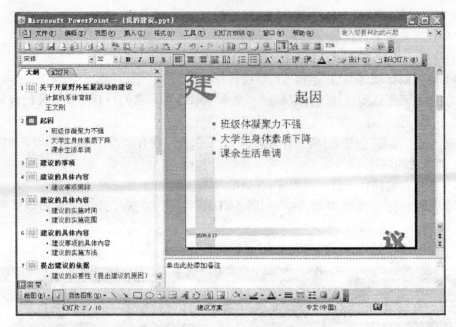

图 5-12　修改第二张幻灯片中的内容

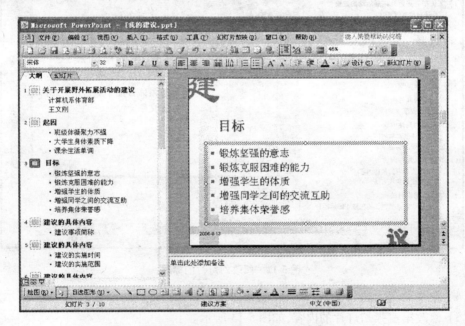

图 5-13　修改第三张幻灯片中的内容

实验二　演示文稿的布局设计和修饰

一、实验目的和要求

（1）掌握对演示文稿的文字格式处理及合理布局设计。

（2）掌握对幻灯片的管理方法。

（3）掌握对幻灯片的适当修饰。

二、预备知识

参考教程相关内容。

三、实验内容与指导

1. 设置文本格式

（1）打开"我的建议"演示文稿。

（2）在普通视图中，单击第一张幻灯片使其成为活动幻灯片。

（3）选取幻灯片中的标题文字"关于开展野外拓展活动的建议"。

（4）单击"格式"工具栏的字体框右侧的黑色向下箭头，打开"字体"列表框，单击"隶书"这一行。

（5）单击"格式"工具栏的字号框右侧的黑色向下箭头，打开"字号"列表框，单击"72"这一行。

（6）选取副标题框中"计算机系体育部 王文刚"这一行文字，执行"格式"→"字体"菜单命令，使屏幕出现"字体"对话框。

（7）在"字体"对话框中，打开"中文字体"字体框的下拉列表，选择"楷体_GB2312"这一行，在"字号"列表框中选择"60"，在"字形"列表框中选择"加粗倾斜"这一行，如图 5-14 所示。

图 5-14 "字体"对话框

（8）单击"字体"对话框中的"确定"按钮。

（9）在普通视图的大纲窗格中单击第二张幻灯片，使第二张幻灯片成为活动幻灯片。

（10）选取"起因"下文本框中的文字。

（11）执行"格式"→"行距"菜单命令，弹出"行距"对话框，如图 5-15 所示。

（12）在"行距"框中输入"2"，单击对话框中的"确定"按钮。

（13）执行"格式"→"项目符号和编号"菜单命令，弹出"项目符号和编号"对话框。

（14）单击"项目符号项"对话框中的"无"这一项，单击对话框中的"确定"按钮。

图 5-15　"行距"对话框

2. 设置文本框格式

（1）继续对上面例题进行操作，在普通视图的大纲窗格中单击第三张幻灯片，使第三张幻灯片成为活动幻灯片。

（2）单击"目标"下的文本框，使文本框出现虚线。

（3）执行"格式"→"占位符"菜单命令，弹出"设置自选图形格式"对话框。

（4）单击"颜色和线条"选项卡名称，使该选项卡出现在对话框中。

（5）单击"填充"这一项中"颜色"框右侧的向下的箭头，打开颜色下拉选项板，如图 5-16 所示。

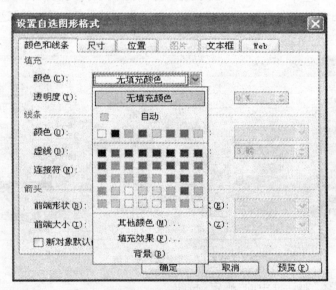

图 5-16　颜色下拉选项板

（6）单击"填充效果"按钮，弹出"填充效果"对话框，单击对话框的"纹理"选项卡，如图 5-17 所示。

（7）选中"白色大理石"纹理，单击"填充效果"对话框中的"确定"按钮，关闭"填充效果"对话框，回到"设置自选图形格式"对话框。

（8）单击"线条"这一项中的"颜色"框右侧向下的箭头，打开颜色下拉选项板，选择"紫罗兰"颜色。

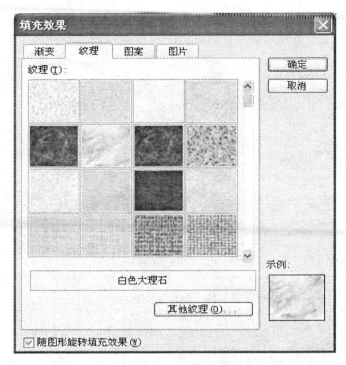

图 5-17　"纹理"选项卡

（9）单击"虚线"框右侧向下的箭头，打开选项板，单击"短划线"这一行。

（10）单击"样式"框右侧向下的箭头，打开选项板，单击 3 磅双线形式，如图 5-18 所示。

（11）单击对话框中的"确定"按钮。

（12）单击文本框外任意一处，取消对文本框的选取状态，可见到设置后的效果，如图 5-19 所示。

图 5-18　线条样式选项

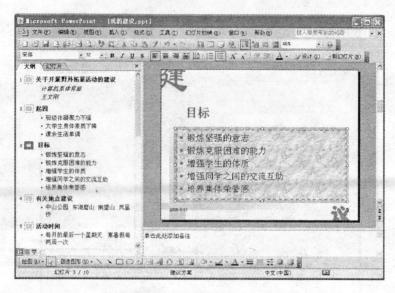

图 5-19　文本框设置效果

3. 插入剪贴画或艺术字

（1）打开"古诗词欣赏"演示文稿。

（2）在普通视图中，使第一张幻灯片成为活动幻灯片。

（3）执行"插入"→"图片"→"剪贴画"菜单命令，在"剪贴画"窗口的底部，单击"管理剪辑"，出现"Microsoft 剪辑管理器"的对话框。

（4）单击"Office 收藏集"前的"＋"，展开文件夹，单击"学院"文件夹，选中其中一张剪贴画，用鼠标拖动到幻灯片中，如图 5-20 所示。

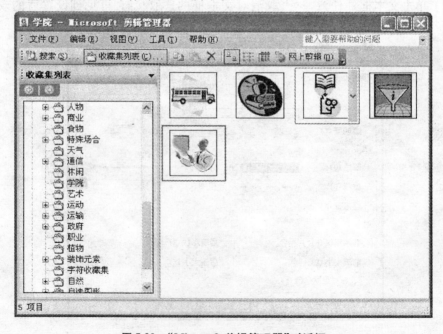

图 5-20　"Microsoft 剪辑管理器"对话框

（5）单击对话框右上角的"关闭"按钮。

（6）将插入的图片调整至适当的大小。保持图片为选中状态,把鼠标指针移到图片左上角的控制框上,按住左键拖动鼠标,调整到合适的大小放开鼠标左键。

（7）把图片移动到幻灯片的左下角。在图片处于选中状态下,把鼠标指针移动到图片的任意位置,使鼠标指针变为带箭头的十字形状,按住鼠标左键向幻灯片左下方拖动鼠标,然后放开鼠标左键。

（8）单击图片外的任意位置,取消图片的选中状态,插入图片的效果如图 5-21 所示。

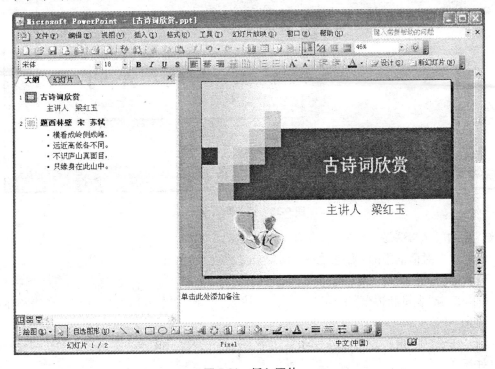

图 5-21　插入图片

（9）在普通视图中,使第二张幻灯片成为活动幻灯片。

（10）执行"插入"→"图片"→"艺术字"菜单命令,使其成为活动幻灯片。

（11）单击一种艺术字样式。

（12）在出现的"编辑艺术字文字"对话框中输入"唐诗宋词"。

（13）按照类似调整图片的操作方法,调整艺术字的大小位置。

（14）在艺术字外任意位置单击,取消选取状态,效果如图 5-22 所示。

4. 插入表格

（1）打开"我的建议"演示文稿。在幻灯片普通视图中,单击第五张幻灯片"活动时间"后面位置,使之出现一条黑色的竖线。

（2）执行"插入"→"新幻灯片"菜单命令,弹出"新幻灯片"对话框。

（3）单击屏幕右侧幻灯片版式窗口中的"标题和表格"版式。

（4）给新添加的幻灯片输入标题"参加人数统计",单击"格式"工具栏的"居中"按钮。

（5）双击表格占位符,即"双击此处添加表格"提示文字处,出现"插入表格"对话框,在

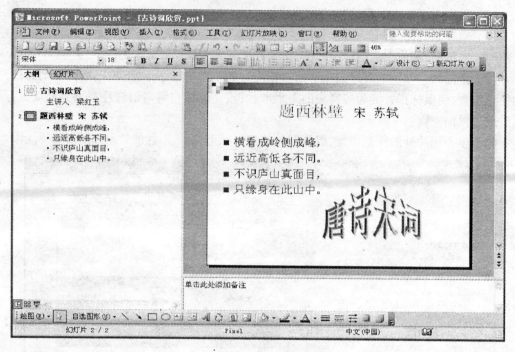

图 5-22 插入艺术字

"列数"框内输入"5",在"行数"框内输入"3",如图 5-23 所示。

（6）单击对话框中的"确定"按钮,屏幕自动出现"表格和边框"工具栏。

（7）单击表格的第三行。

（8）单击"表格和边框"工具栏的"表格"按钮,单击"在上方插入行"命令,在表格中插入一行。

（9）在表格内输入如图 5-24 所示的文字,并使用"表格和边框"工具栏中的按钮使数据居中对齐。

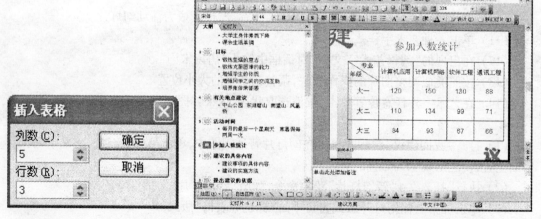

图 5-23 "插入表格"对话框

图 5-24 插入表格

5. 插入图表

（1）继续对"我的建议"演示文稿进行操作。在幻灯片普通视图中，在第六张幻灯片"参加人数统计"后新建一张幻灯片。

（2）单击屏幕右侧幻灯片版式窗口中的"标题和图表"版式。

（3）给新添加的幻灯片输入标题"参加人数图表"，单击"格式"工具栏的"居中"按钮。

（4）双击图表占位符，即双击提示文字"双击此处添加图表"处，出现软件预制的数据和相应的图表，如图 5-25 所示。

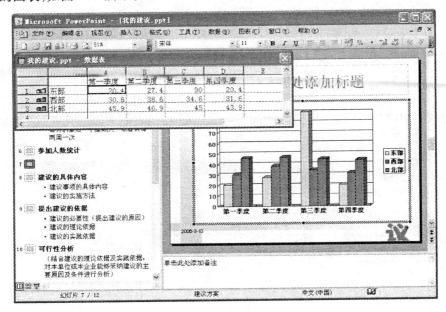

图 5-25　插入图表

（5）用实际的数据替换软件预制的数据，如图 5-26 所示。

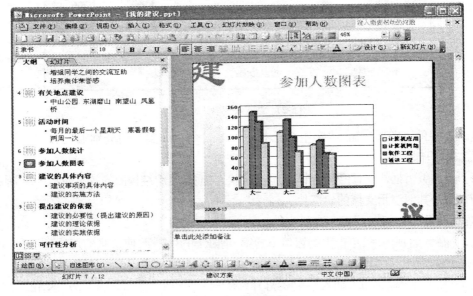

图 5-26　替换数据

（6）在图表外单击鼠标,关闭数据表,取消图表的选取状态。

6. 插入组织结构图

（1）打开"我的建议"演示文稿文件。

（2）单击窗口左下角的"幻灯片浏览视图"按钮,转换为幻灯片浏览视图。

（3）在第七张幻灯片的右方,即第七张和第八张幻灯片之间位置处,单击鼠标左键,使该处出现一条竖线。

（4）单击"常用"工具栏的"新幻灯片"按钮,出现"新幻灯片"的窗口。

（5）单击屏幕右侧幻灯片版式窗口中的"标题和图示或组织结构图"版式。

（6）在标题文本框中输入"活动组织者",并使标题居中。

（7）双击幻灯片中的"组织结构图"占位符,打开"图示库"窗口,选择"组织结构图",单击"确定"按钮,屏幕自动出现"组织结构图"工具栏。

（8）单击最上端的图框,即一级图框,在图框内输入"学生会主席"。

（9）在"组织结构图"工具栏中单击"插入形状"按钮右侧向下的箭头,选择插入"助手",如图 5-27 所示。

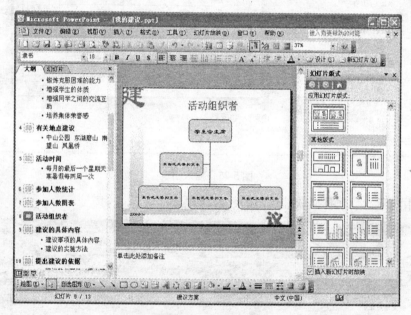

图 5-27　"插入形状"对话框

（10）在助手图框内输入"学生会秘书长",在三个二级图框内分别输入"体育部"、"宣传部"、"组织部"。

（11）在编辑框外任意位置单击,取消选取状态,插入组织结构图的效果如图 5-28 所示。

7. 插入其他演示文稿的幻灯片

（1）打开"我的建议"演示文稿文件。

（2）在普通视图下,单击大纲窗口中的第九张幻灯片图标,使这张幻灯片显示在幻灯片窗口中,成为活动幻灯片。

（3）执行菜单栏中的"插入"→"幻灯片(从文件)"命令,出现如图 5-29 所示的"幻灯片搜索器"对话框。

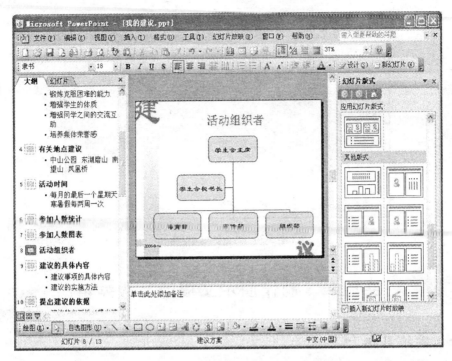

图 5-28　插入组织结构图的效果

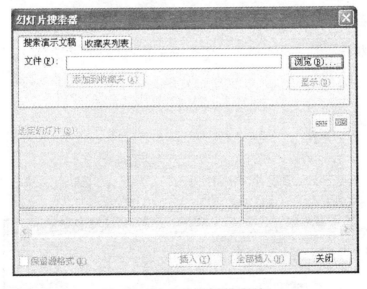

图 5-29　"幻灯片搜索器"对话框

（4）单击对话框的"浏览"按钮，打开"浏览"对话框。在对话框的"查找范围"框内，找到"古诗词欣赏"演示文稿所在的文件夹，单击"古诗词欣赏"文件名，如图 5-30 所示，单击对话框的"打开"按钮。

（5）单击"幻灯片搜索器"对话框中所显示的第一张幻灯片，再单击对话框中的"插入"按钮；单击"幻灯片搜索器"对话框中的"关闭"按钮。

图 5-30 "浏览"对话框

实验三　制作演示文稿的高级编辑

一、实验目的和要求

掌握对演示文稿的几种高级编辑方法。

二、预备知识

参考教程相关内容。

三、实验内容与指导

1. 创建超链接

(1) 打开"我的建议"演示文稿文件。

(2) 单击"参加人数统计"幻灯片,使其成为活动幻灯片。

(3) 选取标题"参加人数统计",执行"插入"→"超链接"菜单命令,弹出"插入超链接"对话框,如图 5-31 所示。

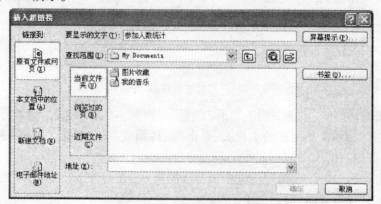

图 5-31 "插入超链接"对话框

（4）单击对话框中"本文档中的位置"，出现演示文稿所有幻灯片的标题。

（5）单击"参加人数图表"这张幻灯片，如图 5-32 所示。

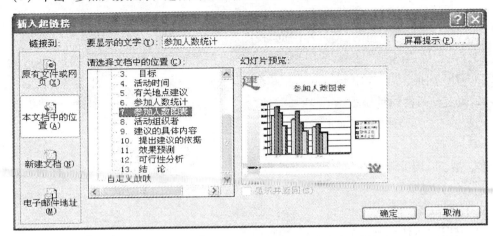

图 5-32 选取链接幻灯片

（6）单击"确定"按钮。

（7）放映幻灯片。放映到"参加人数统计"幻灯片时，单击标题，可体验到超链接所展示的效果。

2. 为幻灯片加备注

（1）打开"古诗词欣赏"演示文稿文件。

（2）单击普通视图右下方的备注窗口，输入"课程名 主讲教师 所属教研室"。

（3）执行"视图"→"备注页"菜单命令，转换为备注页视图。

（4）单击"常用"工具栏中显示比例框的向下箭头，选择显示比例100%，如图 5-33 所示。

（5）在备注框继续输入："古诗词欣赏 张美萍 古代文学教研室"。

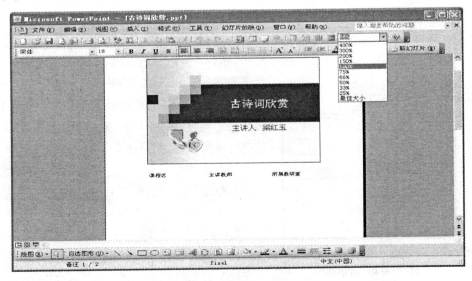

图 5-33 显示比例列表框

（6）单击屏幕左下方的"幻灯片浏览视图"按钮,转换为幻灯片浏览视图。

3. 使用幻灯片副本

（1）打开"我的建议"演示文稿文件。

（2）单击屏幕左下角的"幻灯片浏览"视图。

（3）在幻灯片浏览视图中,按住 Shift 键的同时单击第三张幻灯片和第四张幻灯片。

（4）执行"插入"→"幻灯片副本"菜单命令。

4. 改变幻灯片设计模版

（1）打开"古诗词欣赏"演示文稿文件。

（2）执行"格式"→"幻灯片设计"菜单命令。

（3）在"应用设计模版"对话框中,选择"可供使用"的窗口中所需要的设计模板,改变幻灯片的设计模版。

5. 使用母版

（1）打开"古诗词欣赏"演示文稿文件。

（2）在演示文稿的最后添加两张新幻灯片,均选"标题幻灯片"。

（3）在两张标题版式的幻灯片中分别输入标题"唐诗欣赏"和"宋词欣赏"。

（4）在副标题框中分别输入"李白与崔颢"和"文天祥与辛弃疾"。

（5）执行"视图"→"母版"→"标题母版"菜单命令。

（6）单击标题区。打开"格式"工具栏的字体列表框,选择"华文彩云"字体;打开"格式"工具栏的字号列表框,选择"54"。

（7）单击副标题区。打开"字体"列表框,选择"方正舒体"字体;打开"字号"列表框,选择"40"。

（8）单击"普通视图"按钮,转换为幻灯片视图,观察标题幻灯片中的字体、字号的变化。

6. 改变背景方案

（1）打开"古诗词欣赏"演示文稿文件。

（2）执行"格式"→"背景"菜单命令,弹出"背景"对话框,如图 5-34 所示。

（3）单击"背景填充"窗口下的向下箭头,选择"其他颜色",弹出"颜色"对话框,选择合适的颜色,单击"确定"按钮。

（4）再选择"填充效果",弹出"填充效果"对话框,在"渐变"项目卡中,根据个人喜好对所选颜色进行效果处理,然后单击"确定"按钮。

（5）如改变所有的幻灯片的背景,在"背景"对话框下单击"全部应用"按钮,如果只改变一张幻灯片的背景,则在"背景"对话框下单击"应用"按钮。

7. 将演示文稿转换成 Word 文档

（1）打开"我的建议"演示文稿文件。

（2）执行"文件"→"发送"→"Microsoft Office

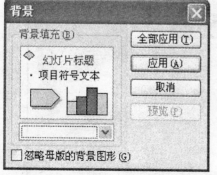

图 5-34　"背景"对话框

Word"菜单命令,弹出"发送到 Microsoft Office Word"对话框,如图 5-35 所示。

(3) 选择"空行在幻灯片旁"这一行,单击"粘贴链接"选项。

(4) 单击"确定"按钮。

(5) 单击自动生成的 Word 软件中的"保存"按钮,保存文件。

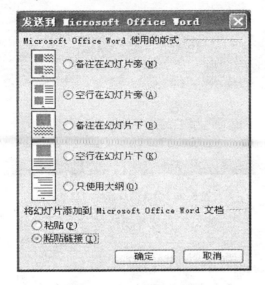

图 5-35　"发送到 Microsoft Office Word"对话框

实验四　演示文稿的放映

一、实验目的和要求

掌握幻灯片放映的设置方法。

二、预备知识

参考教程相关内容。

三、实验内容与指导

1. 人工放映方式

(1) 打开"我的建议"演示文稿文件。

(2) 单击屏幕左下角的"从当前幻灯片开始放映幻灯片"按钮,放映幻灯片。

(3) 单击鼠标左键,放映下一张幻灯片。

(4) 单击屏幕左下角的菜单图标,弹出菜单如图 5-36 所示。

(5) 单击菜单中的"下一张"命令,放映下一张幻灯片。

(6) 按 PageDown 键放映下一张幻灯片。

(7) 按向下或向右的方向键,放映下一张幻灯片。

(8) 按空格键放映下一张幻灯片。

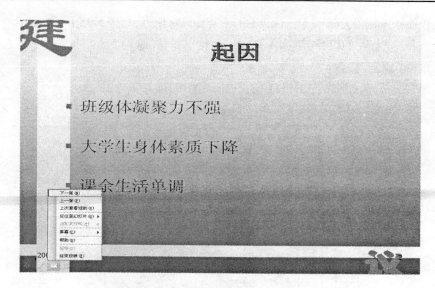

图 5-36　放映幻灯片快捷菜单

（9）按回车键放映下一张幻灯片，直至放映结束。

2. 自动放映方式

1）设置间隔时间放映幻灯片

（1）打开"古诗词欣赏"演示文稿。

（2）单击屏幕左下角的"幻灯片浏览视图"按钮，转换成幻灯片浏览视图。

（3）单击第 1 张幻灯片，使其成为选中状态，

（4）执行"幻灯片放映"→"幻灯片切换"菜单命令，屏幕右侧出现"幻灯片切换"对话框。

（5）在"幻灯片切换"对话框中单击"每隔"复选框，在"每隔"后的时间框内输入"00：15"。

（6）按住 Shfit 键，同时选中第二张幻灯片及其后的全部幻灯片，设置放映时间为 5 s。

（7）单击第一张幻灯片，使其成为活动幻灯片。单击"从当前幻灯片开始放映幻灯片"按钮，放映幻灯片，观察每张幻灯片的放映时间。

2）使用排练时间放映幻灯片

（1）打开"古诗词欣赏"演示文稿。

（2）执行"幻灯片放映"→"排练记时"菜单命令，放映第一张幻灯片，并出现"预演"对话框。

（3）单击"预演"对话框中的"暂停"按钮，观察"幻灯片放映时间"框内的数值。

（4）再次单击"暂停"按钮，恢复记时。

（5）单击"预演"对话框的"下一项"按钮，排练第二张幻灯片的放映时间。

（6）单击"重复"按钮，重新记时。

（7）继续排练后几张幻灯片的放映时间，直至排练结束。

（8）单击"从当前幻灯片开始放映幻灯片"按钮，放映幻灯片，观察每张幻灯片的放映时间。

3．设置幻灯片切换效果

（1）打开"古诗词欣赏"演示文稿。

（2）单击"幻灯片浏览视图"按钮,转换成幻灯片浏览视图。

（3）按住 Shift 键单击第二张幻灯片,选取前两张幻灯片。

（4）单击幻灯片"浏览"工具栏的"切换"按钮,屏幕右方出现"幻灯片切换"对话框,单击"水平百叶窗"这一行,在速度对话框中选择"中速"。

（5）单击第三张幻灯片,按住 Shift 键,单击最后一张幻灯片,选取剩下的幻灯片。

（6）在"幻灯片切换"对话框中,选择"新闻快报"这一行。

（7）单击第一张幻灯片,再单击"从当前幻灯片开始放映幻灯片"按钮,从头开始放映幻灯片。

4．设置幻灯片的动画效果

（1）打开"古诗词欣赏"演示文稿。

（2）单击"幻灯片浏览视图"按钮,转换成幻灯片浏览视图。

（3）单击第一张幻灯片。

（4）执行"幻灯片放映"→"动画方案"菜单命令,屏幕出现"动画方案"对话框,单击"向内溶解"这一行,如图 5-37 所示。

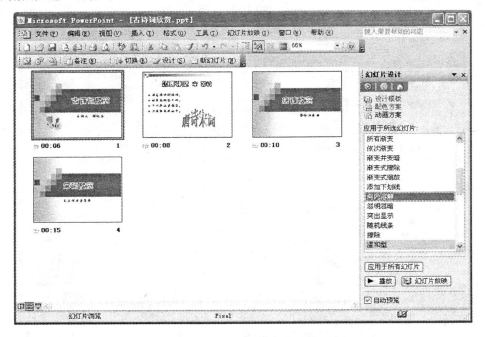

图 5-37　"动画方案"对话框

（5）单击第二张幻灯片,使其成为活动幻灯片,在"动画方案"对话框中,选取"上升"这一行。

（6）按 F5 键放映幻灯片,观察幻灯片的动画效果。

5．给幻灯片添加多媒体对象

（1）打开"古诗词欣赏"演示文稿。

（2）选取第 1 张幻灯片为活动幻灯片,执行"插入"→"影片和声音"→"文件中的声音"

菜单命令。

（3）在"插入声音"对话框中选择要插入的声音文件,弹出提示框如图 5-38 所示。

图 5-38　"插入声音"对话框

（4）单击"在单击时"。

（5）按 F5 键放映幻灯片,观察声音效果。

6. 控制幻灯片放映

1）设置幻灯片为循环放映方式

（1）打开"古诗词欣赏"演示文稿。

（2）执行"幻灯片放映"→"设置放映方式"菜单命令,弹出"设置放映方式"对话框,如图 5-39 所示。

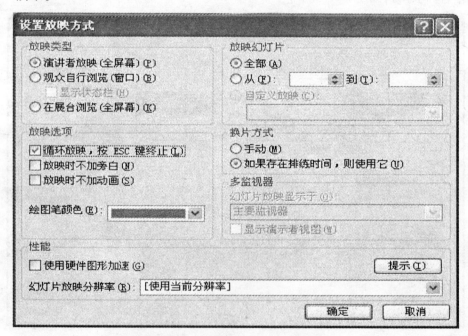

图 5-39　"设置放映方式"对话框

（3）选中"循环放映,按 Ess 键终止"复选项。

（4）单击对话框中的"确定"按钮。

（5）按 F5 键放映幻灯片,观察放映情况。

（6）按 Ess 键停止放映。

2）隐藏一张幻灯片

（1）打开"古诗词欣赏"演示文稿。

（2）转换成幻灯片浏览视图，单击第二张幻灯片。

（3）单击"幻灯片浏览"工具栏中的"隐藏幻灯片"按钮。

（4）按 F5 键放映幻灯片，观察放映情况。

（5）再次单击"隐藏幻灯片"按钮。

（6）按 F5 键放映幻灯片。

实 验 五　综 合 实 验

一、实验目的和要求

熟练掌握演示文稿的创建、制作、放映的方法。

二、预备知识

参考教程相关内容。

三、实验内容与指导

以介绍所在院系概况为主要内容制作一个演示文稿。要求：

（1）用"设计模板"创建演示文稿。

（2）制作 5 张以上的幻灯片，并为每张幻灯片添加适当的内容。

（3）采用文本及文本框的格式，更改幻灯片的背景。

（4）在幻灯片的适当位置插入剪贴画、艺术字、表格及组织结构图。

（5）在幻灯片中创建超链接。

（6）置间隔时间来放映幻灯片。

（7）置幻灯片的切换效果及动画效果，添加多媒体对象。

（8）将幻灯片设置为循环放映。

第6章

计算机网络应用基础

实验一　Window XP 的网络设置与网络资源共享

一、实验目的和要求

（1）掌握 Windows XP 下 TCP/IP 协议的参数配置。

（2）掌握测试网络连通性并创建拨号连接。

（3）掌握通过网上邻居查看共享资源。

（4）掌握网上邻居的使用。

（5）设置共享打印机。

二、预备知识

参考教程相关内容。

三、实验内容与指导

1. 设置 IP 地址、子网掩码等基本参数

（1）双击打开"网上邻居"，单击链接区域"网络任务"中的"查看网络连接"或直接右单击"网上邻居"选择"属性"按钮。

（2）双击"本地连接"，单击"属性"按钮（或右单击"本地连接"选择"属性"），打开"属性"对话框，如图 6-1 所示。

（3）双击"Internet 协议（TCP/IP）"选项，在出现的对话框中选中"使用下面的 IP 地址"，依次输入"IP 地址"，如 10.8.8.149（注意：每台计算机的 IP 地址都应该不同），"子网掩码"，如 255.255.0.0（c 类主机），以及 DNS 服务器地址，如 202.103.24.68，如图 6-2 所示，最后单击"确定"按钮完成设置。

2. 测试网络连通性

单击"开始"→"运行"，在打开命令行中输入"cmd"，单击"确定"按钮，出现命令提示符界面，输入命令：ping 主机 ip 地址/网站域名。例如，ping www.sina.com.cn，按 Enter 键确认，如果能够从所 ping 的机器获得回应，则表示该台机器参数配置成功，如图 6-3 所示。

如果出现的提示如图 6-4 所示，则需要重新检查参数设置或硬件配置，直到 ping 成功为止。

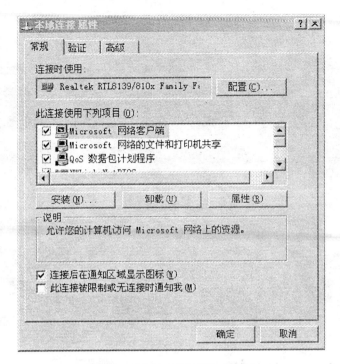

图 6-1 "本地连接属性"对话框

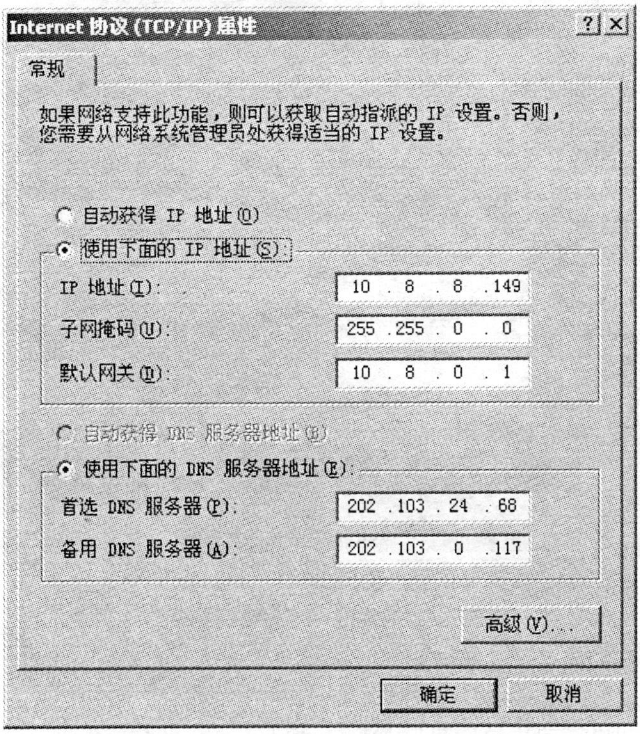

图 6-2 "Internet 协议(TCP/IP)属性"对话框

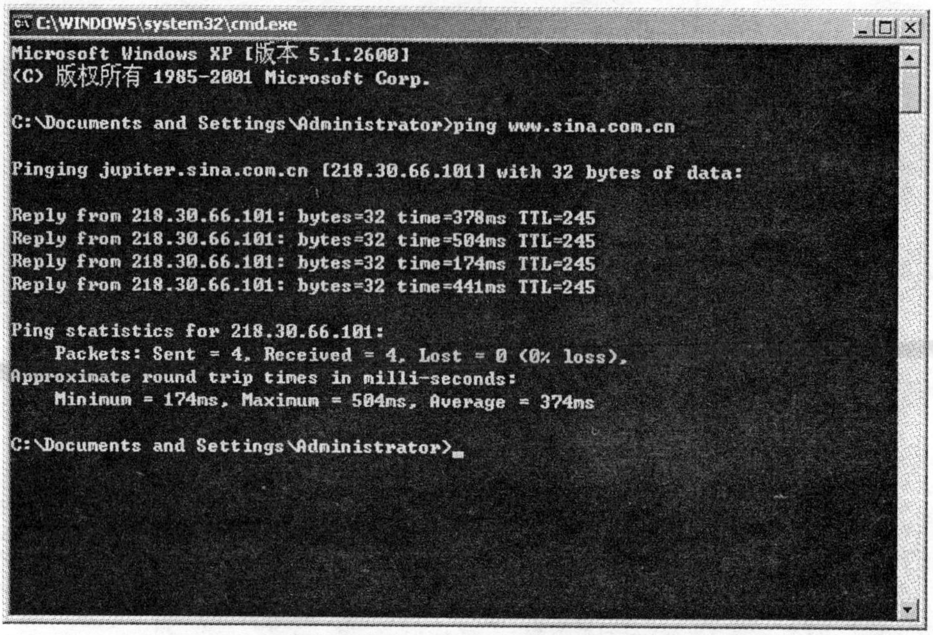

图 6-3　ping 命令显示联网成功

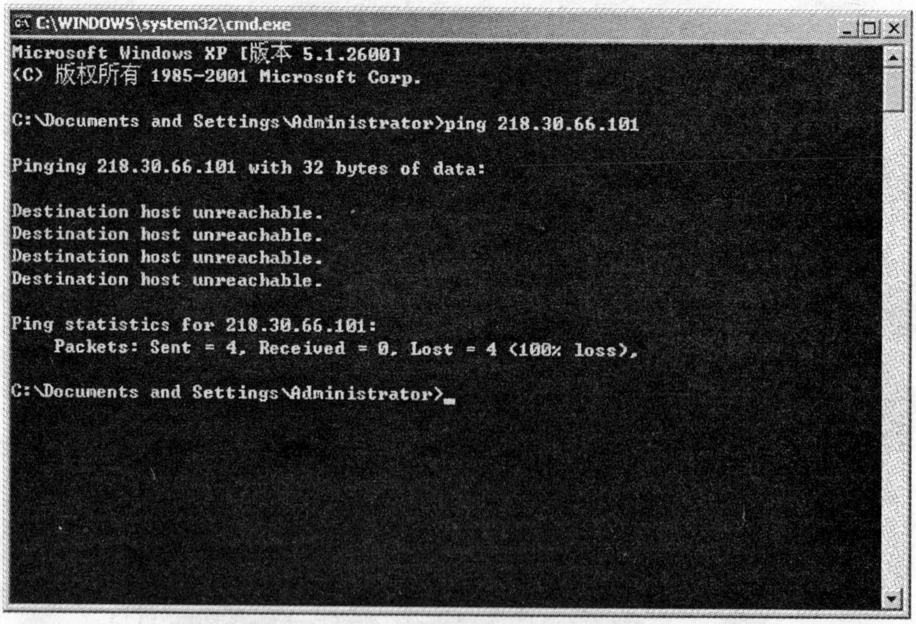

图 6-4　ping 命令显示联网不成功

3. 创建 ADSL 或电话拨号连接

（1）右单击桌面"网上邻居"，选择"属性"按钮，单击链接区域"网络任务"中的"创建一个新的连接"，出现"新建连接向导"对话框，单击"下一步"按钮，根据向导提示，选中"连接到 Internet"，单击"下一步"按钮，在接下来的对话框中选中"手动设置我的连接"，单击"下一步"按钮进入如图 6-5 所示的界面。

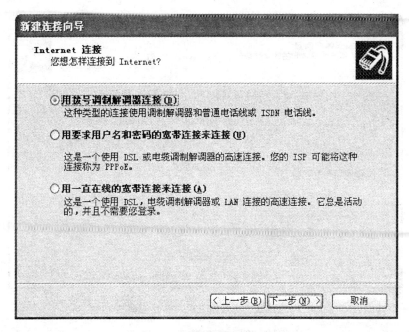

图 6-5　"新建连接向导"对话框

（2）若选中"用拨号调制解调器连接"，可创建电话拨号，根据提示输入 ISP 的名称（如 163）、电话号码（如 16300）及用户名和密码；若选中"用要求用户名和密码的宽带连接来连接"，可创建 ADSL 拨号，根据提示输入 ISP 名称（如电信宽带），如图 6-6 所示，输入用户名和密码，如图 6-7 所示（可跳过不填，留在连接拨号的时候再输入），单击"下一步"按钮。

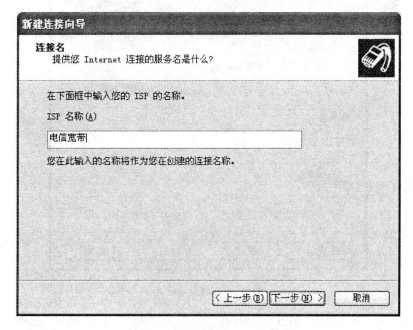

图 6-6　提示输入 ISP 名称

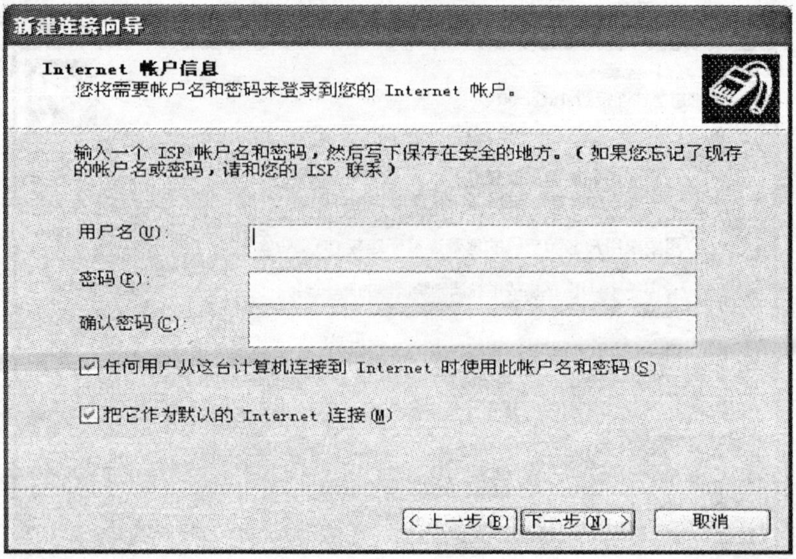

图 6-7　提示输入用户名及密码

（3）单击"完成"按钮创建连接，并出现登录界面，如图 6-8 所示，直接输入用户名和密码，单击"连接"则接入 Internet。如果要将本机设置成上网代理，使整个局域网内的用户都可以通过该计算机连接到 Internet，则继续进行下面的设置。

图 6-8　连接登录界面

（4）在登录界面中单击"属性"按钮，在"属性"对话框中选择"高级"选项卡，选中"允许其他网络用户通过此计算机的 Internet 连接来连接"，如图 6-9 所示，单击"确定"按钮完成设置。与该机相连的整个局域网上的用户，都可以共享并连接到 Internet。

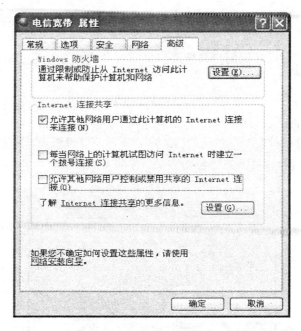

图 6-9　属性设置对话框

4. 连接上网

右单击"网上邻居",执行"属性"命令,双击运行设置好的连接,如"电信宽带",根据提示输入用户名和密码,连接入网。

5. 设置一个共享文件夹

打开"我的电脑",找到需要共享的文件夹,如 G 盘的"歌曲"文件夹,右单击该文件夹,执行"属性"命令,出现"属性"对话框,如图 6-10 所示,选择"共享"选项卡,选中"在网络上

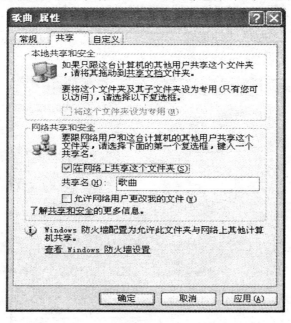

图 6-10　文件夹"属性"对话框的"共享"选项卡

共享这个文件夹"复选框,这时"共享名"文本框和"允许网络用户更改我的文件"复选框变为可用状态,可以在"共享名"文本框中更改该共享文件夹的名称。若清除"允许网络用户更改我的文件"复选框,则其他用户只能看该共享文件夹中的内容,而不能对其进行修改,单击"确定"按钮保存设置。

注意:在"共享名"文本框中更改的名称是其他用户连接到此共享文件夹时将看到的名称,文件夹的实际名称并没有改变。

用同样的方法可以设置共享驱动器,如将 DVD 驱动器设置为共享。

6. 工作组的设置和计算机的命名

(1) 右单击"我的电脑",选择"系统属性"对话框中的"计算机名"选项卡,如图 6-11 所示。

图 6-11 "系统属性"对话框中的"计算机名"选项卡

(2) 单击"更改"按钮显示"计算机名称更改"对话框,如图 6-12 所示,可以对计算机名和所属工作组重新进行设置。

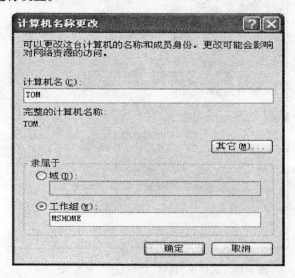

图 6-12 "计算机名称更改"对话框

7. 查看、使用共享资源

双击打开"网上邻居",单击链接区域"网络任务"中的"查看工作组计算机",显示工作组内的计算机和资源,双击打开含有共享资源的计算机,即可使用共享资源。

8. 设置共享打印机

执行"开始"→"设置"→"打印机和传真"命令,进入"打印机和传真"窗口,右单击要共享的打印机图标,可通过"共享"选项卡进行设置,如图 6-13 所示。

图 6-13　打印机"属性"对话框的"共享"选项卡

实验二　用浏览器在互联网上冲浪

一、实验目的和要求

(1) 练习并掌握 IE 的启动与常用设置。
(2) 练习并掌握浏览 Internet 的基本方法。
(3) 练习并掌握超链接的识别与打开。
(4) 练习保存网页和图片。

二、预备知识

参考教程相关内容。

三、实验内容与指导

1. 练习启动 IE 的不同方法

方法 1

在 Windows 任务栏的快速启动工具栏中单击"IE"启动按钮。

方法 2

在 Windows 桌面上双击"IE"图标。

2. 将新浪(www.sina.com.cn)设置为起始主页

方法 1

(1)启动 IE,在 URL 地址栏输入 www.sina.com.cn,待网页下载完毕。

(2)单击"工具"菜单中的"Internet 选项",在弹出的对话框的"主页"区中单击"使用当前页"按钮,再单击"确定"按钮,如图 6-14 所示。

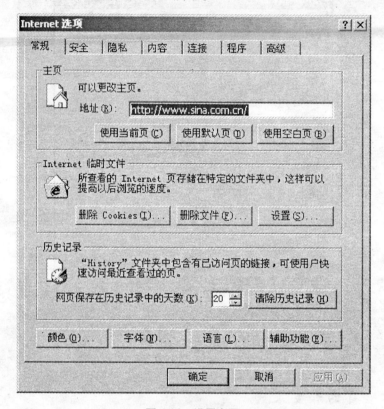

图 6-14　设置主页

方法 2

(1)启动 IE。

(2)单击"查看"菜单中的"Internet 选项",在弹出的对话框的"主页"区中的"地址"栏中,输入 www.sina.com.cn,再单击"确定"按钮。

注意:方法 1 的设置需接入 Internet,而方法 2 无论是否接入 Internet 均可。

3. 删除 Internet 临时文件夹的内容

(1)单击"查看"菜单中的"Internet 选项",出现"Internet 选项"对话框。

(2)在"Internet 临时文件"区域中单击"删除文件"按钮。

4. 设置 Internet 临时文件夹的大小

(1)单击"查看"菜单中的"Internet 选项",出现"Internet 选项"对话框。

(2)在"Internet 临时文件"区域中单击"设置"按钮。

（3）在出现的"设置"对话框中，通过拖动滑块调节临时文件夹大小，如图 6-15 所示。

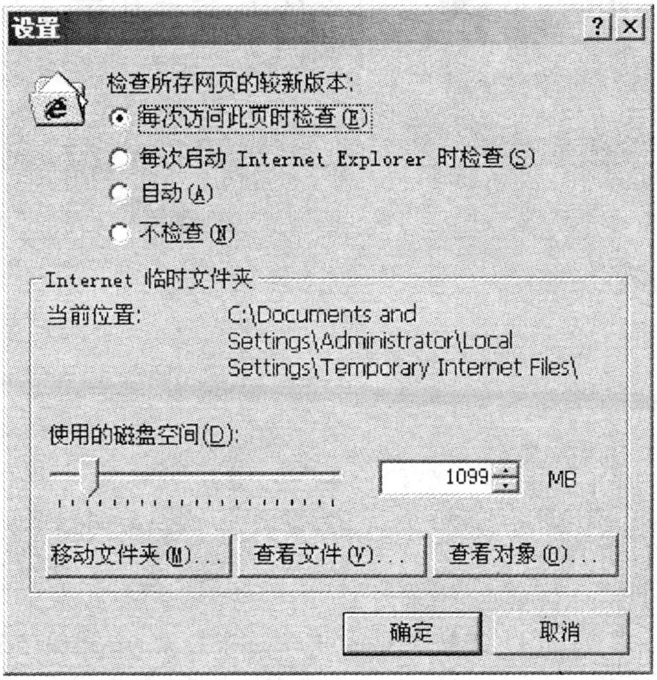

图 6-15　设置 Internet 临时文件夹的大小

5. 将 IE 的历史记录设置为 2 天

（1）单击"查看"菜单中的"Internet 选项"，出现"internet 选项"对话框。

（2）在"历史记录"区域，将保存的天数设置为 2 天。

6. 将 www. sina. com. cn 主页以"新闻"的文件名保存在 D 盘 tang 文件夹中

（1）启动 IE，在地址栏输入 www. sina. com. cn，待网页下载完毕。

（2）执行"文件"菜单中的"另存为"菜单命令，弹出对话框，在"文件名"框中输入"新闻"，在"保存类型"下拉列表中选择 HTML，在"保存在"下拉列表中选中 D 盘上的 tang 文件夹。

（3）单击"保存"按钮。

7. 将网页中的一幅图保存在指定位置（将上题中的某个图片以"童话. gif"保存在 D 盘 tang 文件夹下）

（1）将鼠标指向要保存的图片上，单击右键，在弹出的快捷菜单中选中"图片另存为"选项。

（2）弹出"保存图片"对话框，在"文件名"栏中输入"童话"，在"保存在"下拉列表框中选中 D 盘 tang 文件夹，在"保存类型"下拉列表框中选中保存的文件类型（gif），单击"保存"按钮。

8. 打印一个页面（将上题的网页打印）

（1）执行"文件"菜单中的"打印"菜单命令，弹出"打印"对话框。

（2）在"打印"对话框中，做相应的设置后，单击"确定"按钮。

实验三　搜索引擎的基本使用方法

一、实验目的和要求

（1）练习并熟悉使用雅虎、搜狐等搜索引擎，进行分类和关键词搜索。

（2）练习通过搜索引擎查找所需的软件、资料或文献，并将其保存在硬盘上。

二、预备知识

参考教程相关内容。

三、实验内容与指导

1. 登录中文雅虎搜索引擎（www. yahoo. com. cn），用分类目录搜索有关"NBA"的信息

（1）启动 IE，在地址栏中输入 www. yahoo. com. cn，按 Enter 键。

（2）在分类目录中，单击"体育"链接。

（3）在出现的"雅虎体育"主页中，单击"NBA"链接。

2. 通过搜索引擎查找 FTP 工具软件 cuteFTP，并将搜索的结果保存在硬盘上

（1）登录搜索引擎 www. yahoo. com. cn，在搜索框中输入"cuteFTP"，按 Enter 键。

（2）在产生的搜索结果中，单击某个链接（如"华军软件园"）。

（3）执行"文件"菜单中的"另存为"菜单命令，在出现的"另存为"对话框中选择保存网页的位置输入网页的名称，单击"确定"按钮。

实验四　从 Internet 上下载软件或文件

一、实验目的和要求

（1）掌握通过浏览器下载软件或文件。

（2）掌握 FTP 工具 FlashFXP 的基本使用方法。

（3）掌握下载工具"迅雷"的使用方法。

二、预备知识

参考教程相关内容。

三、实验内容与指导

1. 在 IE 中使用 FTP 下载

打开 IE 浏览器，输入要访问的 FTP 服务器的 URL 地址，如 ftp://218.0.3.36，按 Enter 键或单击"转到"按钮进入登录界面，如图 6-16 所示。

如果该 FTP 支持匿名登录，可以选择图 6-16 中的"匿名登录"选项；否则需要输入用户名（如 tom-ppc）及密码（如 ppcppctom）。如果登录成功，出现该服务器的文件目录结构，如

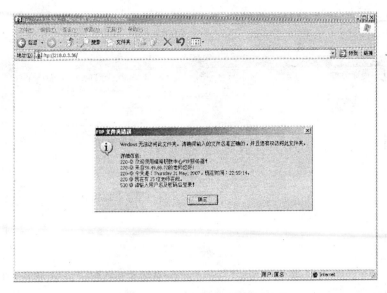

图 6-16　访问 FTP 服务器的登录界面

图 6-17 所示,找到需要下载的文件,右单击选择"复制到文件夹"下载保存。

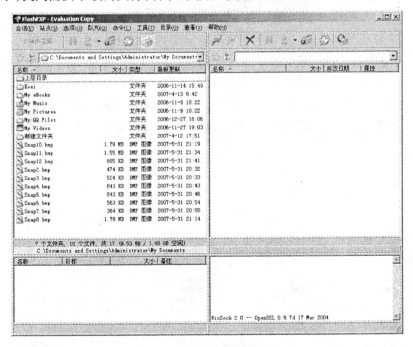

图 6-17　FlashXP 界面

2. FlashFXP 的使用

FlashFXP 是一个功能强大的软件,支持文件夹(带子文件夹)的文件传送、删除;支持上传、下载及第三方文件续传;可以跳过指定的文件类型,只传送需要的文件;可以自定义不同文件类型的显示颜色;可以缓存远端文件夹列表,支持 FTP 代理等。

1) 建立 FlashFXP 站点

打开 FlashFXP,单击"站点"菜单中的"站点管理器",进入"站点管理器"界面,如图6-18

所示,选择图左下方"新建站点",在弹出的对话框中输入站点名(如 tompad),单击"确定"按钮,在常规面板输入 ftp 空间的 ip 地址、端口、用户名称、密码,单击"应用"完成设置。

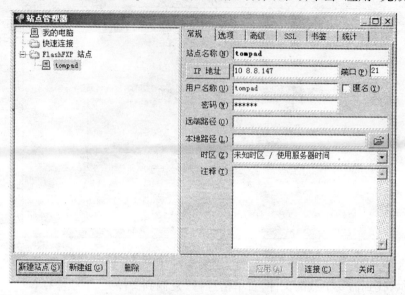

图 6-18　"站点管理器"对话框

2) 下载文件

在对话框左侧的 FTP 网站中选择所需要的站点名,单击"连接"按钮,或者在主界面上单击"连接"工具栏按钮。在出现的文件目录中,浏览、查找需要下载的文件,右单击选择"传送"或"队列",如图 6-19 所示,可以将文件下载或放入左下方的队列中。

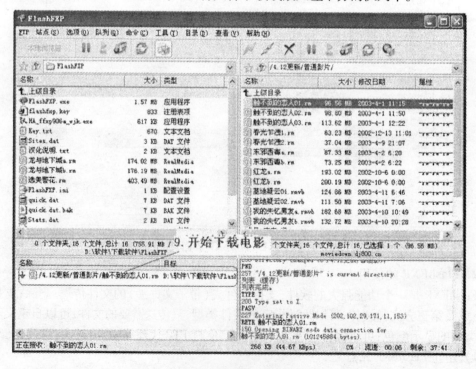

图 6-19　设置下载文件

3. 使用"迅雷"下载文件

"迅雷"是一款新型的基于 P2P(peer-to-peer,点对点)技术的下载软件,使用基于网格原理的多资源超线程技术,能将网络上存在的服务器和计算机资源进行有效的整合,构成独特的迅雷网络,对各种数据文件以最快的速度进行传递。

在"迅雷"运行后的主界面中,如图 6-20 所示,单击"工具"→"配置",显示"配置"对话框,如图 6-21 所示,通过单击左边对话框的各个选项,可以进行相关的参数设置,如通过"连接"选项,可设置文件的下载速度、下载数目等;通过"类别/目录"选项,可设置文件默认的

图 6-20 "迅雷"的主界面

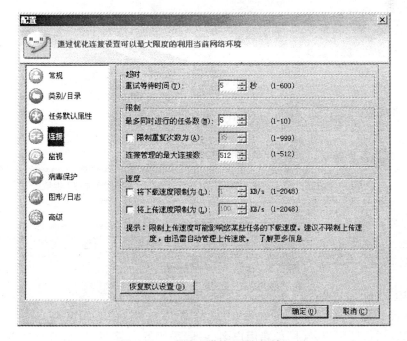

图 6-21 对"迅雷"的配置对话框

存放位置；通过"病毒保护"选项，可以对下载的文件，选择一个杀毒软件进行默认杀毒；通过"高级"选项，可对迅雷的细节设置，使其更适合个人的使用习惯。

实验五　电子邮件的使用

一、实验目的和要求

掌握免费邮箱的申请及使用方法。

二、预备知识

参考教程相关内容。

三、实验内容与指导

1. 申请免费电子邮箱

（1）打开 IE 浏览器，在地址栏输入 http://mail.163.com，进入网易免费邮箱登录界面，如图 6-22 所示。

图 6-22　网易免费邮箱登录注册界面

（2）单击"注册 3G 免费邮箱"进入网易通行证注册页面。

（3）查看"网易通行证服务条款"，单击"我接受"进入下一页面。

（4）填写通行证用户名（即信箱用户名，一般采用姓名缩写，如 tom123），单击"查看用户名是否被占用”,如果已被占用,重新填写通行证用户名。

（5）依次填写登录密码（如 nj0123456）,密码提示问题与答案、安全码等,单击“提交表单”进入个人资料填写页面。

（6）按要求依次填写用户个人信息,单击“提交表单”。

至此在网易上成功申请到一个免费邮箱,以后可以在网易邮箱的首页中,输入用户名和密码,登录成功后进入邮箱界面,如图 6-23 所示,进行邮件的收发。

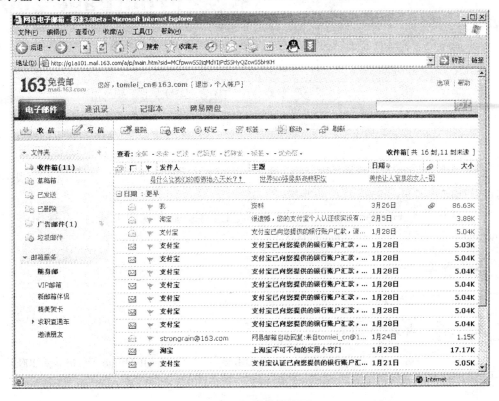

图 6-23　网易邮箱界面

第7章

中文 FrontPage 2003

实验一　中文 FrontPage 2003 的基础

一、实验目的和要求

（1）学习如何启动和退出 FrontPage 2003，并熟悉其工作界面、基本视图、网页的视图方式，以及如何使用 FrontPage 的帮助等基础知识。

（2）要求熟悉 FrontPage 2003 各个菜单项、工具栏、基本视图方式、网页视图方式和 FrontPage 帮助，然后退出 FrontPage 2003（可参照第 3 章 Word 的相关内容）。

二、预备知识

参考教材相关内容。

三、实验内容与指导

（1）执行"开始"→"程序"→"Microsoft Office"→"Microsoft Office FrontPage 2003"命令，如图 7-1 所示，即可启动 FrontPage 2003。

图 7-1　从"开始"菜单启动 FrontPage 2003

FrontPage 2003 的工作界面是一个典型的 Windows 风格的界面,与 Office 中其他组件的界面有着很大的相似性。FrontPage 2003 的工作界面主要由标题栏、菜单栏、工具栏、编辑区、任务窗格、滚动条和状态栏等元素组成,如图 7-2 所示。

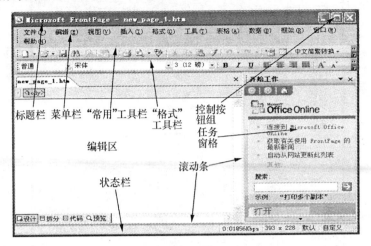

图 7-2　FrontPage 2003 工作界面

(2) 在成功启动该程序后,执行"帮助"→"Microsoft Office FrontPage 帮助"命令,弹出如图 7-3 所示的"FrontPage 帮助"任务窗格,在"搜索"文本框中输入"新增功能",单击"开始检查"按钮,则弹出如图 7-4 所示的"搜索结果"对话框。

其中列出了与该搜索文字相似的内容,单击其中任何一个超链接即可进行查看详细内容。

图 7-3　"FrontPage 帮助"菜单

图 7-4　"搜索结果"对话框

(3) 选择 FrontPage 2003 中的"文件"、"编辑"、"视图"、"插入"、"格式"、"工具"、"表格"、"数据"、"框架"、"窗口"、"帮助"11 个菜单项,并大致查看各个菜单项中所包含的菜单命令。

(4) 执行"工具"→"自定义"命令,弹出"自定义"对话框,打开"命令"选项卡,如图 7-5 所示。

在"类别"列表框中选择所需的菜单项,例如,选择"新菜单"选项,则在"命令"列表框

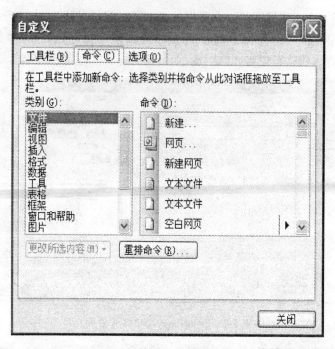

图 7-5　"命令"选项卡

中列出"新菜单"选项,将该选项拖动到菜单栏中。用户可以把自己认为最常用的命令放到此菜单下,如图 7-6 所示为一个新的菜单项。

　　(5) 在"命令"选项卡中单击"重排命令"按钮,弹出"重排命令"对话框,如图 7-7 所示。在"请选择要重排的菜单或工具栏"选区中有"菜单栏"和"工具栏"两个单选按钮。选中任

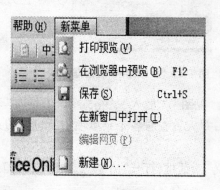

图 7-6　新菜单项

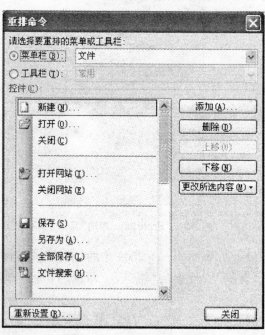

图 7-7　"重排命令"对话框

意一个,在"控件"列表框中将列出该选项中所包含的所有命令。在"控件"列表框中选择个选项,然后单击右边的"添加"、"删除"、"上移"、"下移"或"更改所选内容"按钮,对其进行重新排列操作。

(6) 在"自定义"对话框中打开"工具栏"选项卡,如图 7-8 所示。

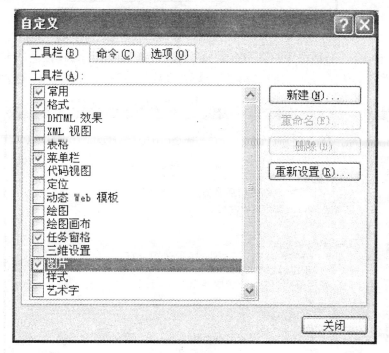

图 7-8 "工具栏"选项卡

在"工具栏"选项卡中的工具栏列表框中选择所需选项,例如,选择"图片"选项,则打开"图片"工具栏,如图 7-9 所示,对该工具栏进行修改。然后单击"工具栏"选项卡中的"重新设置"按钮,则弹出如图 7-10 所示的提示对话框。单击"确定"按钮完成对工具栏的修改操作,单击"取消"按钮取消本次操作。

(7) 在"工具栏"选项卡中单击"新建"按钮,弹出"新建工具栏"对话框,如图 7-11 所示。在"工具栏名称"文本框中输入工具栏的名称,然后单击"确定"按钮即可新建一个工具栏。

图 7-9 "图片"工具栏

图 7-10 提示对话框

图 7-11 "新建工具栏"对话框

（8）在"自定义"对话框中打开"选项"选项卡，如图 7-12 所示，在该选项卡中可以设置个性化菜单栏和工具栏。完成所有设置后，单击"关闭"按钮关闭"自定义"对话框。

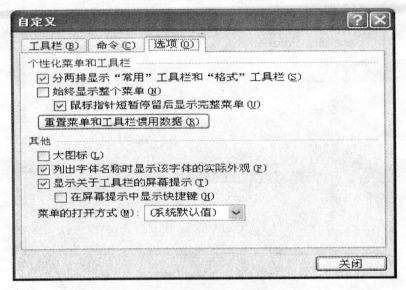

图 7-12 "选项"选项卡

四、综合练习

（1）练习 FrontPage 2003 的启动与退出（可参照第 3 章 Word 的相关操作），并观察其工作界面。

（2）观察同一个网页在不同浏览方式下的显示效果。

（3）在 FrontPage 2003 中使用"帮助"菜单下的"显示 Office 助手"命令。

实验二　创建站点和网页

一、实验目的和要求

（1）初步掌握创建站点和网页的方法，熟悉网页的保存与打印。

（2）创建一个站点和网页，并对网页进行保存和打印。

二、预备知识

参考教程相关内容。

三、实验内容与指导

（1）启动 FrontPage 后，在菜单栏中执行"文件"→"新建"命令，打开"新建"任务窗口，如图 7-13 所示。

在任务窗口中单击"由一个网页组成的网站"超链接，弹出"网站模板"对话框，如图 7-14 所示。

图 7-13　"新建"任务窗口　　　　　　**图 7-14**　"网站模板"对话框

（2）在"网站模板"对话框中选择"只有一个网页的网站"图标，在对话框右边的"选项"区中的"指定新网站的位置"下拉列表中选择新建网站的位置，或者单击"浏览"按钮，从弹出的"新网站位置"对话框中设置网站的位置，单击"确定"按钮，即可创建一个只有一个网页的网站，如图 7-15 所示。

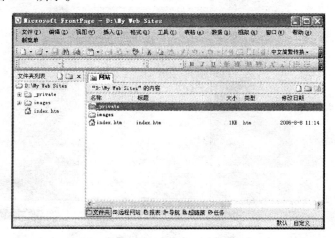

图 7-15　创建一个只有一个网页的网站

（3）在该站点下创建一个网页，如图7-16所示。

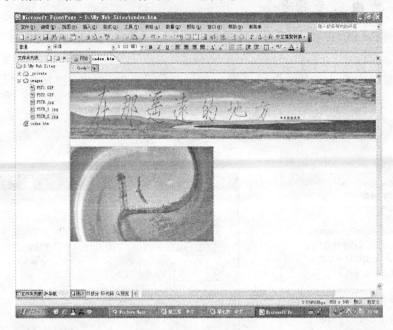

图7-16　在站点中创建网页

（4）执行"文件"→"保存"命令，或者直接单击"常用"工具栏中的"保存"按钮，对网页进行保存。

对网页进行保存后，单击"预览"按钮，对网页进行预览。

（5）在网页制作完成后，并且在预览状态下网页没有问题，就可以通过打印机将网页打印出来，以便于从整体上查看网页。在打印前，必须先对网页进行"打印预览"操作，执行"文件"→"打印预览"命令，打开"打印预览"窗口，如图7-17所示。

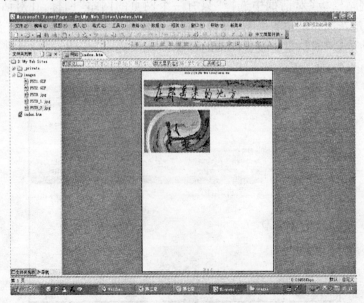

图7-17　"打印预览"窗口

查看网页没有错误,单击"关闭"按钮,执行"文件"→"打印"命令,弹出"打印"对话框,如图7-18所示。在该对话框中可对打印机的名称、打印范围和打印份数进行设置,然后单击"确定"按钮打印网页。

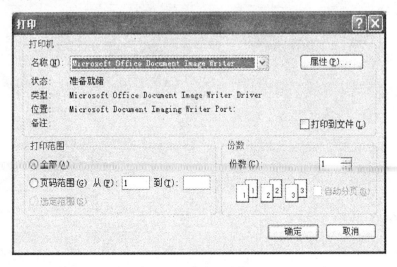

图7-18 "打印"对话框

四、综合练习

新建一个站点,并且在站点中根据需要创建一个或多个网页,对网页进行保存、打开、关闭和删除等操作,最后浏览和打印网页。

实验三 网页的基本编辑

一、实验目的和要求

(1)初步掌握如何在网页中编辑文本和图片、设置网页属性、应用超链接和网页主题。

(2)新建一个空白网页,在网页中应用网页主题。首先输入一段文本,插入一幅图片,对其进行编辑,然后在网页中应用超链接,并设置网页属性。

二、预备知识

参考教程相关内容。

三、实验内容与指导

(1)单击"常用"工具栏中的"新建普通网页"按钮,创建一个空白网页。

(2)执行"格式"→"主题"命令,在打开的"主题"任务窗格中选择一个主题,应用于网页中,效果如图7-19所示。

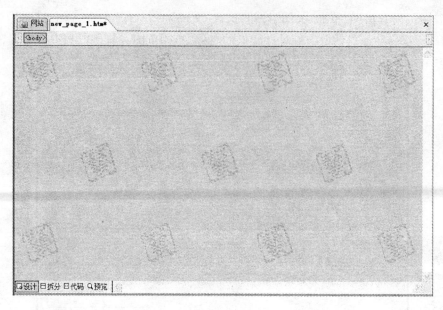

图7-19　应用主题效果

（3）在网页中输入一段文本，并对其进行编辑，如图7-20所示。

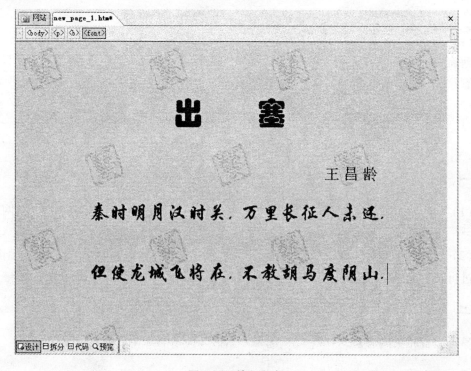

图7-20　输入文本

（4）单击"绘图"工具栏中的"文本框"按钮，在网页中绘制一个文本框，并双击文本框，从弹出的如图7-21所示的"设置文本框格式"对话框中设置"填充"颜色为"无填充颜色"；"直线"颜色为"无直线颜色"。在文本框中输入"唐诗宋词"，选中文本，单击右键，从弹出的快捷菜单中选择"超链接"命令，弹出"插入超链接"对话框，如图7-22所示。

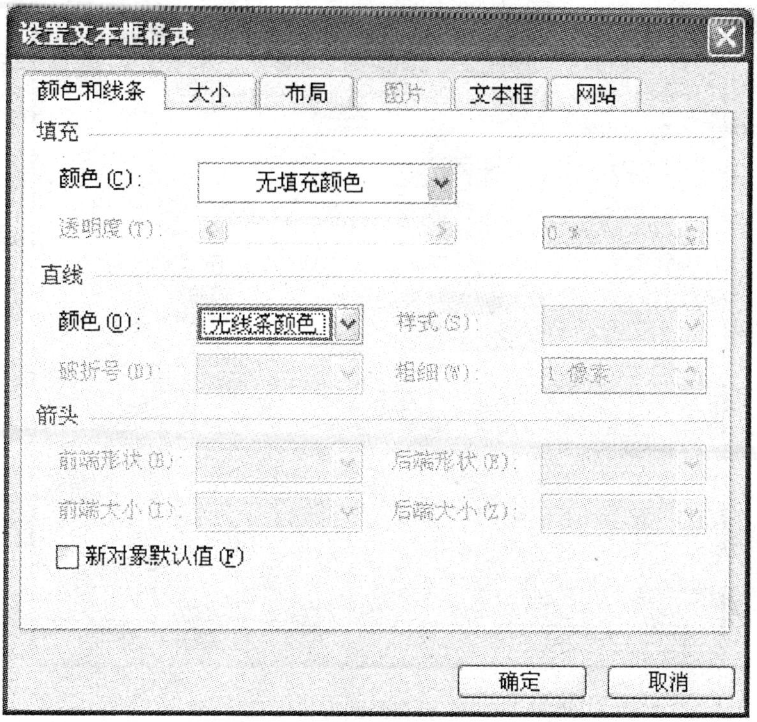

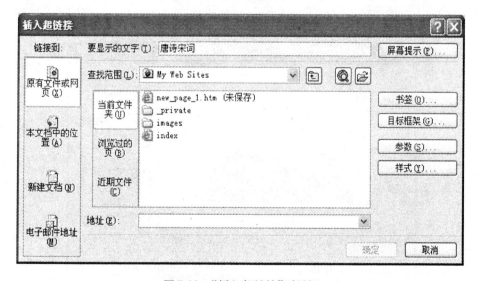

图7-21　"设置文本框格式"对话框

图7-22　"插入超链接"对话框

在"插入超链接"对话框中设置文本的超链接,单击"确定"按钮完成操作,则"唐诗宋词"的文字底下出现一条下画线。

(5)在"绘图"工具栏中单击"自选图形"按钮,从弹出的下拉列表中选择一种自选图形格式,在网页中绘制一个自选图形。双击该自选图形,弹出"设置自选图形格式"对话框,如图 7-23 所示。

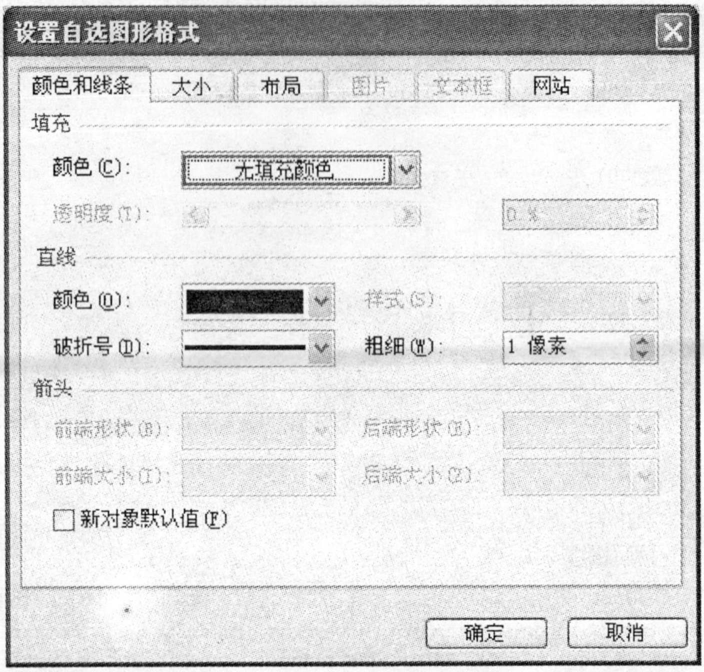

图 7-23　"设置自选图形格式"对话框

（6）在"填充"选区中的"颜色"下拉列表中选择"填充效果"选项，弹出"填充效果"对话框，打开"图片"选项卡，如图 7-24 所示。在该选项卡中单击"选择图片"按钮，从弹

图 7-24　"图片"选项卡

出的对话框中选中一幅图片,单击"插入"按钮,返回"填充效果"对话框,单击"确定"按钮,返回到"设置自选图形格式"对话框,单击"确定"按钮即可为自选图形中填充一幅图片。

（7）至此,网页制作完成,单击"预览"按钮预览该网页,效果如图7-25所示。

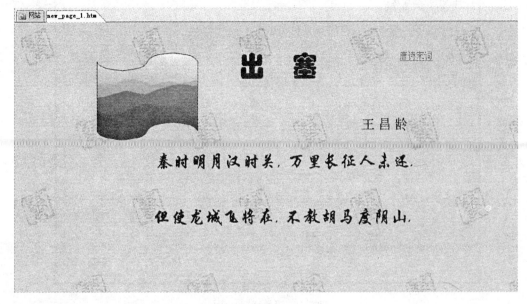

图7-25 预览网页效果

四、综合练习

用所学知识创建一个新网页,具体要求为:使用文字、艺术字、自选图形、图片等素材,制作一个表现个人风格的网页。

实验四 表格的应用

一、实验目的和要求

（1）初步掌握表格在网页中的应用。
（2）在网页中插入表格,然后编辑表格并设置其属性。

二、预备知识

参考教程相关内容。

三、实验内容与指导

（1）单击"常用"工具栏中的"新建普通网页"按钮,创建一个空白网页。
（2）在网页中单击右键,从弹出的快捷菜单中选择"网页属性"命令,弹出"网页属性"对话框,打开"格式"选项卡,如图7-26所示。

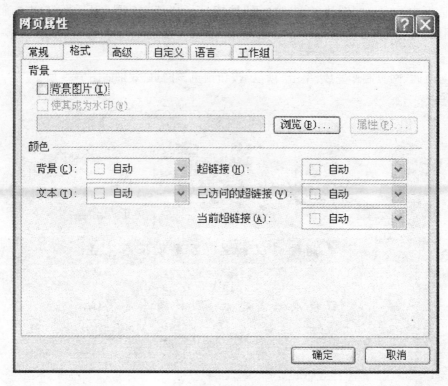

图 7-26 "格式"选项卡

　　在该选项卡中的"背景"选区中选中"背景图片"复选框,单击"浏览"按钮,弹出如图 7-27 所示的"选择背景图片"对话框,选择需要的背景图片后,单击"打开"按钮,即可在网页中插入背景图片,效果如图 7-28 所示。

图 7-27 "选择背景图片"对话框

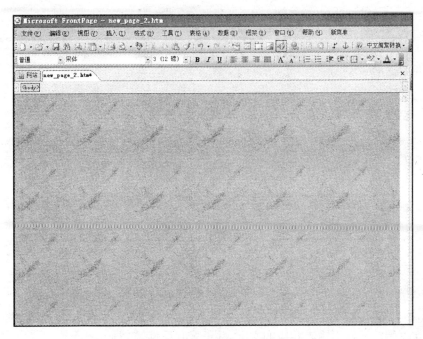

图 7-28　插入背景图片

（3）在菜单栏中执行"表格"→"布局表格和单元格"命令，打开"布局表格和单元格"任务窗格。在"表格布局"列表框中选择所需的模板，此时该布局表格将应用在网页编辑窗口中，如图 7-29 所示。

在"标题"单元格中输入文本"中国古典文学欣赏"，选中文本，对其进行所需的格式化操作，然后在菜单栏中执行"插入"→"Web 组件"命令，弹出"插入 Web 组件"对话框，如图 7-30所示。

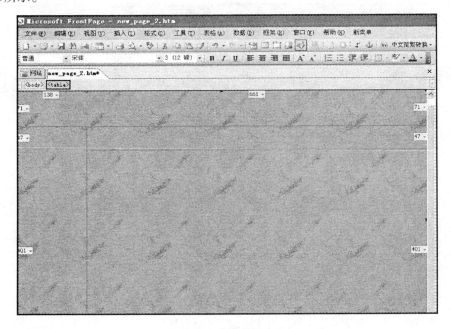

图 7-29　创建布局表格

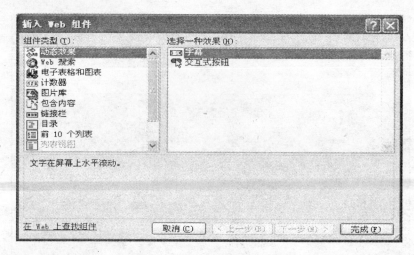

图 7-30　"插入 Web 组件"对话框

在"组件类型"列表中选择"动态效果";在"选择一种效果"列表框中选择"字幕",单击
"完成"按钮,即为网页插入了字幕效果。

（4）在左侧单元格中输入相应的文字,并设置其属性。

选中文本"唐诗",单击右键,从弹出的快捷菜单中选择"超链接"命令,弹出"插入超链
接"对话框。在该对话框中设置文本的超链接,单击"确定"按钮完成操作,如图 7-31 所示。

（5）在右上单元格中输入诗歌的标题并选中,在菜单栏中执行"插入"→"图片"→"艺
术字"命令,弹出"艺术字"对话框,在该对话框中选择一种艺术字样式,单击"确定"按钮,弹
出"编辑艺术字"对话框,对艺术字进行需要的格式化操作,单击"确定"按钮,即在网页中插
入艺术字。

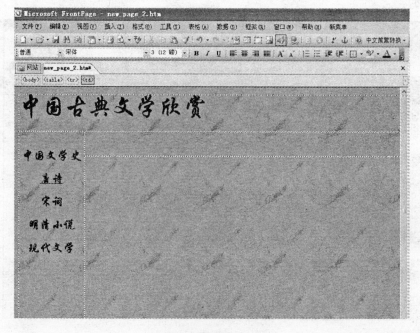

图 7-31　设置网页效果

（6）在"正文"单元格中输入诗歌的正文，即可完成对网页的编辑，单击"预览"按钮预览网页效果，如图7-32所示。

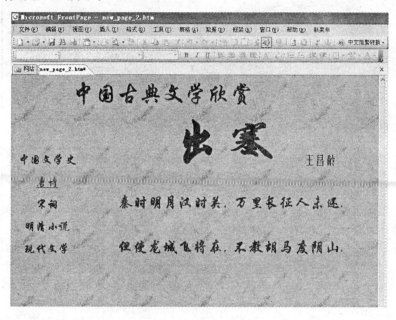

图7-32　预览网页效果

四、综合练习

（1）新建一个空白网页，在网页中插入一个 4×5 的表格，设置表格边框粗细值为10。

（2）在插入的表格中进行表格的合并和拆分操作，并练习使用表格自动套用格式。

（3）使用布局表格与单元格制作一个个人主页。

实验五　表单的应用

一、实验目的和要求

（1）初步掌握表单在网页中的应用。

（2）使用模板创建一个表单网页，并作简单的设置。

二、预备知识

参考教程相关内容。

三、实验内容与指导

（1）在网页编辑窗口中执行"文件"→"新建"命令，打开如图7-13所示的"新建"任务窗格。

（2）在"新建网页"选区中单击"其他网页模板"超链接，弹出"网页模板"对话框，如图7-33所示。

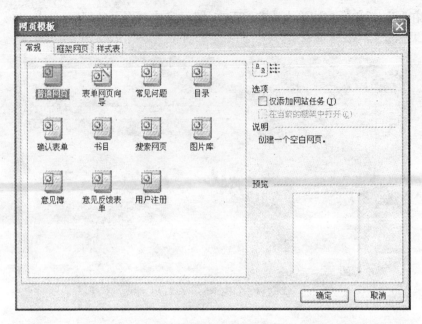

图 7-33　"网页模板"对话框

在该对话框中选中"意见簿"图标,单击"确定"按钮,创建一个意见簿表单网页,如图 7-34 所示。

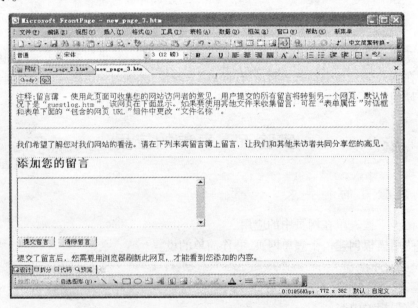

图 7-34　创建一个意见簿表单网页

在意见簿表单网页中插入水平线和字幕,并设置其属性。

(3) 将光标定位在表单域中,在菜单栏中执行"表格"→"插入"→"表格"命令,弹出"插入表格"对话框,如图 7-35 所示。在该对话框中设置表格参数,在网页中插入表格,并单击右键,从快捷菜单中选择"表格属性"命令,在弹出的"表格属性"对话框中设置表格属性,单击"确定"按钮。

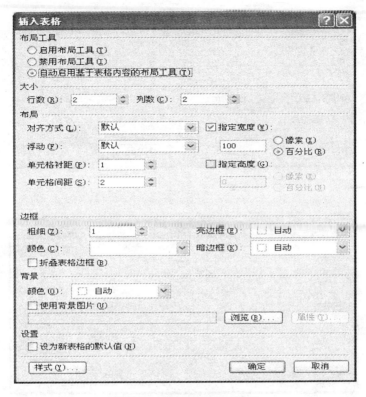

图 7-35　"插入表格"对话框

（4）在表格第一行第一列中输入文本"输入用户名:"，将光标定位在其后的单元格中，执行"插入"→"表单"→"文本框"命令，插入一个文本框表单。双击插入的文本框，弹出"文本框属性"对话框，在"宽度"文本框中设置宽度，并设置其他属性，如图 7-36 所示。

图 7-36　"文本框属性"对话框

用同样的方法插入并设置其他 3 个文本框表单域。

（5）执行"插入"→"表单"→"复选框"命令，在网页中插入 4 个复选框表单域，单击右键，从弹出的快捷菜单中选择"表单域属性"命令，弹出"复选框属性"对话框，如图 7-37 所示。在该对话框中对插入的复选框表单域属性进行设置。

（6）双击按钮表单域，弹出"按钮属性"对话框，如图 7-38 所示。在该对话框中设置按钮表单域的名称和按钮类型。

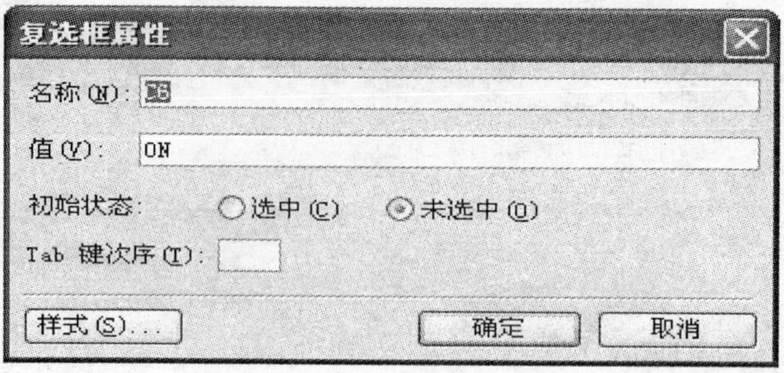

图 7-37　"复选框属性"对话框

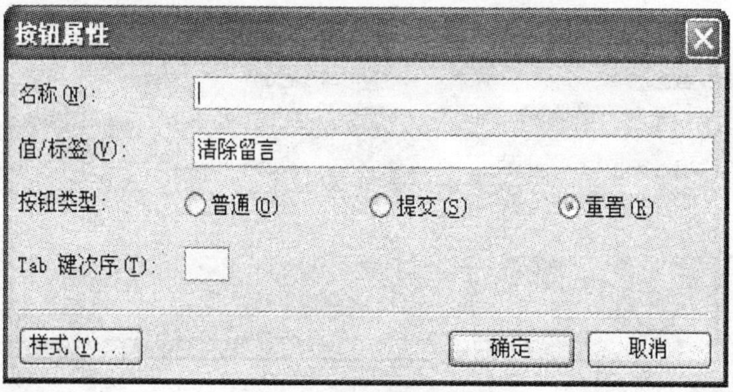

图 7-38　"按钮属性"对话框

（7）对网页进行修饰，表单网页制作完成，单击"预览"按钮，进入预览状态，效果如图 7-39 所示。

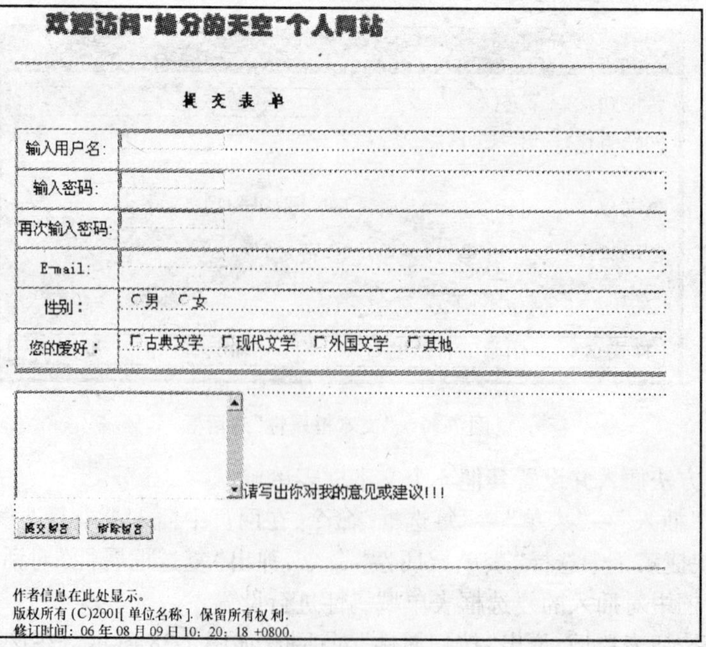

图 7-39　预览表单网页

四、综合练习

使用模板和插入表单域命令,创建一个收集访问者个人信息的表单网页。

实验六 框架网页的制作

一、实验目的和要求

(1)初步掌握创建和编辑框架网页。
(2)使用模板创建一个框架网页,对框架网页进行编辑并设置网页的属性。

二、预备知识

参考教程相关内容。

三、实验内容与指导

(1)在网页编辑窗口中执行"文件"→"新建"命令,打开如图 7-13 所示的"新建"任务窗格。

(2)在"新建网页"选区中单击"其他网页模板"超链接,弹出"网页模板"对话框,打开"框架网页"选项卡,如图 7-40 所示。

(3)在该选项卡中选中"目录"图标,单击"确定"按钮,即可在网页中插入一个目录框架,如图 7-41 所示。

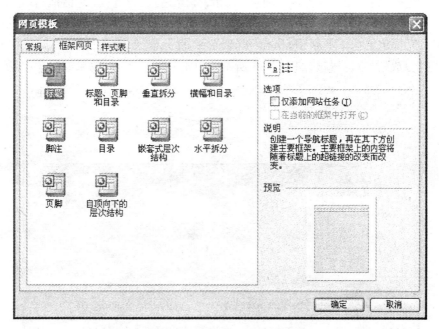

图 7-40 "框架网页"选项卡

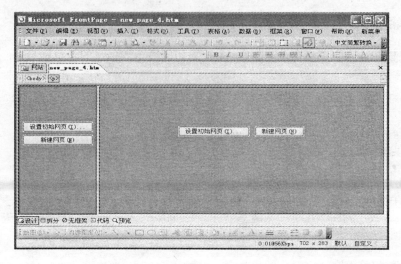

图 7-41　插入目录框架

(4) 单击目录框架中的"新建网页"按钮,在网页中输入文本"古代文学"并选中,然后执行"插入"→"图片"→"艺术字"命令,弹出"艺术字"对话框。在该对话框中选择一种艺术字样式,单击"确定"按钮,弹出"编辑艺术字"对话框,对插入的艺术字的字体和字号进行设置,单击"确定"按钮,完成艺术字的插入。

(5) 输入文本"文学史"并选中,单击右键,从弹出的快捷菜单中选择"超链接"命令,弹出"插入超链接"对话框。在该对话框中设置超链接的目标网页,单击"确定"按钮完成设置。

用同样的方法,在目录框架中设置其他超链接,效果如图 7-42 所示。

(6) 在主框架中单击"设置初始网页"按钮,弹出"插入超链接"对话框,在该对话框中选择要链接的初始网页,单击"确定"按钮,效果如图 7-43 所示。

(7) 将光标定位在主框架中,执行"框架"→"拆分框架"命令,弹出"拆分框架"对话框,选中"拆分成列"单选按钮,如图 7-44 所示。单击"确定"按钮,效果如图 7-45 所示。

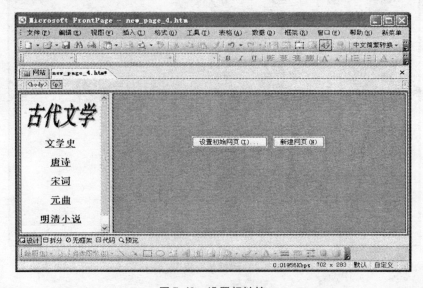

图 7-42　设置超链接

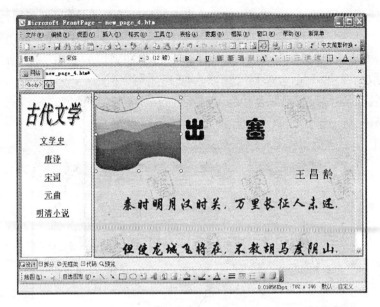

图 7-43　设置初始网页

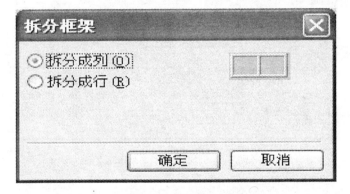

图 7-44　"拆分框架"对话框

图 7-45　拆分主框架效果

　　(8) 单击"新建网页"按钮,单击右键,从弹出的快捷菜单中执行"框架属性"命令,弹出如图 7-46 所示的"框架属性"对话框,在对话框中设置框架的属性。在"选项"选区中设置滚动条的显示方式为"不显示";单击"框架网页"按钮,在弹出的如图 7-47 所示的"网页属性"对话框中取消选中"显示边框"复选框,单击"确定"按钮。

　　(9) 用同样的方法设置目录框架和主框架中的滚动条的显示方式为"不显示"。至此,网页制作完成,执行"文件"→"保存"命令,保存框架网页。

　　(10) 单击"预览"按钮预览框架网页效果,如图 7-48 所示。

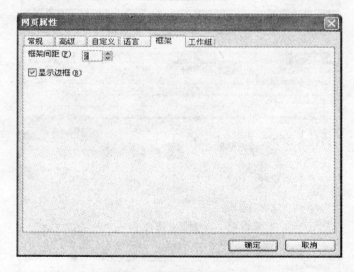

图 7-46　"框架属性"对话框

图 7-47　"网页属性"对话框

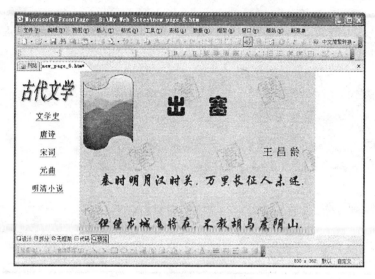

图 7-48　预览框架网页效果

四、综合练习

使用模板创建一个"个人主页",要求包含四个框架。

实验七　动态网页的创建

一、实验目的和要求

(1)熟悉动态网页的创建。
(2)制作一个动态网页,包括在网页中插入滚动字幕和视频文件。

二、预备知识

参考教程相关内容。

三、实验内容与指导

(1)新建一个普通网页。

(2)在网页中输入文本"动态网页应用实例",将其选中并进行格式化设置:华文新魏、18 磅、蓝色、加粗。

(3)执行"插入"→"Web 组件"命令,弹出"插入 Web 组件"对话框,在"组件类型"列表框中选择"动态效果"选项,在"选择一种效果"列表框中选择"字幕"选项,单击"完成"按钮,弹出"字幕属性"对话框,如图 7-49 所示。在该对话框中对插入的动态字幕进行设置,单击"确定"按钮。

(4)在网页中插入一个 2×2 的表格,并设置其边框为 0。

(5)在第一行的第一个单元格中输入一首诗。

(6)在第一行的第二个单元格中插入一幅图片,选中该图片,执行"视图"→"工具

图7-49 "字幕属性"对话框

图7-50 "DHTML 效果"工具栏

栏"→"DHTML 效果"命令,打开"DHTML 效果"工具栏,如图 7-50 所示。

(7) 在"在"下拉列表中选择"鼠标悬停"选项,在"应用"下拉列表中选择"交换图片"选项,在"效果"下拉列表中选择"交换图片"选项,在弹出的"图片"对话框中选中交换后的图片,单击"打开"按钮完成设置。

(8) 用同样的方法在第二行的第一个单元格中插入一幅图片。

(9) 将光标定位在第二行第二个单元格中,执行"插入"→"图片"→"视频"命令,在弹出的"选择文件"对话框中,选择需要插入的视频,单击"插入"按钮。

(10) 执行"插入"→"Web 组件"命令,弹出"插入 Web 组件"对话框,在"组件类型"列表框中选择"高级控件"选项,在"选择一种效果"列表框中选择"插件"选项,单击"完成"按钮,弹出"插件属性"对话框,如图 7-51 所示。

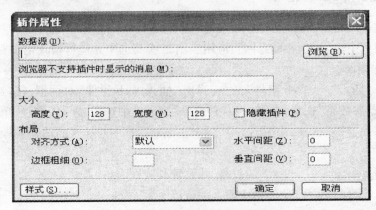

图7-51 "插件属性"对话框

（11）在该对话框中的"数据源"文本框后单击"浏览"按钮,弹出"选择插件数据源"对话框,如图 7-52 所示。

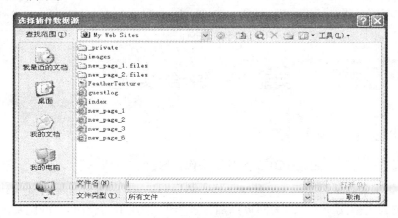

图 7-52 "选择插件数据源"对话框

（12）在该对话框中选择一个音频文件,单击"打开"按钮,在"插件属性"对话框中的"数据源"文本框中就可以看到该音频文件的路径。

（13）在"插件属性"对话框中对插入的音频文件的大小和对齐方式等进行设置。

（14）单击"确定"按钮,即可将音频文件插入到网页中。

（15）至此,网页制作完成,执行"文件"→"保存"命令,保存网页。单击"预览"按钮预览网页的动态效果,如图 7-53 所示。

图 7-53 动态网页效果

四、综合练习

利用 Web 组件中的滚动字幕、站点计数器、交互式按钮和图片库制作一个关于校园简介的网页,并在网页中插入视频文件和 Flash 动画。

实验八　综合实验

一、实验目的和要求

(1) 了解和掌握 FrontPage 2003 的基本工作环境。

(2) 初步学会和掌握使用 FrontPage 2003 制作网页,添加标题图片,在标题图片下添加滚动文字,插入表格,添加链接,为网页添加背景颜色,使用 IE 查看建立的网页。

二、预备知识

参考教程相关内容。

三、实验内容与指导

1. 使用 FrontPage 2003 在文件夹"我的文档"下建立一个名为 index. htm 的网页

(1) 执行"开始"→"程序"→"Microsoft Office"→"Microsoft Office FrontPage 2003"命令,启动 FrontPage 2003,进入网页编辑窗口。

(2) 执行"文件"→"保存"命令,弹出 Windows 保存窗口。

(3) 指定目标文件夹"我的文档",指定文件名"index. htm"。

(4) 单击"保存",index. htm 文件建立完毕。

2. 添加标题图片

(1) 单击"插入"→"图片"→"来自文件",弹出打开图片对话框。

(2) 选择两张需要的图片。

(3) 单击"插入",标题图片插入完成。

3. 在标题图片下添加滚动文字

在标题图片下添加滚动文字"你好! 欢迎访问 ×××的个人网页……",要求字体为蓝色 24 磅华文新魏,字符间距为 6 磅。

(1) 单击回车键,将光标定位于图片下最左端。

(2) 单击"插入"→"Web 组件",弹出如图 7-30 所示的"插入 Web 组件"对话框,在"组件类型"栏中选择"动态效果",在"选择一种效果"栏中选择"字幕",单击"完成"按钮,弹出如图 7-54 所示的"字幕属性"对话框。

(3) 在文本栏内输入"你好! 欢迎访问 ×××的个人网页!",执行"样式"→"格式"命令,弹出格式菜单,单击"字体",弹出如图 7-55 所示的"字体"选项卡,设置为华文新魏、24磅、蓝色。单击"字符间距"选项卡,显示字符间距栏,在"间距"栏中选择"加宽";在"间距大小"栏内填写"6",单击"确定"按钮关闭所有对话框,添加字幕完毕。

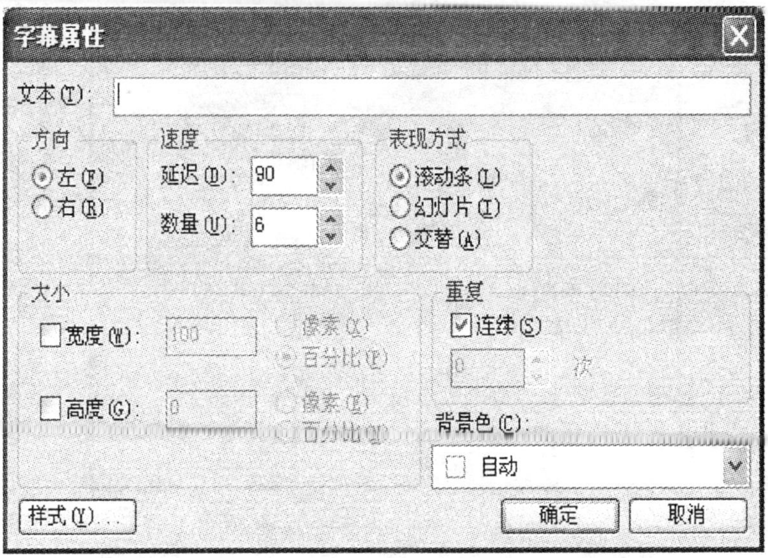

图 7-54 "字幕属性"对话框

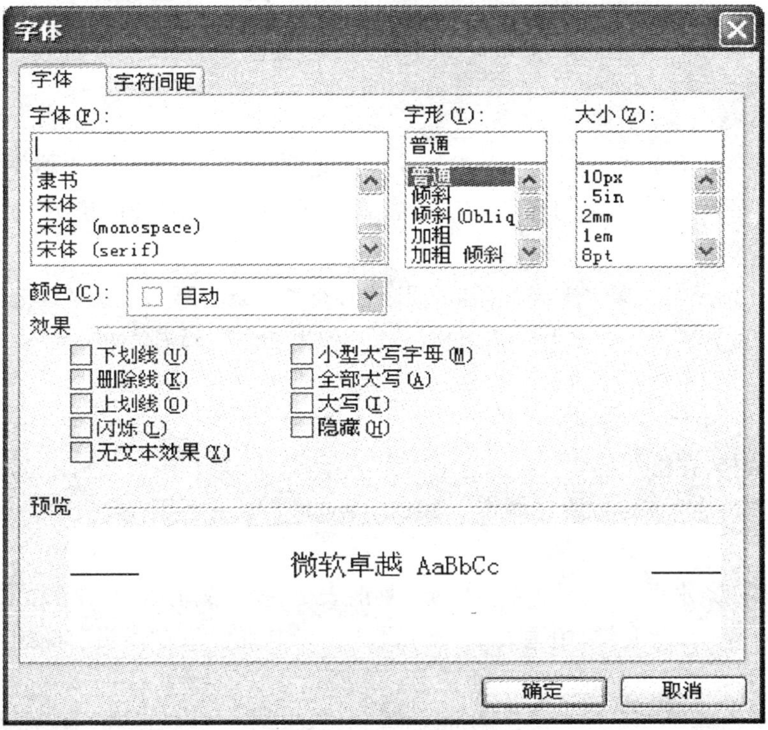

图 7-55 "字体"选项卡

4. 在网页中添加四条黄色水平线,要求高度为 5,样式为凸线

(1)将光标定位于字幕末尾,按 Enter 键,使光标位于字幕的下一行左侧。

(2)执行"插入"→"水平线"命令,插入一条水平线,双击水平线,弹出如图 7-56 所示的"水平线属性"对话框。在"颜色"栏内选择黄色;在"高度"栏内填写"2",单击"确定"按钮。

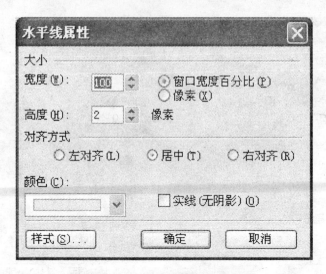

图 7-56　"水平线属性"对话框

（3）执行菜单栏中的"格式"→"边框和底纹"命令，弹出"边框和底纹"对话框，在"样式"栏内选择"凸线"后单击"确定"。

（4）复制水平线：单击菜单栏中的"编辑"→"复制"，再单击"编辑"→"粘贴"，重复三次，绘制三条水平线。

5. 插入表格

（1）在第一条水平线下添加一个 1 行 6 列的表格，边框粗细为 0，表格文字为宋体 18磅，居中显示；分别填写"我的学校"、"所在城市"、"我的专业"、"我的班级"、"我的爱好"、"友情链接"等字符。

① 移动光标至第二条水平线首，敲击回车键，使第一条与第二条水平线之间留出空行，执行菜单栏中的"表格"→"插入"→"表格"命令，弹出如图 7-35 所示的"插入表格"对话框，在"大小"栏内分别填写行数 1，列数 6，在"边框"栏的"粗细"栏中输入"0"，在"布局"栏内的"对齐方式"栏中选择"居中"。

② 选定表格，在格式工具栏内选定字体为"宋体"、字号为五号，分别在选定的单元表格内，依次填写"我的学校"、"所在城市"、"我的专业"、"我的班级"、"我的爱好"、"友情链接"。

（2）在第四条水平线下添加一个 1 行 5 列的表格，表格文字居中；并在表格中分别填写以下内容："百度"、"新浪"、"中国人"、"搜狐"、"中央电视台"；在表格前面插入文字"友情链接"。

① 移动光标至第四条线末尾，按 Enter 键，执行菜单栏中的"表格"→"插入"→"表格"命令，弹出如图 7-35 所示的"插入表格"对话框，在"大小"栏内分别填写行数 1、列数 5，在"边框"栏的"粗细"栏中输入"0"；在"布局"栏内的"对齐方式"栏中选择"居中"。

② 分别选定单元表格，依次填写"百度"、"新浪"、"中国人"、"搜狐"、"中央电视台"。

③ 移动光标至第四条线末尾，按 Enter 键，留出空行，输入文字"友情链接"。

（3）在第二条水平线下添加文字："我的学校"，另起一行添加学校介绍并设置字体。所有文字均为楷体，适当调整行间距。

　　移动光标至第三条线首,按 Enter 键,使第二条线与第三条线之间留出空行,输入文字"我的学校",回车另起一行,再输入一段介绍自己学校的文字,调整文字的字体、字号及对齐方式。

　　(4) 在第三条水平线下添加文字"所在城市",另起一行添加两张图片。

　　① 移动光标至第四条线首,按 Enter 键,使第三条线与第四条线之间留出空行,输入文字"所在城市"。

　　② 回车另起一行,执行"插入"→"图片"→"来自文件"命令,弹出打开图片对话框,选择两张需要的图片插入到网页中。调整两张图片的位置,使之并排显示。

　　(5) 添加链接。

　　① 添加本网页内链接。

　　●　指定书签:选定第一条水平线下的文字"我的学校",执行菜单栏中的"插入"→"书签"命令,弹出如图 7-57 所示的"书签"对话框,单击"确定",第一个书签设置完毕。

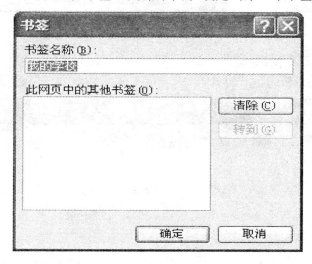

图 7-57　"书签"对话框

　　●　选定第二条水平线下的文字"所在城市",执行菜单栏中的"插入"→"书签"命令,弹出"书签"对话框,单击"确定"按钮,第二个书签设置完毕。

　　●　选定第四条水平线下的文字"友情链接",执行菜单栏中的"插入"→"书签"命令,弹出"书签"对话框,单击"确定"按钮,第三个书签设置完毕。

　　●　添加网页内链接:选定第一个表中的文字"我的学校",执行菜单栏中的"插入"→"超链接"命令,弹出如图 7-58 所示的"插入超链接"对话框,在"链接到"内单击"本文档中的位置",在书签中选择"我的学校"标签,单击"确定"按钮。

　　参照上面的操作,对第一个表中的文字"所在城市"、"友情链接"进行相同的设置。

　　② 添加 Internet 链接。

　　选定第四条水平线下表中的文字"百度",执行菜单栏中的"插入"→"超链接"命令,弹出如图 7-58 所示的"插入超链接"对话框,在"链接到"内单击"原有文件或网页",在地址栏内填写 http://www.baidu.com.cn,单击"确定"按钮。

　　参照上面的操作,对"新浪"、"中国人"、"搜狐"、"中央电视台"进行相同的链接设置。

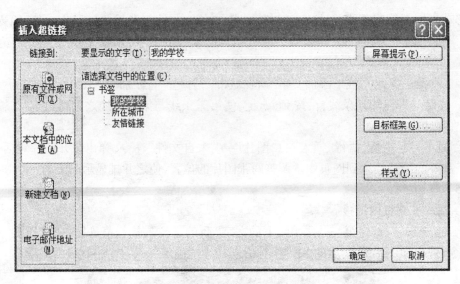

图 7-58　"插入超链接"对话框

（6）为网页添加黄色背景颜色。

执行菜单栏中的"格式"→"背景"命令，弹出如图 7-59 所示的"网页属性"对话框。

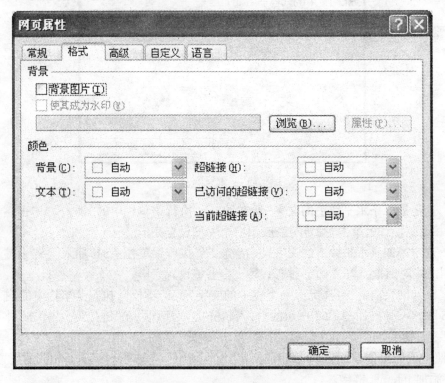

图 7-59　"网页属性"对话框

单击"格式"选项卡，选择"颜色"选项区中的"背景"，在下拉列表中选择其他颜色，打开 Windows 颜色对话框，选择淡黄色后单击"确定"按钮，即对网页的颜色进行了设置。

（7）保存修改后的网页。

执行菜单栏中的"文件"→"保存"命令，保存以上所设置的内容，退出 FrontPage 2003。

（8）使用 IE 查看建立的网页。

单击桌面上的 IE 图标，执行菜单栏中的"文件"→"打开"命令，弹出"打开"对话框，选择文件夹"我的文档"下的文件"index.htm"，双击打开，浏览效果如图 7-60 所示。

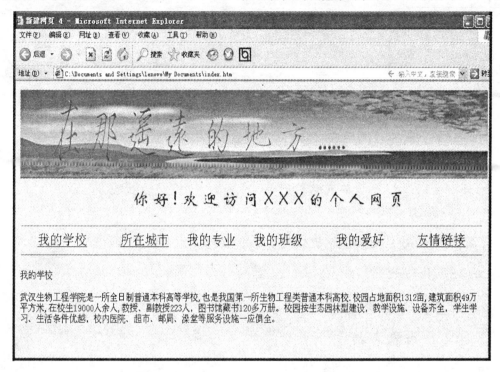

图 7-60 网页样图

四、综合练习

（1）根据收集的一些关于自己家乡的图片、文字等素材，制作一个包括有多种网页元素的介绍自己家乡的网页。

（2）根据自己的照片等素材，制作一个个人网页。

第8章

信息系统安全

实验一 检查计算机系统的安全措施

一、实验目的和要求

了解计算机系统的安全措施,提高对计算机系统安全性的认识。

二、预备知识

在实验室里,对你所用的计算机系统进行了解,看看采取了哪些安全措施。

三、实验内容与指导

(1)查看有没有计算机杀毒软件。
(2)查看有没有软件防火墙。

实验二 用计算机杀毒软件进行查、杀病毒

一、实验目的和要求

(1)学习某种计算机杀毒软件的使用。
(2)对所发现的计算机病毒要了解其危害性、表现特征等。

二、预备知识

调用你的计算机上安装的计算机杀毒软件,进行查、杀病毒,注意杀毒软件的运行过程和处理结果。

三、实验内容与指导

(1)查看你所用的计算机系统中有无杀毒软件。若没有,可从校园网上下载"瑞星(RISING)"杀毒软件。先进行安装,再实施杀毒。
(2)记录杀毒过程,特别是对所发现的计算机病毒名称要记下来,实验结束后通过查阅资料,了解其危害性、表现特征等。

实验三　进一步理解计算机病毒

一、实验目的和要求

增强对计算机病毒的了解。

二、预备知识

请阅读实验内容中的资料,增强对计算机病毒和网络威胁的了解。

三、实验内容与指导

1. 关于病毒

1）病毒的多样性

今天,"病毒"这个术语已被每位计算机使用者所熟知,连电视和报纸上都有关于最新的病毒流行的详细报道。其实,"病毒"是个全称性的术语,它涵盖了许多不同类型的恶意程序:传统的病毒、互联网和电子邮件中的蠕虫病毒、木马程序、后门程序及其他恶意程序。

2）病毒的危害

无论其形式如何,病毒都是通过复制自身,且几乎总是在不被使用者注意的情况下利用计算机和网络传播的程序。病毒的作用或效果可能是令人厌烦的、有害的,甚至是犯罪的。一个病毒也许只是个在显示屏上出现幽默信息的程序,也可能会存取你计算机上的全部文件,或者窃取并散布机密数据。

对于第一个计算机病毒是出现在 20 世纪 60 年代末还是 70 年代初这个问题人们意见不一。不过,其影响相对有限——道理很简单,那时计算机使用者的数量比今天少得多。计算机的普及导致病毒几乎变得每天出现,当时偶尔会有些欺骗性的消息。然而,真实的病毒攻击已司空见惯,其后果是严重的,它将导致个人和公司的财产损失。

病毒威胁的数量、频率和攻击的速度与日俱增。病毒防护因而成为每位计算机使用者要重点考虑的问题。

2. 关于黑客

1）何谓黑客?

"黑客"的原意是指对计算机系统的工作原理充满好奇心的计算机使用者,他们进入计算机系统以满足其对知识的渴望。当一位黑客掌握了进入系统或程序的路径,通常会为提高系统运行效率而做改进。唯一的问题是,黑客通常是在未获主人许可的情况下进入计算机系统的。

2）如今的黑客

术语"黑客"如今意味着通过计算机设备和手段非法进入系统或获取数据的个人。黑客侵犯的目标既有个人计算机也有大型网络。许多在世界上非常知名的公司和政府机构的网络都曾受到黑客的攻击。

3）黑客攻击

黑客一旦控制了系统,会因各种目的操纵该计算机。许多黑客运用其非法伎俩谋财:一位著名黑客从美国花旗银行偷走了 1 000 万美元。黑客也运用他们的非法伎俩攻击互联网或特殊的网站,并向全球传播各种病毒。这不仅危害遭受损失的个别公司,而且因损害贸易链而破坏全球经济。

4）与黑客作斗争

从加拿大到毛里求斯,许多国家通过立法使黑客攻击受到法律惩罚。惩罚的形式从罚款到长期监禁。一位化名"Gigabyte"的编写病毒程序的女黑客 2004 年初被比利时警方抓获,对她的指控是破坏计算机数据。如果罪名成立,她将面临高额罚款和长达三年的铁窗生活。

然而,单靠立法不能解决安全问题。个人计算机用户可以应用反黑客技术保护自己,这种检测潜在攻击和确保在网上安全冲浪的技术是通过使黑客看不到你的计算机来实现的。

3. 垃圾邮件

仅用短短几年的时间,垃圾邮件就成为一种主要的网络威胁。不请自来的邮件广告包括所能想象到的范围最广的产品、大学学位课程及色情网站信息。垃圾邮件可能携带攻击性内容,但这并不是最大的问题。它会阻塞邮箱,导致"服务器拒绝"而对企业服务器攻击,并可能传播病毒。

1）阻止垃圾邮件潮

人们提出了各种解决方案和工具,包括对黑名单的制约规则和反垃圾邮件过滤器。世界各国的政府正将对反垃圾邮件的立法工作提上日程,尽管该法律的实施也是个令人头疼的问题。黑名单需要有效地公布出来,但一旦公布,就会被垃圾邮件的制造者利用,他们可简单的停用上了黑名单的地址,并像以前一样继续作恶。

2）软件解决方案

使用最有效的语言学反垃圾邮件工具意味着保护您的 PC 或网络免受数以百计的垃圾信息的骚扰。很多软件公司开发出了先进的启发式语言学分析工具,可从信件中识别并滤除垃圾邮件。

实验四　　浏览卡巴斯基反病毒网站

一、实验目的和要求

在 Internet 上浏览卡巴斯基(Kaspersky)反病毒网站,了解该公司和病毒情况。

二、预备知识

上网后,通过网址 http://www.kaspersky.com.cn 进入卡巴斯基(Kaspersky)反病毒网站主页。

三、实验内容与指导

卡巴斯基(Kaspersky)反病毒软件是目前较为优秀的一种查杀病毒软件。
请阅读以下资料。

关于卡巴斯基实验室的介绍

卡巴斯基实验室有限股份公司(简称卡巴斯基公司或卡巴斯基实验室)建立于1997年,是国际信息安全软件研发销售商。卡巴斯基公司的总部在俄罗斯首都莫斯科,地区公司分布在英国、法国、德国、荷兰、波兰、日本、美国和中国,全球的销售代理公司超过500家。

卡巴斯基实验室的产品荣获的权威认证包括:西海岸实验室、国际顶级 IT 杂志和测试实验室颁发的奖项。2003 年,卡巴斯基公司成为微软公司安全解决方案的金牌认证伙伴。卡巴斯基公司的专家活跃在 CARO(computer antivirus research organization)、ICSA(international computer security association)等 IT 业高级协会中。

由 Eugene Kaspersky、Costin Raiu 和 Marc Blanchard 领军的病毒分析实验室在反病毒领域具有十多年的经验,并成为能预见数据安全技术发展趋势的专家。卡巴斯基公司率先开发并创新实施的诸如启发式病毒分析和脚本分析等技术就是证明。这种启发式扫描技术使卡巴斯基公司的产品稳居市场导向的位置。

多年专注于研发反病毒防护使卡巴斯基公司在业内处于技术领先的地位。其产品及解决方案可使工作站、文件服务器、电子邮件网关、防火墙和手持设备免受恶意信息威胁。

卡巴斯基实验室面向个人用户提供的选择方案为:卡巴斯基单机版反病毒软件、卡巴斯基单机专业版反病毒软件。面向企事业单位用户提供的模块式和完全个性化选择方案有:卡巴斯基反病毒软件商务套装、卡巴斯基反病毒软件企业套装。此外,卡巴斯基反病毒核心技术已被国际著名软件开发商 Aladdin、Nokia ICG、F-Secure、Sybari、G Data、Deerfield、Alt-N、Microworld 和 Borderware 等作为产品的安全解决方案集成到各自的产品中。

现在,绝大多数软件都是多功能和与互联网资源紧密集成的,传统的反病毒解决方案已无法使用户避免外来的威胁。卡巴斯基公司积极应对需求的变化,成功开发出个人防火墙——卡巴斯基反黑客软件,以及垃圾邮件过滤产品——卡巴斯基反垃圾邮件软件,以反击日益增长的威胁,并完全满足用户的需求。与卡巴斯基反病毒软件一样,上述两个新产品体现了卡巴斯基公司多年来的经验和保障您的计算机及网络安全的承诺。

卡巴斯基公司提供各种服务,包括适应用户特殊定制的、确保数据安全的服务。卡巴斯基公司的服务还包括创新、提供和支持的企事业单位解决方案,提供实时处置咨询服务,以及每小时一次的反病毒数据库常规升级,并支持多种语言。

卡巴斯基公司的全线产品可适应用户的所有需求,包括单独的个人用户和大规模的机构用户。如今,包括欧洲空中客车飞机制造公司、英国 Stemcor 公司、英国广播公司、Tatneft公司、意大利移动通信公司、德国 Faber-Castell 公司、法国电信、美国锐步公司、意大利外交部和法国教育部等许多大型企业、机构都把数据安全的重任托付给卡巴斯基的产品和服务。

卡巴斯基最新病毒的月度分析(二月份为例)

上个月 Warezov 蠕虫完全被 Bagle 击退。只有一个 Warezov 的变体保留在排行榜中,而位居榜首的是 Bagle.gt。然而,病毒世界决不会保留空隙,总会有新的更危险的病毒来填补空隙。二月份的情况也正是如此:一种新的蠕虫——Zhelatin 导致了几次流行性病毒的爆发。

Zhelatin 蠕虫在今年年初就广泛地覆盖大众传播媒体,成为名副其实的"暴风雨病毒"。这种蠕虫以电子邮件的方式传播,邮件的标题试图引起收件人的好奇——比如前段时间蠕虫病毒在西欧发出关于萨达姆复苏的恐怖消息。虽然一开始人们以为 Zhelatin 是 Warezov

的新变体,更深入的研究分析说明这是一种新的恶意程序家族,它可能起源于亚洲。

二月份,卡巴斯基发布了三个"中等危险"的病毒警告。这些警告都是源于新的 Zhelatin 变体的快速传播。自然,这个病毒的爆发引起本月病毒排行榜的变化;9 个新恶意程序中有 6 个是 Zhelatin 的变体。Zhelatin 的变体占据了前十名中的四个。

当有一个新的恶意程序占据榜首时,通常排行榜会有所改变,随着新病毒占据主导地位,也会有旧的病毒重新进入排行榜。

其他恶意程序在邮件传输的恶意代码中占据了相当的比例(12.86 %),这意味着还有大量的其他蠕虫和木马目前正在积极的活动。

实验五　浏览北京瑞星网站

一、实验目的和要求

在 Internet 上浏览瑞星公司反病毒网站,了解该公司和病毒情况。

二、预备知识

上网后,通过网址 http://www.rising.com.cn 请进入瑞星公司反病毒网站主页。

三、实验内容与指导

(1) 上网查阅瑞星公司网站主页。

(2) 请先试行下载 rising 杀毒免费试用版,然后安装使用。

注意,观察工作过程和运行结果,杀毒完成后,必要时可以打开"查看日志"阅读。

(3) 在线杀毒。上网进入瑞星公司网站主页后,调用"在线杀毒"功能,掌握在线杀毒的概念和作用。

实验六　进一步理解信息安全

一、实验目的和要求

增强对当今信息安全的理解。

二、预备知识

"911"事件之后,发表于《全球科技经济瞭望》上的"美国人对信息与安全问题的思考"一文可以供人们参考阅读,以进一步增强对信息安全重要性的认识。

三、实验内容与指导

请阅读以下资料。

"911"事件刺痛了美国人、震惊了世界,由此在全球范围内拉开了反恐战争的序幕。美国人从这一触目惊心的事件中认识到,美国本土已成为恐怖分子实施大规模袭击的潜在战场,国家安全的地理界限改变了,传统意义上的国家安全观念混乱了,常规的保卫国家安全的手段不足以解决问题了,一定要从新的角度来考虑和解决国家安全问题。2002年11月,布什总统签署法令成立国土安全部,配备17万名员工负责保护美国免遭恐怖袭击。这毕竟是组织结构上的一个措施。到底应该从何处入手来免遭恐怖袭击和保护国土安全呢?美国上上下下都在思考着这个问题。

2002年4月,在马克尔基金会的策划和资助下,来自美国信息技术、公民自由法律和国家安全领域的44名专家组成了一支"信息时代国家安全工作队",经过6个多月紧张工作,完成了一份173页的研究报告,题为《信息时代保护美国的自由》。之所以选择这个题目,是由于专家们认为信息和信息处理对于国家安全来说相当于大脑对于人体的作用,但美国一贯标榜自己是个自由的国家,不能限制个人的自由;另一方面,要保卫国家安全,尤其是在恐怖主义猖獗的新形式下加强安全措施,又不得不对个人的信息进行收集和掌控。这就牵涉法律、政策、方法、手段等诸多问题。开展这项研究并不是受美国政府的委托,美国政府也没有正式参与,但是政府里的高官对该研究报告的评价是:给人留下了深刻印象的这伙人确实提出了要害问题,并且以充分的理由提供了第一份答案。

这份研究报告提出了一个鲜明的观点:许多美国人都认为技术是美国军事和经济实力之源,因此在面对需要解决的许多本质问题时往往一味地寻求技术方案。实际上美国的技术成就(包括在武器、经济和科学等方面)只是美国社会力量的一种反映。美国社会逐步演化、发展并组织到如今的地步,足以释放和激励人们的创新精神。虽然保护国家安全需要技术,但是一个成功的国家情报和信息战略应该组织民众走创新的道路。

布什总统在关于国土安全的国家战略中列出了三项目标:①在美国国内防止恐怖分子袭击;②减少美国在恐怖主义面前的薄弱环节;③受到恐怖袭击后将损失减至最小并尽可能恢复。而获取和使用信息的方法将决定能在多大程度上实现这些目标。

该研究报告的着眼点放在建立一个全国范围的网络化的国土安全社会,并为此构思了新一代国家安全基础设施的要素。真正的挑战不局限于收集和分享信息,而在于有效地使用信息,对收集到的信息加以有效合理的分析。

目前的状况是,各个机构都为其自身信息系统的现代化投入了不少钱,但是在联邦机构之间如何分享信息和情报的问题上,几乎没有进行任何投入。首都作为国内外信息和情报汇集的中心,其地位当然是十分重要的。但是国土安全的前线绝大部分是在首都之外。恐怖分子袭击的目标通常是由当地人来保护的。首都只能是一个大网络中许多节点当中的一个关键节点。如何把分布在各地的分析家和工作人员的力量集中到一个具体问题上开展工作才是真实的挑战。

构成当今信息社会的三大技术支柱是计算、通信和数据存储。近50年来,这三项技术的能力有了突飞猛进的发展。美国与因特网连接的主机已超过1.5亿台,分析能力也相应的大为提高。在如此广泛和深入的连接状态下,通过网络传输文字、电子商务等信息非常方便。随之而来的是对国家安全的威胁也呈现出分散化、网络化和动态的特点。

传统的通信网络是等级森严的,信息流通常是自上而下的。随着社会相互连接得越来越紧密,通信网络也进化了。新型的通信网络趋向于建立在平等的基础上,在一个信息区域或跨信息区域的个体用户之间形成动态的连接,其参与形式是多种多样的,各自起的作用也不同。在国家安全基础设施的框架内,地方警察、州里的卫生官员、国家情报分析人员都是这个网络中的重要成员。公安、交通、卫生、农业、能源等领域都可以在一个网络里展开集体行动，组成虚拟的特殊工作组，为一项专门的任务动员起来，而不需要一个中央管理员来协调相互之间的关系。这样，各方面的人员就可以在各自的岗位上服务于国家安全的总体目标。当今面临的问题是全球性的、多方位的，解决的办法可能存在于分布在各地的成千上万的警察、医生、消防队员、士兵、急救人员之中。让地方人员发挥作用可能会奏效。犹他州冬季奥运会安全保卫部、加利福尼亚州反恐信息中心、休斯敦警察局等已经取得了实际经验。他们在现有行业网络的基础上，采用协调、合作和扩展的工作方式，自上而下形成了"集成式"的，而不是"排烟管道式"的动作模式。这应该被视作一种有效的尝试，运用网络化的信息和分析力量，让更多的特殊实体形成合力。防火墙、信息流的审计监测等技术解决方案也很有帮助。美国现在需要的是在国家首脑的层面上把这些知识和经验运用到建立真正有效的国家安全信息体系当中。

该研究报告提出了建立美国新一代国土安全信息网络的 10 个要素：①授权给地方，让其能够参与提供、获得、使用和分析数据；②提供经费和协作；③为保护公民自由制定指南和建立保障措施；④消除数据盲点，保证通信的双向交流，不能有"死胡同"；⑤设计一个强大的系统；⑥建立网络分析和最优化的能力；⑦为发展和更新做出规划；⑧加强现有的基础设施；⑨制定网络安全演习方案；⑩创造连接文化，保护国土安全是每一个公民的责任，要把各种组织机构的人凝聚在一起，而不仅仅是把计算机连接起来。

在为了保证国土安全，应该做什么样的分析？这个问题上，该研究报告强调了两个方面的工作。① 广泛搜索，发现薄弱之处。国家安全部门应该思索并排列最薄弱的潜在目标，以及可能对其实施攻击的最危险的手段。具体方法可以采用推测分析、手段分析、危险性分析等。在这项工作的基础上，就可以制定出掌控个人信息的原则，相当于设立"门槛"。② 对已明确的问题进行研究。比如国家安全部门的分析中心要对国内外凡是对美国有潜在危险的个人和团体进行情报的收集，要了解其目的、战略、能力、联络网、支持条件、活动内容、特点、习惯、生活方式、招募人员、侦查、目标选择、后勤、旅行等情况。当把所有的信息联系起来时，就可以产生更多的结果。要达到这个效果，不必建立一个庞大的数据仓库，关键是分析中心要能够与所需要的数据库连接上，这需要建立专门的知识、系统和中间件。当务之急是怎样更有效地利用政府现有的海量数据和公共数据。

与设置"门槛"相呼应的是建立监控"名单"（俗称"黑名单"）。当把"门槛"和"名单"合在一起使用时，就很有效的保安行动了。该研究报告以"911"劫机犯为例，来说明这种做法的效果。

假设对每个购买飞机票的旅客姓名都与监控"名单"核对。如果"吻合"，即查阅与该人相关的所有可以得到的信息，以识别可能出现的联系（在几秒钟内对多个数据库里的姓名和地址加以核对的软件实际上已经存在）。

实施：2001 年 8 月，Nawah Alhamzi 和 Khalid Al-Midhar 两个人购买了美航 77 航班的机票（撞击五角大楼那架飞机）。他们用的是真实姓名。他们两个人的名字那时已经在"名单"上，因为他们在马来西亚参加过恐怖分子的会议，被联邦调查局（FBI）和中央情报局（CIA）认作恐怖嫌疑分子。

这两个人的名字与"名单"对上以后，还只是第一步，这时要开始检验更多的数据。通过检验地址，可以发现 Salem Al-Hazmi（他也购买了美航 77 航班的机票）用的是与 Nawah

那架飞机的劫机犯）和 Marwan Al-Shehhi（撞击世贸中心南楼那架飞机的劫机犯）与 Khalid AI-Midlhar 是同一地址。

这时可以把 Mohamed Atta 也作为恐怖嫌疑分子，把他的电话号码（这是很容易得到的公共信息）加入到"名单"中，由此又可以发现另外五个劫机犯的线索。

在他们尚未登机的这段时间里，可以做进一步的调查，会发现他们参加航校培训的情况或与国外联系的疑点。这样就有可能识破他们的阴谋，防止这一惨剧的发生。

需要提及的是，生物信息技术手段是非常有力的工具。政府数据库中可以留有申请签证或被逮捕过的人的照片、指纹等各种生物统计学方面的数据。在机场安全检查时，把乘客的照片、指纹等数据与数据库里的数据加以对照，即使是使用假证件也蒙骗不了安全系统的这套信息技术。

该研究报告特别指出，制定合适的指导原则对于建立和使用国土安全信息网络至关重要。指导原则要明确规定把一个人列入名单或从名单中删除的条件和程序，收集信息的选项和标准，哪些机构可以使用和怎样使用，一旦发现与"名单"对上号的人时采取什么行动，等等。入网的数据库要有统一的协议和标引，否则难以保证质量，会降低信息技术的效力。另外，这样一个影响面如此深广的网络应该作为一个研究项目来对待，先通过验证；然后才能运用到实际当中，而且指导原则要由总统来发布，以保证所有的机构都能参与、共享和执行。

这份研究报告还指出，美国政府机构一直在努力得到和使用更先进的信息技术，但进度缓慢。究其原因，主要包括：过于僵硬的采购制度；官僚机构的惰性和阻力；政府职员对技能和知识的欠缺；跟不上信息技术进步的步伐，主观主义制订的计划；为采用信息技术所拨经费的不足（尤其用于机构之间合作的经费）；私营部门的专家不愿意与政府合作，因为他们看到政府里存在明显的僵化、侵权、潜在的责任不清，还有一些大的项目并未取得计划当中的结果。该研究报告针对这些问题向美国政府提出了改进的建议。

第 9 章

综合模拟试卷

模拟试题一 计算机等级考试一级笔试 模拟试题(一)

一、选择填空题(1~30 每题 1 分,31~55 每题 2 分,共 80 分)

1. 在计算机领域中通常用 MIPS 来描述( )。
   (A) 计算机的运算速度
   (B) 计算机的可靠性
   (C) 计算机的可运行性
   (D) 计算机的可扩充性

2. 微型计算机存储系统中,PROM 是( )。
   (A) 可读写存储器
   (B) 动态随机存取存储器
   (C) 只读存储器
   (D) 可编程只读存储器

3. 按 16×16 点阵存放国标 GB 2312—1980 中一级汉字(共 3 755 个)的汉字库,大约需占存储空间( )。
   (A) 1 MB
   (B) 512 KB
   (C) 256 KB
   (D) 128 KB

4. WPS、Word 等字处理软件属于( )。
   (A) 管理软件
   (B) 网络软件
   (C) 应用软件
   (D) 系统软件

5. 在各类计算机操作系统中,分时系统是一种( )。
   (A) 单用户批处理操作系统
   (B) 多用户批处理操作系统
   (C) 单用户交互式操作系统
   (D) 多用户交互式操作系统

6. 配置高速缓冲存储器(Cache) 是为了解决( )。
   (A) 内存与辅助存储器之间速度不匹配问题
   (B) CPU 与辅助存储器之间速度不匹配问题
   (C) CPU 与内存储器之间速度不匹配问题
   (D) 主机与外设之间速度不匹配问题

7. 为解决某一特定问题而设计的指令序列称为( )。
   (A) 文档
   (B) 语言
   (C) 程序
   (D) 系统

8. 下列术语中,属于显示器性能指标的是(　　　)。
　　(A) 速度　　　　　　　　　　　(B) 可靠性
　　(C) 分辨率　　　　　　　　　　(D) 精度

9. 微型计算机硬件系统中最核心的部件是(　　　)。
　　(A) 主板　　　　　　　　　　　(B) CPU
　　(C) 内存储器　　　　　　　　　(D) I/O 设备

10. 若在一个非零无符号二进制整数右边加两个零形成一个新的数,则新数的值是原数值的(　　　)。
　　(A) 四倍　　　　　　　　　　　(B) 二倍
　　(C) 四分之一　　　　　　　　　(D) 二分之一

11. 计算机病毒是一种(　　　)。
　　(A) 特殊的计算机部件　　　　　(B) 游戏软件
　　(C) 人为编制的特殊程序　　　　(D) 能传染的生物病毒

12. 计算机最主要的工作特点是(　　　)。
　　(A) 存储程序与自动控制　　　　(B) 高速度与高精度
　　(C) 可靠性与可用性　　　　　　(D) 有记忆能力

13. 在 Word 的编辑状态,共新建了两个文档,没有对这两个文档进行"保存"或"另存为"操作,则(　　　)。
　　(A) 两个文档名都出现在"文件"菜单中
　　(B) 两个文档名都出现在"窗口"菜单中
　　(C) 只有第一个文档名出现在"文件"菜单中
　　(D) 只有第二个文档名出现在"窗口"菜单中

14. 在 Word 的编辑状态,为文档设置页码,可以使用(　　　)。
　　(A) "工具"菜单中的命令　　　　(B) "编辑"菜单中的命令
　　(C) "格式"菜单中的命令　　　　(D) "插入"菜单中的命令

15. 在 Word 的编辑状态,单击文档窗口标题栏右侧的按钮后,会(　　　)。
　　(A) 将窗口关闭　　　　　　　　(B) 打开一个空白窗口
　　(C) 使文档窗口独占屏幕　　　　(D) 使当前窗口缩小

16. Word 主窗口的标题栏右边显示的按钮是(　　　)。
　　(A) 最小化按钮　　　　　　　　(B) 还原按钮
　　(C) 关闭按钮　　　　　　　　　(D) 最大化按钮

17. word 中左、右页边距是指(　　　)。
　　(A) 正文到纸的左、右两边之间的距离
　　(B) 屏幕上显示的左、右两边的距离
　　(C) 正文和显示屏左、右之间的距离
　　(D) 正文和 word 左、右边框之间的距离

18. 在 Word 的编辑状态,当前编辑的文档是 C 盘中的 d1.doc 文档,要将该文档拷贝到软盘,应当使用(　　　)。
　　(A) "文件"菜单中的"另存为"命令

(B) "文件"菜单中的"保存"命令

(C) "文件"菜单中的"新建"命令

(D) "插入"菜单中的命令

19. 在 Word 的编辑状态,当前编辑文档中的字全是宋体字,选择了一段文字使之成反显状,先设定了楷体,又设定了仿宋体,则(　　)。

(A) 文档全文都是楷体　　　　　(B) 被选择的内容仍为宋体

(C) 被选择的内容变为仿宋体　　(D) 文档的全部文字的字体不变

20. 在 Word 的编辑状态,当前正编辑一个新建文档"文档 1",当执行"文件"菜单中的"保存"命令后(　　)。

(A) 该"文档 1"被存盘

(B) 弹出"另存为"对话框,供进一步操作

(C) 自动以"文档 1"为文件名存盘

(D) 不能以"文档 1"为文件名存盘

21. 在 Word 的编辑状态,文档窗口显示出水平标尺,则当前的视图方式(　　)。

(A) 一定是普通视图或页面视图方式

(B) 一定是页面视图或大纲视图方式

(C) 一定是全屏显示视图方式

(D) 一定是全屏显示视图或大纲视图方式

22. Excel 可以把工作表转换成 web 页面所需的(　　)格式。

(A) html　　　　　　　　　　　(B) txt

(C) bat　　　　　　　　　　　　(D) exe

23. 在 Excel 工作表中已输入的数据和公式如下所示:

A　　B　　C

1　10　　0.5 %

2　20　　1.8 %

3　= A1 : A2

在 A3 单元格中显示的结果为(　　)。

(A) ####　　　　　　　　　　　(B) 2

(C) #VALUE!　　　　　　　　　(D) 0.5

24. 下列操作中,不能在 Excel 工作表的选定单元格中输入公式的是(　　)。

(A) 单击工具栏中的"粘贴函数"按钮

(B) 单击"插入"菜单中的"函数"命令

(C) 单击"编辑"菜单中的"对象..."命令

(D) 单击"编辑公式"按钮,在从左端的函数列表中选择所需函数

25. 在 Excel 中,选取整个工作表的方法是(　　)。

(A) 单击"编辑"菜单的"全选"命令

(B) 单击工作表的"全选"按钮

(C) 单击 A1 单元格,然后按住 SHIFT 键单击当前屏幕的右下角单元格

(D) 单击 A1 单元格,然后按住 CTRL 键单击工作表的右下角单元格

26. 在 Excel 中,要在同一工作簿中把工作表 sheet3 移动到 sheet1 前面,应(　　)。
   (A) 单击工作表 sheet3 标签,并沿着标签行拖动到 sheet1 前
   (B) 单击工作表 sheet3 标签,并按住 Ctrl 键沿着标签行拖动到 sheet1 前
   (C) 单击工作表 sheet3 标签,并选"编辑"菜单的"复制"命令,然后单击工作表 sheet1 标签,再选"编辑菜单的"粘贴"命令
   (D) 单击工作表 sheet3 标签,并选"编辑"菜单的"剪切"命令,然后单击工作表 sheet1 标签,再选"编辑菜单的"粘贴"命令

27. Excel 工作表最多可有(　　)列。
   (A) 65535　　　　　　　　　　(B) 256
   (C) 255　　　　　　　　　　　(D) 128

28. 在 Excel 中,给当前单元格输入数值型数据时,默认为(　　)。
   (A) 居中　　　　　　　　　　(B) 左对齐
   (C) 右对齐　　　　　　　　　(D) 随机

29. 在 Excel 工作表中,当前单元格只能是(　　)。
   (A) 单元格指针选定的一个　　(B) 选中的一行
   (C) 选中的一列　　　　　　　(D) 选中的区域

30. 在 Excel 工作表单元格中,输入下列表达式(　　)是错误的。
   (A) =(15 - A1)/3　　　　　　(B) = A2/C1
   (C) SUM(A2:A4)/2　　　　　　(D) = A2 + A3 + D4

31. 当向 Excel 工作表单元格输入公式时,使用单元格地址 D $ 2 引用 D 列 2 行单元格,该单元格的引用称为(　　)。
   (A) 交叉地址引用　　　　　　(B) 混合地址引用
   (C) 相对地址引用　　　　　　(D) 绝对地址引用

32. 在向 Excel 工作表的单元格里输入的公式,运算符有优先顺序,下列(　　)说法是错的。
   (A) 百分比优先于乘方　　　　(B) 乘和除优先于加和减
   (C) 字符串连接优先于关系运算　(D) 乘方优先于负号

33. 在 Windows 中,为了弹出"显示属性"对话框以进行显示器的设置,下列操作中正确的是(　　)。
   (A) 用鼠标右键单击"任务栏"空白处,在弹出的快捷菜单中选择"属性"项
   (B) 用鼠标右键单击桌面空白处,在弹出的快捷菜单中选择"属性"项
   (C) 用鼠标右键单击"我的电脑"窗口空白处,在弹出的快捷菜单中选择"属性"项
   (D) 用鼠标右键单击"资源管理器"窗口空白处,在弹出的快捷菜单中选择"属性"项

34. 在 Windows 中有两个管理系统资源的程序组,它们是(　　)。
   (A) "我的电脑"和"控制面板"　(B) "资源管理器"和"控制面板"
   (C) "我的电脑"和"资源管理器"　(D) "控制面板"和"开始"菜单

35. 在中文 Windows 中,使用软键盘可以快速地输入各种特殊符号,为了撤销弹出的软键盘,正确的操作为(　　)。
   (A) 用鼠标左键单击软键盘上的 Esc 键

（B）用鼠标右键单击软键盘上的 Esc 键

（C）用鼠标右键单击中文输入法状态窗口中的"开启/关闭软键盘"按钮

（D）用鼠标左键单击中文输入法状态窗口中的"开启/关闭软键盘"按钮

36. 在 Windows 的"回收站"中,存放的（　　）。
   （A）只能是硬盘上被删除的文件或文件夹
   （B）只能是软盘上被删除的文件或文件夹
   （C）可以是硬盘或软盘上被删除的文件或文件夹
   （D）可以是所有外存储器中被删除的文件或文件夹

37. 在 Windows"开始"菜单下的"文档"菜单中存放的是（　　）。
   （A）最近建立的文档　　　　　（B）最近打开过的文件夹
   （C）最近打开过的文档　　　　（D）最近运行过的程序

38. 下列不可能出现在 Windows"资源管理器"窗口左部的选项是（　　）。
   （A）我的电脑　　　　　　　　（B）桌面
   （C）（C：）　　　　　　　　　（D）资源管理器

39. Windows 操作系统区别于 DOS 和 Windows 3.X 的最显著的特点是它（　　）。
   （A）提供了图形界面　　　　　（B）能同时运行多个程序
   （C）具有硬件即插即用的功能　（D）是真正 32 位的操作系统

40. 在 Windows 中,能弹出对话框的操作是（　　）。
   （A）选择了带省略号的菜单项
   （B）选择了带向右三角形箭头的菜单项
   （C）选择了颜色变灰的菜单项
   （D）运行了与对话框对应的应用程序

41. 在 Windows 中,打开"资源管理器"窗口后,要改变文件或文件夹的显示方式,应选用
   （　　）。
   （A）"文件"菜单　　　　　　　（B）"编辑"菜单
   （C）"查看"菜单　　　　　　　（D）"帮助"菜单

42. 在 Windows 中,"任务栏"（　　）。
   （A）只能改变位置不能改变大小
   （B）只能改变大小不能改变位置
   （C）既不能改变位置也不能改变大小
   （D）既能改变位置也能改变大小

43. 在 Windows"资源管理器"窗口右部选定所有文件,如果要取消其中几个文件的选定,应
   进行的操作是（　　）。
   （A）用鼠标左键依次单击各个要取消选定的文件
   （B）按住 Ctrl 键,再用鼠标左键依次单击各个要取消选定的文件
   （C）按住 Shift 键,再用鼠标左键依次单击各个要取消选定的文件
   （D）用鼠标右键依次单击各个要取消选定的文件

44. 在 Windows 中,用户同时打开的多个窗口可以层叠式或平铺式排列,要想改变窗口的排
   列方式,应进行的操作是（　　）。

（A）用鼠标右键单击"任务栏"空白处,然后在弹出的快捷菜单中选取要排列的方式

（B）用鼠标右键单击桌面空白处,然后在弹出的快捷菜单中选取要排列的方式

（C）先打开"资源管理器"窗口,选择其中的"查看"菜单下的"排列图标"项

（D）先打开"我的电脑"窗口,选择其中的"查看"菜单下的"排列图标"项

45. 电子邮件是 Internet 应用最广泛的服务项目,通常采用的传输协议是(   )。

（A）SMTP
（B）TCP/IP
（C）CSMA/CD
（D）IPX/SPX

46. (   ) 是指连入网络的不同档次、不同型号的微机,它是网络中实际为用户操作的工作平台,它通过插在微机上的网卡和连接电缆与网络服务器相连。

（A）网络工作站
（B）网络服务器
（C）传输介质
（D）网络操作系统

47. 计算机网络的目标是实现(   )。

（A）数据处理
（B）文献检索
（C）资源共享和信息传输
（D）信息传输

48. 当个人计算机以拨号方式接入 Internet 网时,必须使用的设备是(   )。

（A）网卡
（B）调制解调器(Modem)
（C）电话机
（D）浏览器软件

49. 通过 Internet 发送或接收电子邮件(E-mail) 的首要条件是应该有一个电子邮件(E-mail) 地址,它的正确形式是(   )。

（A）用户名@域名
（B）用户名#域名
（C）用户名/域名
（D）用户名.域名

50. OSI(开放系统互联) 参考模型的最低层是(   )。

（A）传输层
（B）网络层
（C）物理层
（D）应用层

51. PowerPoint 2003 中,有关修改图片,下列说法错误的是(   )。

（A）裁剪图片是指保存图片的大小不变,而将不希望显示的部分隐藏起来

（B）当需要重新显示被隐藏的部分时,还可以通过"裁剪"工具进行恢复

（C）如果要裁剪图片,单击选定图片,再单击"图片"工具栏中的"裁剪"按钮

（D）按住鼠标右键向图片内部拖动时,可以隐藏图片的部分区域

52. 在 PowerPoint 2003 中,下列有关发送演示文稿的说法中正确的是(   )。

（A）在发送信息之前,必须设置好 Outlook 2003 要用到的配置文件

（B）准备好要发送的演示文稿后,选择"编辑"菜单中的链接,再选择"邮件收件人"命令

（C）如果以附件形式发送时,发送的是当前幻灯片的内容

（D）如果以邮件正文形式发送时,则发送的是整个演示文稿文件,还可以在邮件正文添加说明文字

53. 在 PowerPoint 中,下列说法错误的是(   )。

（A）允许插入在其他图形程序中创建的图片

（B）为了将某种格式的图片插入到 Powerpoint 中,必须安装相应的图形过滤器

（C）选择插入菜单中的"图片"命令,再选择"来自文件"

（D）在插入图片前,不能预览图片

54. 在 PowerPoint 中,下列说法错误的是(　　　)。

（A）可以利用自动版式建立带剪贴画的幻灯片,用来插入剪贴画

（B）可以向已存在的幻灯片中插入剪贴画

（C）可以修改剪贴画

（D）不可以为图片重新上色

55. 在 PowerPoint 2003 中,下列有关在应用程序间复制数据的说法中错误的是(　　　)。

（A）只能使用复制和粘贴的方法来实现信息共享

（B）可以将幻灯片复制到 Word 2003 中

（C）可以将幻灯片移动到 Excel 工作簿中

（D）可以将幻灯片拖动到 Word 2003 中

二、填空题(每空 2 分,共 20 分)

1. 微型计算机系统可靠性可以用平均_____工作时间来衡量。

2. 目前微型计算机中常用的鼠标器有光电式和_____式两类。

3. 在 Word 中,只有在_____视图下可以显示水平标尺和垂直标尺。

4. 在 Word 的编辑状态下,若要退出"全屏显示"视图方式,应当按的功能键是_____。

5. 当前单元格的内容同时显示在该单元格和_____中。

6. 当前单元格的地址显示在_____中。

7. 在 Windows 98 的"资源管理器"窗口中,为了使具有系统和隐藏属性的文件或文件夹不显示出来,首先应进行的操作是选择_____菜单中的"文件夹选项"。

8. 在 Windows 的"回收站"窗口中,要想恢复选定的文件或文件夹,可以使用"文件"菜单中的_____命令。

9. Internet(因特网)上最基本的通信协议是_____。

10. 单击"幻灯片放映"下拉菜单中的"设置放映方式"命令,在"设置放映方式"的对话框中有三种不同的方式放映幻灯片,它们是_____、_____、_____。

模拟试题二　计算机等级考试一级笔试
模拟试题(二)

一、选择填空题(1~30 每题 1 分,31~55 每题 2 分,共 80 分)

1. 下列软件中,(　　　)一定是系统软件。

（A）自编的一个 C 程序,功能是求解一个一元二次方程

（B）Windows 操作系统

（C）用汇编语言编写的一个练习程序

（D）存储有计算机基本输入输出系统的 ROM 芯片

2. 在存储一个汉字内码的两个字节中,每个字节的最高位是( )。

    (A) 1 和 1   (B) 1 和 0

    (C) 0 和 1   (D) 0 和 0

3. 一张 CD-ROM 盘片可存放字节数是( )。

    (A) 640 KB   (B) 640 MB

    (C) 1024 KB   (D) 512 KB

4. 目前普遍使用的微型计算机,所采用的逻辑元件是( )。

    (A) 电子管   (B) 大规模和超大规模集成电路

    (C) 晶体管   (D) 小规模集成电路

5. 下列一组数据中的最大数是( )。

    (A) 227(8)   (B) 1FF(16)

    (C) 1010001(2)   (D) 789(10)

6. 80386SX 是( ) 位微处理器芯片。

    (A) 32   (B) 准 32

    (C) 64   (D) 16

7. 以下属于高级语言的有( )。

    (A) 汇编语言   (B) C 语言

    (C) 机器语言   (D) 以上都是

8. 计算机辅助设计的英文缩写是( )。

    (A) CAI   (B) CAM

    (C) CAD   (D) CAT

9. 计算机辅助教学的英文缩写是( )。

    (A) CAI   (B) CAM

    (C) CAD   (D) CAT

10. 如果一个存储单元能存放一个字节,那么一个 32 KB 的存储器共有( ) 个存储单元。

    (A) 32000   (B) 32768

    (C) 32767   (D) 65536

11. 十进制数 0.6531 转换为二进制数为( )。

    (A) 0.100101   (B) 0.100001

    (C) 0.101001   (D) 0.011001

12. 微型计算机外(辅) 存储器是指( )。

    (A) RAM   (B) ROM

    (C) 磁盘   (D) 虚盘

13. 在 Word 中,当多个文档打开时,关于保存这些文档的说法中正确的是( )。

    (A) 只能保存活动文档

    (B) 用"文件"菜单的"保存"命令,可以重命名保存所有文档

    (C) 用"文件"菜单的"保存"命令,可一次性保存所有打开的文档

    (D) 用"文件"菜单的"全部保存"命令保存所有打开的文档

14. 在 Word 中,(　　) 用于控制文档在屏幕上的显示大小。
    (A) 全屏显示　　　　　　　　(B) 显示比例
    (C) 缩放显示　　　　　　　　(D) 页面显示

15. Word 在正常启动之后会自动打开一个名为(　　) 的文档。
    (A) 1. DOC　　　　　　　　(B) 1. TXT
    (C) DOC1. DOC　　　　　　(D) 文档 1

16. 在 Word 中,关于表格自动套用格式的用法,以下说法正确的是(　　)。
    (A) 只能直接用自动套用格式生成表格
    (B) 可在生成新表时使用自动套用格式或插入表格的基础上使用自动套用格式
    (C) 每种自动套用的格式已经固定,不能对其进行任何形式的更改
    (D) 在套用一种格式后,不能再更改为其他格式

17. 在 Word 中,如果当前光标在表格中某行的最后一个单元格的外框线上,按 Enter 键后,
    (　　)。
    (A) 光标所在行加宽　　　　　(B) 光标所在列加宽
    (C) 在光标所在行下增加一行　(D) 对表格不起作用

18. 在 Word 中,(　　) 的作用是决定在屏幕上显示文本内容。
    (A) 滚动条　　　　　　　　　(B) 控制框
    (C) 标尺　　　　　　　　　　(D) 最大化按钮

19. 要在 Word 中建一个表格式履历表,最简单的方法是(　　)。
    (A) 用插入表格的方法　　　　(B) 在"新建"中选择具有履历表格式的空文档
    (C) 用绘图工具进行绘制　　　(D) 在"表格"菜单中选择表格自动套用格式

20. 在 Word 中,如果插入的表格其内外框线是虚线,要想将框线变成实线,在(　　) 中实
    现。(假使光标在表格中)
    (A) 在菜单"表格"的"虚线"　　　(B) 在菜单"格式"的"边框和底纹"
    (C) 在菜单"表格"的"选中表格"　(D) 在菜单"格式"的"制表位"

21. 在 Word 中,保存一个新建的文件后,要想此文件不被他人查看,可以在保存的"选项"
    中设置(　　)。
    (A) 修改权限口令　　　　　　(B) 建议以只读方式打开
    (C) 打开权限口令　　　　　　(D) 快速保存

22. 在 Word 文档中加入复杂的数学公式,执行(　　) 命令。
    (A)"插入"菜单中的对象　　　(B)"插入"菜单中的数字
    (C)"表格"菜单中的公式　　　(D)"格式"菜单中的样式

23. 在 Excel 工作表的单元格中输入公式时,应先输入(　　) 号。
    (A) '　　　　　　　　　　　(B) "
    (C) &　　　　　　　　　　　(D) =

24. 在 Excel 2003 中,在打印学生成绩单时,对不及格的成绩用醒目的方式表示(如用红色
    表示等),当要处理大量的学生成绩时,利用(　　) 命令最为方便。
    (A) 查找　　　　　　　　　　(B) 条件格式
    (C) 数据筛选　　　　　　　　(D) 定位

25. 在 Excel 2003 中,A1 单元格设定其数字格式为整数,当输入"33.51"时,显示为(   )。
    (A) 33.51   (B) 33
    (C) 34   (D) ERROR

26. 如要关闭工作簿,但不想退出 Excel,可以单击(   )。
    (A)"文件"下拉菜单中的"关闭"命令
    (B)"文件"下拉菜单中的"退出"命令
    (C) 关闭 Excel 窗口的按钮 ⊠
    (D)"窗口"下拉菜单中的"隐藏"命令

27. 在 Excel 2003 中,让某单元格里数值保留两位小数,下列(   )不可实现。
    (A) 选择 "数据"菜单下的"有效数据"
    (B) 选择单元格单击右键,选择"设置单元格格式"
    (C) 选择工具条上的按钮"增加小数位数"或"减少小数位数"
    (D) 选择菜单"格式",再选择"单元格..."

28. 在 Excel 中按文件名查找时,可用(   )代替任意单个字符。
    (A) ?   (B) *
    (C) !   (D) %

29. 在 Excel 中,用户在工作表中输入日期,(   )形式不符合日期格式。
    (A) '20-02-2000'   (B) 02-OCT-2000
    (C) 2000/10/01   (D) 2000-10-01

30. 在 Excel 2003 的打印页面中,增加页眉和页脚的操作是(   )。
    (A) 执行"文件"菜单中的"页面设置",选择"页眉/页脚"
    (B) 执行"文件"菜单中的"页面设置",选择"页面"
    (C) 执行"插入"菜单中的"名称",选择"页眉/页脚"
    (D) 只能在打印预览中设置

31. 在 Excel 工作表中已输入的数据如下所示:

        A   B   C   D   E
    1   5   3
    2   7   8   = C1 + C2

    如将 D2 单元格中的公式复制到 B2 单元格中,则 B2 单元格的值为(   )。
    (A) 5   (B) 10
    (C) 11   (D) #REF!

32. 在 Excel 中,使用格式刷将格式样式从一个单元格传送到另一个单元格,其步骤为(   )。
    (1) 选择新的单元格并单击它。
    (2) 选择想要复制格式的单元格。
    (3) 单击"常用"工具栏的"格式刷"按钮。
    (A) (1) (2) (3)   (B) (2) (1) (3)
    (C) (1) (3) (2)   (D) (2) (3) (1)

33. 下列程序不属于附件的是(   )。

　　（A）计算器　　　　　　　　　（B）记事本

　　（C）网上邻居　　　　　　　　（D）画笔

34. Windows 默认的启动方式是(　　　)。

　　（A）安全方式　　　　　　　　（B）通常方式

　　（C）具有网络支持的安全方式　（D）MS-DOS 方式

35. 关于"开始"菜单，说法正确的是(　　　)。

　　（A）"开始"菜单的内容是固定不变的

　　（B）可以在"开始"菜单的"程序"中添加应用程序，但不可以在"程序"菜单中添加

　　（C）"开始"菜单和"程序"里面都可以添加应用程序

　　（D）以上说法都不正确

36. 关于 Windows 的文件名描述正确的是(　　　)。

　　（A）文件主名只能为 8 个字符

　　（B）可长达 255 个字符，无需扩展名

　　（C）文件名中不能有空格出现

　　（D）可长达 255 个字符，同时仍保留扩展名

37. Windows 98 典型安装所需硬盘容量为(　　　)。

　　（A）60 MB　　　　　　　　　（B）35 MB

　　（C）100 MB　　　　　　　　（D）195 MB

38. 在运行中输入 COMMAND 打开 MS-DOS 窗口，返回到 Windows 的方法是(　　　)。

　　（A）按 Alt，并按 Enter 键　　（B）键入 Quit，并按 Enter 键

　　（C）键入 Exit，并按 Enter 键　（D）键入 Win，并按 Enter 键

39. 在 Windows 中，当程序因某种原因陷入死循环，下列哪一个方法能较好地结束该程序(　　　)。

　　（A）按 Ctrl + Alt + Del 键，然后选择"结束任务"结束该程序的运行

　　（B）按 Ctrl + Del 键，然后选择"结束任务"结束该程序的运行

　　（C）按 Alt + Del 键，然后选择"结束任务"结束该程序的运行

　　（D）直接 Reset 计算机结束该程序的运行

40. 当系统硬件发生故障或更换硬件设备时，为了避免系统意外崩溃应采用的启动方式为(　　　)。

　　（A）通常模式　　　　　　　　（B）登录模式

　　（C）安全模式　　　　　　　　（D）命令提示模式

41. Windows 中文输入法的安装按以下步骤进行(　　　)。

　　（A）按"开始"→"设置"→"控制面板"→"输入法"→"添加"的顺序操作

　　（B）按"开始"→"设置"→"控制面板"→"字体"的顺序操作

　　（C）按"开始"→"设置"→"控制面板"→"系统"的顺序操作

　　（D）按"开始"→"设置"→"控制面板"→"添加/删除程序"的顺序操作

42. Windows 的"开始"菜单包括了 Windows 系统的(　　　)。

　　（A）主要功能　　　　　　　　（B）全部功能

　　（C）部分功能　　　　　　　　（D）初始化功能

43. "我的电脑"图标始终出现在桌面上,不属于"我的电脑"的内容有(　　)。
   (A) 驱动器
   (B) 我的文档
   (C) 控制面板
   (D) 打印机

44. 关于 Windows 的说法,正确的是(　　)。
   (A) Windows 是迄今为止使用最广泛的应用软件
   (B) 使用 Windows 时,必须要有 MS-DOS 的支持
   (C) Windows 是一种图形用户界面操作系统,是系统操作平台
   (D) 以上说法都不正确

45. 要更改 Exchange 的配置,必须打开控制面板中的(　　)。
   (A) 电子邮件
   (B) 调制解调器
   (C) 辅助选项
   (D) 多媒体

46. (　　)是指连入网络的不同档次、不同型号的微机,它是网络中实际为用户操作的工作平台,它通过插在微机上的网卡和连接电缆与网络服务器相连。
   (A) 网络工作站
   (B) 网络服务器
   (C) 传输介质
   (D) 网络操作系统

47. 目前网络传输介质中传输速率最高的是(　　)。
   (A) 双绞线
   (B) 同轴电缆
   (C) 光缆
   (D) 电话线

48. 在下列四项中,不属于 OSI(开放系统互联)参考模型七个层次的是(　　)。
   (A) 会话层
   (B) 数据链路层
   (C) 用户层
   (D) 应用层

49. (　　)是网络的心脏,它提供了网络最基本的核心功能,如网络文件系统、存储器的管理和调度等。
   (A) 服务器
   (B) 工作站
   (C) 服务器操作系统
   (D) 通信协议

50. 电子邮件是 Internet 应用最广泛的服务项目,通常采用的传输协议是(　　)。
   (A) SMTP
   (B) TCP/IP
   (C) CSMA/CD
   (D) IPX/SPX

51. 在 PowerPoint 中,有关选定幻灯片的说法中错误的是(　　)。
   (A) 在浏览视图中单击幻灯片,即可选定
   (B) 如果要选定多张不连续幻灯片,在浏览视图下按 Ctrl 键并单击各张幻灯片
   (C) 如果要选定多张连续幻灯片,在浏览视图下,按下 Shift 键并单击最后要选定的幻灯片
   (D) 在幻灯片视图下,也可以选定多个幻灯片

52. 在 PowerPoint 中,要切换到幻灯片的黑白视图,请选择(　　)。
   (A) 视图菜单的"幻灯片浏览"
   (B) 视图菜单的"幻灯片放映"
   (C) 视图菜单的"黑白"
   (D) 视图菜单的"幻灯片缩图"

53. 在 PowerPoint 中,有关幻灯片母版中的页眉页脚下列说法错误的是(　　)。
   (A) 页眉或页脚是加在演示文稿中的注释性内容

（B）典型的页眉/页脚内容是日期、时间及幻灯片编号

（C）在打印演示文稿的幻灯片时,页眉/页脚的内容也可打印出来

（D）不能设置页眉和页脚的文本格式

54. 在 PowerPoint 中,在浏览视图下,按住 Ctrl 并拖动某幻灯片,可以完成(　　)操作。

（A）移动幻灯片　　　　　　　　（B）复制幻灯片

（C）删除幻灯片　　　　　　　　（D）选定幻灯片

55. 在 PowerPoint 中,有关备注母版的说法错误的是(　　)。

（A）备注的最主要功能是进一步提示某张幻灯片的内容

（B）要进入备注母版,可以选择视图菜单的母版命令,再选择"备注母版"

（C）备注母版的页面共有五个设置:页眉区、页脚区、日期区、幻灯片缩图和数字区

（D）备注母版的下方是备注文本区,可以像在幻灯片母版中那样设置其格式

二、填空题(每空2分,共20分)

1. 计算机的语言发展经历了三个阶段,它们是:_____阶段、汇编语言阶段和_____阶段。

2. 8 位二进制数为一个_____,它是计算机中基本的数据单位。

3. 在 Word 中,必须在_____视图方式或打印预览中才会显示出用户设定的页眉和页脚。

4. 在 Word 中,查找范围的缺省项是查找_____。

5. 为了保证打印出来的工作表格式清晰、美观,完成页面设置后,在打印之前通常要进行_____。

6. 根据生成的图表所处位置的不同,可以将其分为_____图表和_____图表。

7. _____是 Windows 提供的一个图像处理软件,我们可以通过它绘制一些简单的图形。

8. 在启动 Windows 的过程中,应按_____键可以直接进入 MS-DOS 系统。

9. _____过程将数字化的电子信号转换成模拟化的电子信号,再送上通信线路。

10. 在一个演示文稿中_____(能、不能)同时使用不同的模板。

模拟试题三　计算机等级考试一级上机模拟试题(一)

一、选择填空题

1. 目前制造计算机所用的电子元件是(　　)。

（A）电子管　　　　　　　　　　（B）晶体管

（C）集成电路　　　　　　　　　（D）超大规模集成电路

2. 计算机的主机由(　　)组成。

（A）CPU、外存储器、外部设备　　（B）CPU 和内存储器

（C）CPU 和存储器系统　　　　　（D）主机箱、键盘、显示器

3. 十进制数 45 用二进制数表示是(　　)。

（A）1100001　　　　　　　　　　（B）1101001

（C）0011001   （D）101101

4. 十六进制数 5BB 对应的十进制数是（   ）。

    （A）2645   （B）1467

    （C）5434   （D）2345

5. 二进制数 0101011 转换成十六进制数是（   ）。

    （A）2B   （B）4D

    （C）45F   （D）F6

6. 二进制数 1234 对应的十进制数是（   ）。

    （A）16   （B）26

    （C）34   （D）25

7. 某 汉字的机内码是 B0A1H，那么它的国标码是（   ）。

    （A）3121H   （B）3021H

    （C）2131H   （D）2130H

8. 计算机内部采用二进制表示数据信息，二进制主要优点是（   ）。

    （A）容易实现   （B）方便记忆

    （C）书写简单   （D）符合使用的习惯

9. 国际上对计算机进行分类的依据是（   ）。

    （A）计算机的型号   （B）计算机的速度

    （C）计算机的性能   （D）计算机生产厂家

10. 下列四个选项中，正确的一项是（   ）。

    （A）存储一个汉字和存储一个英文字符占用的存储容量是相同的

    （B）微型计算机只能进行数值运算

    （C）计算机中数据的存储和处理都使用二进制

    （D）计算机中数据的输出和输入都使用二进制

11. 计算机能够直接执行的计算机语言是（   ）。

    （A）汇编语言   （B）机器语言

    （C）高级语言   （D）自然语言

12. 下列四种软件中属于系统软件的是（   ）。

    （A）Word 2000   （B）Windows 系统

    （C）财务管理系统   （D）豪杰超级解霸

13. 目前，比较流行的 UNIX 系统属于（   ）。

    （A）网络操作系统   （B）分时操作系统

    （C）批处理操作系统   （D）实时操作系统

14. 微型计算机中，ROM 是（   ）。

    （A）顺序存储器   （B）高速缓冲存储器

    （C）随机存储器   （D）只读存储器

15. 下列选项中，不属于计算机病毒特征的是（   ）。

    （A）潜伏性   （B）传染性

    （C）激发性   （D）免疫性

16. 下列关于计算机的叙述中,不正确的是(　　　)。
　　(A) 高级语言编写的程序称为目标程序
　　(B) 指令的执行是由计算机硬件实现的
　　(C) 国际常用的 ASCII 码是 7 位 ASCII 码
　　(D) 超级计算机又称为巨型机

17. IP 地址用(　　　)个字节表示。
　　(A) 3　　　　　　　　　　　　(B) 4
　　(C) 5　　　　　　　　　　　　(D) 6

18. 下列关于操作系统的主要功能的描述中,不正确的是(　　　)。
　　(A) 处理器管理　　　　　　　(B) 作业管理
　　(C) 文件管理　　　　　　　　(D) 信息管理

19. 运算器的主要功能是(　　　)。
　　(A) 实现算术运算和逻辑运算
　　(B) 保存各种指令信息供系统其他部件使用
　　(C) 分析指令并进行译码
　　(D) 按主频指标规定发出时钟脉冲

20. 下列关于计算机的叙述中,不正确的是(　　　)。
　　(A) 计算机由硬件和软件组成,二者缺一不可
　　(B) Word 可以绘制表格,所以也是一种电子表格软件
　　(C) 只有机器语言才能被计算机直接执行
　　(D) 臭名昭著的 CIH 病毒是在 4 月 26 日发作的

二、基本操作题

1. 将考生文件夹下 FUN 文件夹下 FILM 文件夹下的文件 PET. SOP 移动到考生文件夹下 STUDY\ENGLISH 文件夹中,并更名为 BEAUTY. BAS。

2. 在考生文件夹下 WORK 文件夹中建立一个新文件夹 PLAN。

3. 将考生文件夹下 FUN 文件夹中的文件夹 GAME 设置为只读和隐藏属性。

4. 将考生文件夹下 FUN\MUSIC 文件夹中的文件 monkey. stp 删除。

5. 将考生文件夹下 STUDY 文件夹中的文件夹 ENGLISH 复制到考生文件夹下 WORK 文件夹中。

三、文字录入题

请在"考试项目"菜单上选择"汉字录入"菜单项,启动汉字录入测试程序,按照题目上的内容输入以下汉字。

火星是一颗引人注目的火红色星球。由于它的轨道偏心率较大,其亮度变化较大。火星的直径为 6 787 km,大气非常稀薄,二氧化碳占了 96 % ,还有少量的水汽和氧。表面气压相当于地球大气的 5 ‰ ~8 ‰。温差很大,赤道温度在中午时可达 20 ℃。两极处于漫长的极夜,最低温度是 −139 ℃。

四、字处理题

请在"考试项目"菜单上选择"字处理软件使用"菜单项,完成以下内容。

(本题型共有四小题)

1. 在考生文件夹中,存有文档 WT14. DOC,其内容如下。

【文档开始】

中文 Windows 实验

中文文字处理 Word 实验

中文电子表格 Excel 实验

Internet 网络基础实验

【文档结束】

按要求完成下列操作:新建文档 WD14. DOC,插入文件 WT14. DOC 的内容,设置为四号、黑体、加粗、居中,字间距加宽 2 磅,行距 18 磅,存储为文件 WD14. DOC。

2. 新建文档 WD14A. DOC,插入文件 WD14. DOC 的内容,将全文各段加项目符号"●",存储为文件 WD14A. DOC。

3. 制作 4 行 4 列表格,列宽 2.5 cm,行高 24 磅。再做如下修改(均匀拆分),并存储为文件 WD14B. DOC。

4. 新建文档 WD14C. DOC,插入文件 WD14B. DOC 的内容,删除最后一行,设置表格线为蓝色,底纹为黄色,存储为文件 WD14C. DOC。

五、电子表格题

请在"考试项目"菜单上选择"电子表格软件使用"菜单项,完成下面的内容。

(所有的电子表格文件都必须建立在指定的文件夹中。)

1. 请将下列数据建成一个数据表(存放在 A1:E5 的区域内),并求出个人工资的浮动额,以及原来工资和浮动额的"总计"(保留小数点后面两位),其计算公式是:浮动额 = 原来工资 × 浮动率,其数据表保存在 sheet1 工作表中。

2. 对建立的数据表,选择"姓名"、"原来工资",建立"簇状柱形圆柱图"图表,图表标题为"职工工资浮动额的情况",设置分类(X)轴为"姓名",数值(Z)轴为"原来工资",嵌入在工作表 A7:F17 区域中。将工作表 sheet1 更名为"浮动额情况表"。

模拟试题四 计算机等级考试一级上机模拟试题(二)

一、选择题(20 分)

1. 计算机之所以按人们的意志自动进行工作,最直接的原因是因为采用了( )。

(A) 二进制数制 (B) 高速电子元件

(C) 存储程序控制 (D) 程序设计语言

2. 微型计算机主机的主要组成部分是( )。

(A) 运算器和控制器 (B) CPU 和内存储器

(C) CPU 和硬盘存储器 (D) CPU、内存储器和硬盘

3. 一个完整的计算机系统应该包括( )。

　　（A）主机、键盘和显示器　　　　　（B）硬件系统和软件系统

　　（C）主机和其他外部设备　　　　　（D）系统软件和应用软件

4. 计算机软件系统包括(　　　)。

　　（A）系统软件和应用软件　　　　　（B）编译系统和应用系统

　　（C）数据库管理系统和数据库　　　（D）程序、相应的数据和文档

5. 微型计算机中,控制器的基本功能是(　　　)。

　　（A）进行算术和逻辑运算　　　　　（B）存储各种控制信息

　　（C）保持各种控制状态　　　　　　（D）控制计算机各部件协调一致地工作

6. 计算机操作系统的作用是(　　　)。

　　（A）管理计算机系统的全部软、硬件资源,合理组织计算机的工作流程,以达到充分发
　　　　挥计算机资源的效率,为用户提供使用计算机的友好界面

　　（B）对用户存储的文件进行管理,方便用户

　　（C）执行用户键入的各类命令

　　（D）为汉字操作系统提供运行基础

7. 计算机的硬件主要包括:中央处理器(CPU)、存储器、输出设备和(　　　)。

　　（A）键盘　　　　　　　　　　　　（B）鼠标

　　（C）输入设备　　　　　　　　　　（D）显示器

8. 下列各组设备中,完全属于外部设备的一组是(　　　)。

　　（A）内存储器、磁盘和打印机　　　（B）CPU、软盘驱动器和 RAM

　　（C）CPU、显示器和键盘　　　　　（D）硬盘、软盘驱动器、键盘

9. 五笔字型输入法属于(　　　)。

　　（A）音码输入法　　　　　　　　　（B）形码输入法

　　（C）音形结合输入法　　　　　　　（D）联想输入法

10. 一个 GB 2312—1980 编码字符集中的汉字的机内码长度是(　　　)。

　　（A）32 位　　　　　　　　　　　　（B）24 位

　　（C）16 位　　　　　　　　　　　　（D）8 位

11. RAM 的特点是(　　　)。

　　（A）断电后,存储在其内的数据将会丢失

　　（B）存储在其内的数据将永久保存

　　（C）用户只能读出数据,但不能随机写入数据

　　（D）容量大但存取速度慢

12. 计算机存储器中,组成一个字节的二进制位数是(　　　)。

　　（A）4　　　　　　　　　　　　　　（B）8

　　（C）16　　　　　　　　　　　　　（D）32

13. 微型计算机硬件系统中最核心的部件是(　　　)。

　　（A）硬盘　　　　　　　　　　　　（B）I/O 设备

　　（C）内存储器　　　　　　　　　　（D）CPU

14. 无符号二进制整数 10111 转变成十进制整数,其值是(　　　)。

　　（A）17　　　　　　　　　　　　　（B）19

(C) 21   (D) 23

15. 一条计算机指令中,通常包含( )。
    (A) 数据和字符   (B) 操作码和操作数
    (C) 运算符和数据   (D) 被运算数和结果

16. KB(千字节) 是度量存储器容量大小的常用单位之一,1 KB 实际等于( )。
    (A) 1000 个字节   (B) 1024 个字节
    (C) 1000 个二进位   (D) 1024 个字

17. 计算机病毒破坏的主要对象是( )。
    (A) 磁盘片   (B) 磁盘驱动器
    (C) CPU   (D) 程序和数据

18. 下列叙述中,正确的是( )。
    (A) CPU 能直接读取硬盘上的数据
    (B) CUP 能直接存取内存储器中的数据
    (C) CPU 由存储器和控制器组成
    (D) CPU 主要用来存储程序和数据

19. 在计算机技术指标中,MIPS 用来描述计算机的( )。
    (A) 运算速度   (B) 时钟主频
    (C) 存储容量   (D) 字长

20. 局域网的英文缩写是( )。
    (A) WAM   (B) LAN
    (C) MAN   (D) Internet

二、汉字录入(10 分钟)

录入下列文字,方法不限,限时 10 分钟。

【文字开始】

万维网(World Wide)

Web 的普及促使人们思考教育事业的前景,尤其是在能够充分利用 Web 的条件下计算机科学教育的前景。有很多把 Web 有效地应用于教育的例子,但也有很多误解和误用。例如,有人认为只要在 Web 上发布信息让用户通过 Internet 访问就万事大吉了,这种简单的想法具有严重的缺陷。有人说 Web 技术将会取代教师从而导致教育机构的消失。

【文字结束】

三、Windows 的基本操作(10 分)

1. 在考生文件夹下创建一个 BOOK 新文件夹。

2. 将考生文件夹下 VOTUNA 文件夹中的 boyable.doc 文件复制到同一文件夹下,并命名为 syad.doc。

3. 将考生文件夹 BENA 文件夹中的文件 PRODUCT.WRI 的"隐藏"和"只读"属性撤销,并设置为"存档"属性。

4. 将考生文件夹下 JIEGUO 文件夹中的 piacy.txt 文件移动到考生文件夹中。

5. 查找考生文件夹中的 anews. exe 文件,然后为它建立名为 RNEW 的快捷方式,并存放在考生文件夹下。

四、Word 操作题(25 分)

1. 打开考生文件夹下的 Word 文档 WD1. DOC,其内容如下。

【WD1. DOC 文档开始】

负电数的表示方法

负电数是指小数点在数据中的位置可以左右移动的数据,它通常被表示成:N = M · RE,这时,M 称为负电数的尾数,R 称为阶的基数,E 称为阶的阶码。

计算机中一般规定 R 为 2、8 或 16,是一个常数,不需要在负电数中明确表示出来。

要表示负电数,一是要给出尾数,通常用定点小数的形式表示,它决定了负电数的表示精度;二是要给出阶码,通常用整数形式表示,它指出小数点在数据中的位置,也决定了负电数的表示范围。负电数一般也有符号位。

【WD1. DOC 文档结束】

按要求对文档进行编辑、排版和保存。

(1)将文中的错词"负电"更正为"浮点"。将标题段文字("浮点数的表示方法")设置为小二号楷体 GB 2312—1980、加粗、居中,并添加黄色底纹;将正文各段文字("浮点数是指……也有符号位。")设置为五号、黑体;各段落首行缩进 2 个字符,左右各缩进 5 个字符,段前间距为 2 行。

(2)将正文第一段("浮点数是指……阶码。")中的"N = M · RE"的"E"变为"R"的上标。

(3)插入页眉,并输入页眉内容"第三章 浮点数",将页眉文字设置为小五号宋体,对齐方式为"右对齐"。

2. 打开考生文件夹下的 Word 文档 WD2. DOC 文件,其内容如下。

【WD2. DOC 文档开始】

姓名	操作系统	数据结构	英语
张国军	78	87	67
李向东	64	73	65
王志坚	79	89	88

【WD2. DOC 文档结束】

按要求完成以下操作并原名保存。

(1)在表格的最后增加一列,列标题为"平均成绩";计算各考生的平均成绩并插入相应的单元格内,要求保留小数 2 位;再将表格中的各行内容按"平均成绩"的递减次序进行排序。

(2)表格列宽设置为 2.5 cm,行高设置为 0.8 cm;将表格设置成文字对齐方式为垂直和水平居中;表格内线设置成 0.75 实线,外框线设置成 1.5 磅实线,第 1 行标题行设置为灰色 - 25 % 的底纹;表格居中。

五、Excel 操作题(15 分)

考生文件夹有 Excel 工作表如下。

姓名	操作系统	数据结构	英语
张国军	78	87	67
李向东	64	73	65
王志坚	79	89	88

按要求对此工作表完成如下操作。

1. 将表中各字段名的字体设为楷体、12 号、斜体字。

2. 根据公式"销售额＝各商品销售额之和"计算各季度的销售额。

3. 在合计一行中计算出各季度各种商品的销售额之和。

4. 将所有数据的显示格式设置为带千位分隔符的数值,保留两位小数。

5. 将所有记录按销售额字段升序重新排列。

六、PowerPoint 操作题(10 分)

打开考生文件夹下如下的演示文稿 yswg,按要求完成操作并保存。

1. 幻灯片前插入一张"标题"幻灯片,主标题为"什么是 21 世纪的健康人?",副标题为"专家谈健康";主标题文字设置:隶书、54 磅、加粗;副标题文字设置成:宋体、40 磅、倾斜。

2. 全部幻灯片用"应用设计模板"中的"Soaring"作为背景;幻灯片切换用:中速、向下插入。标题和正文都设置成左侧飞入。最后预览结果并保存。

七、因特网操作题(10 分)

1. 某模拟网站的主页地址是:http://localhost/djksweb/index.htm,打开此主页,浏览"中国地理"页面,将"中国地理的自然数据"的页面内容以文本文件的格式保存到考生目录下,命名为"zrdl"。

2. 向阳光小区物业管理部门发一个 E-mail,反映自来水漏水问题,具体内容如下。

【收件人】wygl@sunshine.com.bj.cn

【抄送】

【主题】自来水漏水

【函件内容】"小区管理负责同志:本人看到小区西草坪中的自来水管漏水已有一天了,无人处理,请你们及时修理,以免造成更大的浪费。"

模拟试题参考答案

模拟试题一参考答案

一、选择题

1. A　2. D　3. D　4. C　5. D　6. C　7. C　8. C　9. B　10. A　11. C　12. A

13. B　14. D　15. D　16. B　17. A　18. A　19. C　20. B　21. A　22. A　23. C

24. C　25. B　26. A　27. B　28. C　29. A　30. C　31. B　32. D　33. B　34. C

35. D　36. A　37. C　38. D　39. D　40. A　41. C　42. D　43. B　44. A　45. A
46. A　47. C　48. B　49. A　50. C　51. D　52. A　53. D　54. D　55. A

二、填空题

1. 无故障
2. 机电
3. 页面
4. Esc
5. 数据编辑区或编辑栏
6. 名称框
7. 查看
8. 还原
9. TCP/IP 或传输控制协议/网际协议
10. 演讲者放映、观众自行浏览、在展台浏览

模拟试题二参考答案

一、选择题

1. B　2. A　3. B　4. B　5. D　6. B　7. B　8. C　9. A　10. B　11. C　12. C
13. D　14. B　15. D　16. B　17. C　18. A　19. B　20. B　21. C　22. A　23. D
24. B　25. C　26. A　27. A　28. A　29. A　30. A　31. B　32. D　33. C　34. B
35. C　36. D　37. D　38. C　39. A　40. C　41. A　42. B　43. B　44. C　45. A
46. A　47. C　48. C　49. C　50. A　51. D　52. C　53. D　54. B　55. C

二、填空题

1. 机器语言　高级语言
2. 字节或 Byte
3. 页面
4. 整个文档
5. 打印预览
6. 嵌入式　独立式
7. 画图
8. F4 或 F8
9. 调制或数/模转换或 D/A 转换或 D/A
10. 不能

模拟试题三参考答案

一、选择填空题

1. 答案:(D)解析:目前的计算机属于"新一代",主要采用的还是超大规模集成电路。
2. 答案:(B)解析:计算机的主机是由 CPU 和内存储器组成,存储器系统包括内存和外

存,而外存属于输入输出部分,所以它不属于主机的组成部分。

3. 答案:(D)解析:十进制数向二进制数的转换采用"除二取余"法。

4. 答案:(B)解析:十六进制数转换成十进制数的方法和二进制一样,都是按权展开。

5. 答案:(A)解析:二进制整数转换成十六进制整数的方法是:从个位数开始向左按每4位二进制数一组划分,不足4位的前面补0,然后各组代之以一位十六进制数字即可。

6. 答案:(B)解析:二进制数转换成十进制数的方法是按权展开。

7. 答案:(B)解析:国标码是汉字的代码,由两个字节组成,每个字节的最高位为0,机内码是汉字在计算机内的编码形式,也由两个字节组成,每个字节的最高位为1,机内码与国标码的关系是:国标码+8080H=机内码。

8. 答案:(A)解析:二进制是计算机中的数据表示形式,是因为二进制有如下特点:简单可行、容易实现、运算规则简单、适合逻辑运算。

9. 答案:(C)解析:国际上根据计算机的性能指标和应用对象,将计算机分为超级计算机、大型计算机、小型计算机、微型计算机和工作站。

10. 答案:(C)解析:根据国标码,每个汉字采用双字节表示,每个字节只用低7位。而一个英文字符,如以 ASCII 码存储,只占一个字节。由此可见,汉字与英文字符占用的存储容量是不同的,微型计算机不仅能进行数值运算,还可以进行逻辑运算,由于在实际操作中,输入/输出的是汉字或英文字符,而不是使用二进制,计算机采用二进制数的形式来存储和处理多种数据。

11. 答案:(B)解析:每种型号的计算机都有自己的指令系统,也叫机器语言,它是计算机唯一能够识别并直接执行的语言。

12. 答案:(B)解析:软件系统可分成系统软件和应用软件。应用软件又分为通用软件和专用软件。

13. 答案:(B)解析:分时操作系统的主要特征就是在一台计算机周围挂上若干台近程或远程终端,每个用户可以在各自的终端上以交互的方式控制作业运行。UNIX 是目前国际上最流行的分时系统。

14. 答案:(D)解析:内存储器分为随机存储器 RAM 和只读存储器 ROM。

15. 答案:(D)解析:计算机病毒不是真正的病毒,而是一种人为制造的计算机程序,不存在什么免疫性。计算机病毒的主要特征是寄生性、破坏性、传染性、潜伏性和隐蔽性。

16. 答案:(A)解析:高级语言编写的程序是高级语言源程序,目标程序是计算机可直接执行的程序。

17. 答案:(B)解析:一台主机的 IP 地址由网络号和主机号两部分组成。IP 地址用4个字节表示,共分为4段,各段之间用圆点隔开。

18. 答案:(D)解析:操作系统的五大管理模块是处理器管理、作业管理、存储器管理、设备管理和文件管理。

19. 答案:(A)解析:运算器(ALU)是计算机处理数据形成信息的加工厂,主要功能是对二进制数码进行算术运算或逻辑运算。

20. 答案:(B)解析:Word 可以绘制表格,但主要的功能是进行文字处理,缺乏专业计算、统计、造表等电子表格功能,所以说它是一种文字处理软件。

二、基本操作题

1. 根据题意,在考生文件夹下,依次打开 FUN\FILM 文件夹,然后鼠标右击 PET. SOP 文件,选择"剪切"快捷命令,返回考生文件夹下,并依次打开 STUDY\ENGLISH 文件夹,然后在文件夹空白处右击鼠标,选择"粘贴"快捷菜单命令,即把 PET. SOP 文件移过来。右击 PET. SOP 文件,选择"重命名"快捷命令,修改文件名称为 BEAUTY. BAS。

2. 在考生文件夹下,打开 WORK 文件夹,然后在文件夹空白处右击鼠标,选择"新建" | "文件夹"命令,并把文件夹的名称设置为 PLAN。

3. 在考生文件夹下,打开 FUN 文件夹,鼠标右击 GAME 文件夹,选择"属性"快捷命令,在弹出的对话框中勾选"只读"和"隐藏"属性,最后单击"确定"按钮。

4. 根据题意,在考生文件夹下,依次打开 FUN\MUSIC 文件夹,鼠标右击 MONKEY. STP 文件,选择"删除"快捷命令,在弹出的"确认文件删除"对话框中选择"是",删除文件。

5. 在考生文件夹下,打开 STUDY 文件夹,鼠标右击 ENGLISH 文件夹,选择"复制"快捷菜单命令,返回考生文件夹下,并打开 WORK 文件夹,然后在文件夹空白处右击鼠标,选择"粘贴"快捷菜单命令,即把 ENGLISH 文件夹复制过来。

三、文字录入题(略)

四、字处理题

第 1 小题

① 新建文件,使用"插入"→"文件"命令插入文件。选中文件后使用工具栏按钮设置字体、字号和加粗效果。

② 使用"格式"→"字体"和"段落"命令分别设置字符间距和段落间距。

第 2 小题

选中文档后使用"格式"→"项目符号和编号"命令打开对话框设置,选择项目符号为实心圆点。

第 3 小题

① 使用"表格"→"插入"→"表格"命令打开对话框,设置行数和列数,生成表格。

② 选中表格,使用"表格"→"表格属性"命令打开对话框设置行高和列宽。

③ 选中需要合并的单元格,用鼠标单击右键弹出快捷菜单,选择"合并单元格"命令合并单元格,选择"拆分单元格"命令打开对话框设置拆分的行数和列数。

第 4 小题

① 选中最后一列,使用"插入"→"行"(在下方)插入一行。

② 选中全表,使用快捷菜单中的"边框和底纹"命令,打开对话框设置边框颜色和表格的底纹。

五、电子表格题

第 1 小题

①根据题目数据建立工作表,在 E2 中键入公式" = C2 * D2",双击此单元格,出现公式,向下拖动右下角的实心方块填充到其他需要产生结果的单元格。

②在 C5 中键入公式"＝SUM（C2：C4）",双击此单元格,出现公式,向右拖动右下角的实心方块填充到其他需要产生结果的单元格。

第 2 小题

选中表格 B、C 列,单击工具栏上"图表向导"按钮,启动图表设置的"4 步法"。

弹出"图表向导-4 步骤之 1 图表类型"对话框中选择"图表类型",在"子图表类型"中精确选择。

单击"下一步"按钮,在"图表向导-4 步骤之 2 图表源数据"对话框中选择"数据区域"。

单击"下一步"按钮,在"图表向导-4 步骤之 3 图表选项"对话框中设置"图表标题"。

单击"下一步"按钮,在"图表向导-4 步骤之 4 图表位置"对话框中选择"作为其中的对象插入"。

模拟试题四参考答案

一、选择题

1. C 2. B 3. B 4. A 5. D 6. A 7. C 8. D 9. B 10. C 11. A 12. B
13. D 14. D 15. B 16. B 17. D 18. B 19. A 20. B

全国计算机等级考试一级考试大纲

一级 B 类考试大纲

基本要求

1. 具有计算机的基础知识。

2. 了解微型计算机系统的基本组成。

3. 了解操作系统的基本功能,掌握 Windows 的使用方法。

4. 了解字表处理的基本知识,掌握 Windows 环境下 Word 和 Excel(或 WPS) 的基本操作,熟练掌握一种汉字输入方法。

5. 了解计算机网络的基本概念和掌握因特网(Internet) 的电子邮件及浏览器的使用。

6. 具有计算机安全使用和计算机病毒防治的知识。

考试内容

一、基础知识

1. 计算机的概念、类型及其应用领域;计算机系统的配置及主技术指标。

2. 数制的概念,二、十进制数之间的转换。

3. 计算机的数据与编码。数据的存储单位(位、字节、字);字符与 ASCII 码,汉字及其编码。

二、微型计算机系统的组成

1. 计算机硬件系统的组成和功能:CPU、存储器(ROM、RAM) 及常用的输入输出设备的功能和使用方法。

2. 计算机软件系统的组成和功能:系统软件和应用软件、程序设计语言(机器语言、汇编、高级语言) 的概念。

3. 计算机的安全操作,病毒及其防治。

三、操作系统的功能和分类

1. 操作系统的基本概念、功能和分类。

2. 操作系统的组成,文件(文档) 、文件(文档) 名、目录(文件夹) 、目录(文件夹) 树和路径等概念。

3. Windows 的使用。

(1) Windows 的特点、功能、配置和运行环境。

（2）Windows"开始"按钮、"任务栏"、"菜单"、"图标"等的使用。

（3）应用程序的运行和退出、"我的电脑"和"资源管理器"等的使用。

（4）文档和文件夹的基本操作：打开、创建、移动、删除、复制、更名、查找、打印及设置属性等。

（5）复制软盘和软盘的格式化，磁盘属性的查看等操作。

（6）中文输入法的安装、卸除、选用和屏幕显示，中文 DOS 方式的使用。

（7）快捷方式的设置和使用。

4．附件的使用。

四、字表处理软件的功能和使用

1．中文 Word 的基本功能，Word 的启动和退出，Word 的工作窗口。

2．熟练掌握一种常用的汉字输入方法。

3．文档的创建、打开，文档的编辑（文字的选定、插入、删除、查找与替换等基本操作），多窗口和多文档的编辑。

4．文档的保存、复制、删除、插入、打印。

5．字体、字号的设置，段落格式和页面格式的设置与打印预览。

6．Word 的图形功能，Word 的图形编辑器及使用。

7．Word 的表格制作，表格中数据的输入与编辑，数据的排序和计算。

五、中文 Excel 的功能和使用

1．电子表格 Excel 的基本概念、功能、启动和退出。

2．工作簿和工作表的创建、输入、编辑、保存等基本操作。

3．工作表中公式与常用函数的使用和输入。

4．工作表数据库的概念，记录的排序、筛选和查找。

5．Excel 图表的建立及相应的操作。

六、计算机网络的基础知识

1．计算机网络的概念和分类。

2．计算机通信的简单概念，如 Modem、网卡等。

3．计算机局域网与广域网的特点。

4．因特网（Internet）的概念及其简单应用：电子邮件（E-mail）的收发、浏览器 IE 的使用等。

考试方式

1．全上机操作：90 分钟。

2．在指定时间内，使用微机完成下列各项操作。

（1）综合选择题 30 道。

（2）Windows 的基本操作。

（3）汉字录入能力测试。

（4）Word 操作。

（5）Excel 操作。

一级 MS Office 考试大纲

基本要求

1. 具有使用微型计算机的基础知识(包括计算机病毒的防治常识)。

2. 了解微型计算机系统的组成和各组成部分的功能。

3. 了解操作系统的基本功能和作用,掌握 Windows 的基本操作和应用。

4. 了解文字处理的基本知识,掌握文字处理软件 Word 的基本操作和应用,熟练掌握一种汉字(键盘)输入方法。

5. 了解电子表格软件的基本知识,掌握电子表格软件 Excel 的基本操作和应用。

6. 了解多媒体演示软件的基本知识,掌握演示文稿制作软件 PowerPoint 的基本操作和应用。

7. 了解计算机网络的基本概念和因特网(Internet)的初步知识,掌握 IE 浏览器软件和 Outlook Express 软件的基本操作和使用。

考试内容

一、基础知识

1. 计算机的概念、类型及其应用领域;计算机系统的配置及主要技术指标。

2. 计算机中数据的表示:二进制的概念,整数的二进制表示,西文字符的 ASCII 码表示,汉字及其编码(国标码),数据的存储单位(位、字节、字)。

3. 计算机病毒的概念和病毒的防治。

4. 计算机硬件系统的组成和功能:CPU、存储器(ROM、RAM)及常用输入输出设备的功能。

5. 计算机软件系统的组成和功能:系统软件和应用软件,程序设计语言(机器语言、汇编语言、高级语言)的概念。

二、操作系统的功能和使用

1. 操作系统的基本概念、功能、组成和分类。

2. Windows 操作系统的基本概念和常用术语,文件、文件名、目录(文件夹)、目录(文件夹)树和路径等。

3. Windows 操作系统的基本操作和应用。

(1)Windows 概述、特点和功能、配置和运行环境。

(2)Windows"开始"按钮、"任务栏"、"菜单"、"图标"等的使用。

(3)应用程序的运行和退出。

(4)熟练掌握资源管理系统"我的电脑"和"资源管理器"等的操作与应用。文件和文件夹的创建、移动、复制、删除、更名、查找、打印和属性设置。

(5)软盘的格式化和整盘复制,磁盘属性的查看等操作。

(6)中文输入法的安装、删除和选用;显示器的设置。

(7)快捷方式的设置和使用。

三、文字处理软件的功能和使用

1. 文字处理软件的基本概念,中文 Word 的基本功能、运行环境、启动和退出。

2. 文档的创建、打开和基本编辑操作,文本的查找与替换,多窗口和多文档的编辑。

3. 文档的保存、保护、复制、删除和插入。

4. 字体格式设置、段落格式设置和文档的页面设置等基本的排版操作。打印预览和打印。

5. Word 的对象操作:对象的概念及种类,图形、图像对象的编辑,文本框的使用。

6. Word 的表格制作功能:表格的创建与修饰,表格中数据的输入与编辑,数据的排序和计算。

四、电子表格软件的功能和使用

1. 电子表格的基本概念,中文 Excel 的功能、运行环境、启动和退出。

2. 工作簿和工作表的基本概念,工作表的创建、数据输入、编辑和排版。

3. 工作表的插入、复制、移动、更名、保存和保护等基本操作。

4. 单元格的绝对地址和相对地址的概念,工作表中公式的输入与常用函数的使用。

5. 数据清单的概念,记录单的使用、记录的排序、筛选、查找和分类汇总。

6. 图表的创建和格式设置。

7. 工作表的页面设置、打印预览和打印。

五、电子演示文稿制作软件的功能和使用

1. 中文 PowerPoint 的功能、运行环境、启动和退出。

2. 演示文稿的创建、打开和保存。

3. 演示文稿视图的使用,幻灯片的制作、文字编排、图片和图表插入及模板的选用。

4. 幻灯片的插入和删除、演示顺序的改变,幻灯片格式的设置,幻灯片放映效果的设置,多媒体对象的插入,演示文稿的打包和打印。

六、因特网(Internet)的初步知识和应用

1. 计算机网络的概念和分类。

2. 因特网的基本概念和接入方式。

3. 因特网的简单应用:拨号连接、浏览器(IE6.0)的使用,电子邮件的收发和搜索引擎的使用。

考试方式

一、采用无纸化考试,上机操作。考试时间:90 分钟。

二、软件环境:操作系统:Windows 2003;办公软件:Microsoft Office 2003。

三、指定时间内,使用微机完成下列各项操作。

1. 选择题(计算机基础知识和计算机网络的基本知识)。(20 分)

2. 汉字录入能力测试(录入 150 个汉字,限时 10 分钟)。(10 分)

3. Windows 操作系统的使用。(10 分)

4. Word 操作。(25 分)

5. Excel 操作。(15 分)

6. PowerPoint 操作。(10 分)

6. 浏览器(IE 6.0)的简单使用和电子邮件收发。(10 分)

参考文献

［1］胡金柱. 计算机基础教程［M］. 武汉:华中师范大学出版社,2002.

［2］胡金柱. 大学计算机基础［M］. 北京:清华大学出版社,2007.

［3］胡金柱. 计算机科学与技术导论［M］. 北京:高等教育出版社,2003.

［4］李秀,等. 计算机文化基础上机指导［M］. 北京:清华大学出版社,2005.

［5］杨小平. 计算机应用基础中级教程习题与实验指导［M］. 北京:清华大学出版社,2006.

［6］高敬阳. 大学计算机基础实验指导［M］. 北京:清华大学出版社,2007.

图书在版编目(CIP)数据

计算机应用基础上机指导/谢芳　胡泉　主编.—武汉:华中科技大学出版社,2009 年 4 月
ISBN 978-7-5609-5271-0

Ⅰ.计…　Ⅱ.①谢…　②胡…　Ⅲ.电子计算机-高等学校-教学参考资料　Ⅳ.TP3

中国版本图书馆 CIP 数据核字(2009)第 049533 号

计算机应用基础上机指导

谢　芳　胡　泉　主编

策划编辑:徐晓琦　　　　　　　　　　　　　　　　　封面设计:刘　卉

责任编辑:余　涛　　　　　　　　　　　　　　　　　责任监印:周治超

责任校对:周　娟

出版发行:华中科技大学出版社(中国·武汉)

　　　武昌喻家山　　邮编:430074　　电话:(027)87557437

录　排:武汉众心图文激光照排中心

印　刷:华中科技大学印刷厂

开本:787 mm×1092 mm　1/16　　印张:14.75　　　　　　　字数:320 000

版次:2009 年 4 月第 1 版　　　印次:2009 年 4 月第 1 次印刷　　定价:24.80 元

ISBN 978-7-5609-5271-0/TP·678